A LUZ DO FAROL

COLM TÓIBÍN

A luz do farol

Tradução
Alexandre Hubner

COMPANHIA DAS LETRAS

Copyright © 1999 by Colm Tóibín

Proibida a venda em Portugal

Título original
The Blackwater Lightship

Capa
Raul Loureiro

Foto de capa
Ernst Haas/Getty Images

Preparação
Maysa Monção

Revisão
Cláudia Cantarin
Ana Maria Barbosa

Os personagens e as situações desta obra são reais apenas no universo da ficção; não se referem a pessoas e fatos concretos, e sobre eles não emitem opinião.

Dados Internacionais de Catalogação na Publicação (CIP)
(Câmara Brasileira do Livro, SP, Brasil)

Tóibín, Colm
 A luz do farol / Colm Tóibín ; tradução Alexandre Hubner. — São Paulo : Companhia das Letras, 2004.

 Título original: The blackwater lightship.
 ISBN 85-359-0514-6

 1. Ficção irlandesa I. Título.

04-3093   CDD-823.9

Índice para catálogo sistemático:
1. Ficção : Literatura irlandesa   823.9

[2004]
Todos os direitos desta edição reservados à
EDITORA SCHWARCZ LTDA.
Rua Bandeira Paulista 702 cj. 32
04532-002 — São Paulo — SP
Telefone (11) 3707-3500
Fax (11) 3707-3501
www.companhiadasletras.com.br

Para Aidan Dunne

O autor agradece a Yaddo, onde parte deste livro foi escrita

1.

Helen foi despertada no meio da noite pelo choramingo de Manus. Continuou deitada, atenta, na esperança de que ele se aquietasse, virasse de lado e dormisse, mas quando seus gemidos se tornaram mais altos e insistentes, e ela começou a distinguir vagamente algumas palavras, resolveu levantar-se e ir até o quarto dos meninos. Não sabia dizer se ele estava sonhando ou se havia acordado.

Deixou a luz do corredor acesa e, assim que entrou no quarto, pôde ver que Cathal estava de olhos bem abertos. De sua cama, ele olhava para ela, um espectador desinteressado da cena prestes a ser representada; então lançou um olhar rápido na direção do irmão, que clamava em tom rouco, esquivando-se com os braços de algum terror desconhecido. Helen acordou Manus carinhosamente e afastou o cobertor que o cobria. Ele estava muito quente. Ainda meio dormindo e esfregando os olhos, o menino recomeçou a choramingar. Levou algum tempo para notar a presença dela e perceber que o sonho havia terminado.

"Eu estava com medo", disse ele.

"Já passou. Pode voltar a dormir."

"Não quero dormir", disse ele e pôs-se a chorar.

"Quer ir para a nossa cama?", indagou ela.

O garoto fez que sim com a cabeça. Estava imóvel e soluçava, aguardando ser reconfortado. Helen sabia que o melhor a fazer era ficar ali e botá-lo para dormir de novo, porém o ergueu e deixou que ele se agarrasse a ela. Sempre que o segurava assim ele se acalmava.

Cathal continuava a observá-los.

Da outra extremidade do quarto, Helen falou como se ele fosse um adulto: "Vou levar o Manus comigo para que você possa dormir mais sossegado".

Ele puxou a coberta sobre si e fechou os olhos. Aos seis anos de idade, era esperto o bastante para saber que não era por sua causa que ela iria levar o irmão para a cama deles, e sim porque se dispunha a tratar Manus como um bebê. Helen pensou que gostaria de saber o que Cathal achava disso, se era algo que o magoava ou perturbava, mas ele era orgulhoso demais para deixar transparecer o que quer que fosse, estava sempre pronto para fazer o papel do irmão mais velho, do menino crescido.

A meia-luz da aurora rompera pela janela do corredor. Ela entrou vagarosamente no quarto. Hugh dormia em posição fetal, o braço estendido sobre o lado da cama que cabia a Helen. Ela permaneceu em pé, observando-o, admirada com a facilidade com que ele entrava e saía do sono. Manus mexeu-se em seus braços e virou-se para averiguar o porquê de ela estar ali parada. Também fitou o pai adormecido por alguns instantes, depois desviou os olhos e tornou a aconchegar-se ao corpo dela. Helen ouviu o ruído de um carro passando ao longe e aproximou-se da cama com Manus.

"Dorme do meu lado?", indagou ela com um sussurro.

"Não, quero ficar no meio."

Ela sorriu para ele e disse: "Você sabe muito bem o que quer, não é mesmo?".

"Quero ficar no meio", sussurrou o menino.

Acomodou-o na cama, colocando-o de costas para Hugh e cobrindo-o com o lençol. A certa altura da noite, Hugh derrubara o edredom no chão. Ela preferiu não o resgatar, ficaria muito quente com os três na cama. Descansou a cabeça no travesseiro, aliviada por Manus manter-se quieto entre eles e tentando tranqüilizar-se com o pensamento de que, no outro quarto, Cathal adormecera de novo.

Haviam se deitado cedo, quando ainda se notava uma luz tênue no céu, tinham feito amor e agora ela se sentia inundada de ternura por Hugh, assim como pela vontade, algo que se tornara uma brincadeira entre eles, de que pudesse ser mais parecida com ele, mais serena, mais fácil de satisfazer — fácil de satisfazer?, questionara ele rindo ao ouvi-la dizer isso —, sem nada oculto, sem nada retido dentro de si.

Quando Manus estava prestes a adormecer, começou a puxá-la; exigia que ela lhe desse toda a sua atenção. Não queria que ficasse de costas para ele. "Vire para cá", murmurou o garoto.

Ela consultou o despertador. Ainda faltavam quinze para as cinco. De repente percebeu que estava com frio. Esticou o braço até o chão, encontrou o edredom, puxou-o para a cama e ajeitou-o por cima deles. Teriam de se esquentar um pouco.

Quando Helen despertou de novo, Hugh e Manus dormiam profundamente. Eram oito e pouco, fazia calor no quarto. Deslizou para fora da cama e, levando o penhoar e os chinelos consigo, dirigiu-se ao pavimento de baixo, onde encontrou Cathal assistindo à televisão, ainda de pijama, com o controle remoto na mão.

"Se quiser tomar banho, já desocupei o banheiro", disse ela. O menino assentiu com a cabeça e levantou-se.

"Ainda estão dormindo?", perguntou ele.

"Estão", respondeu ela com um sorriso.

"Então é melhor eu ir antes que acordem."

Essa era a linguagem secreta dos dois: faziam de conta que eram ambos adultos, falavam um com o outro como se fossem um casal. Cathal detestava receber instruções e ordens, odiava ser tratado como criança. Se Helen houvesse lhe dito que fosse para o banheiro, ele teria embromado e deixado para depois. Quando Manus tiver a idade dele, pensou ela, terei de levá-lo para o banheiro no colo.

Eles eram os primeiros moradores daquela casa e foram os primeiros no loteamento a ampliar o imóvel, construindo um cômodo largo, bem iluminado, em forma de quadrado, que fazia as vezes de cozinha, sala de jantar e quarto de brinquedos. Hugh se interessara por ela por causa da faia que, como por milagre, havia sido deixada intacta no jardim dos fundos, e também em razão do parque que se estendia atrás do terreno. Helen fora atraída somente pelo fato de ser uma casa nova, pela idéia de que ninguém jamais vivera ali antes.

Ela se pôs a lavar a louça da noite anterior e, olhando pela janela da cozinha, notou uma brisa que fazia tremular as folhas da faia e dos pinheiros à beira do parque. Então viu o céu escurecer repentinamente e atentou para uma sensação de chuva no ar. Ligou o rádio — como de costume, Hugh deixara-o sintonizado na Raidio na Gaeltachta — e encontrou a Radio One no exato instante em que os bipes anunciavam o noticiário das nove. Daria para ouvir a previsão do tempo.

Ela e Cathal tomavam o café-da-manhã, o menino absorto com uma revista em quadrinhos, quando gritos e risadas começaram a soar no andar de cima. Manus dava gritinhos agudos a plenos pulmões.

"Escute só esses dois", disse ela. "Não dá para saber qual deles é o mais bebezão."

Cathal sorriu para ela, pegou uma fatia de torrada e tornou a submergir nos quadrinhos. Comeram em silêncio enquanto a algazarra seguia em frente no andar de cima. Hugh bradou algo em irlandês para Manus e então os dois começaram a gritar ao mesmo tempo, até que um deles — Helen achou que devia ser Manus — desabou no chão com um baque seco.

Pouco depois os dois apareceram na cozinha. Hugh estava de roupão e trazia Manus no colo, ainda de pijama.

"Caí da cama", disse o menino.

"É, deu para ouvir", volveu Helen.

Manus tinha as faces coradas. Pôs-se a apertar o nariz de Hugh.

"Pare com isso. Sente-se e tome o seu café."

Mal sentou, Manus reparou na revista de Cathal, esticou o braço por cima da mesa e arrancou-a das mãos do irmão. Cathal ainda tentou aferrar-se a ela, porém Manus havia sido rápido demais para ele.

"Devolva", ordenou Helen.

"Ele já acabou de ler", argumentou Manus.

"Devolva e peça desculpas."

O menino olhou para a mãe, calculando o risco de ela perder a paciência. Então riu e disse: "Nem pensar".

"Estamos esperando. Vamos continuar aqui parados enquanto você não devolver a revista e pedir desculpas", disse ela.

Cathal permanecia sentado, as mãos apoiadas na cadeira, satisfeito por ser a parte ofendida. Manus olhou para Helen e depois para Hugh, que falou asperamente com ele em irlandês. Manus suspirou e devolveu a revista para Cathal.

"Agora peça desculpas", disse Helen.

"Desculpa."

"E diga que não vai mais fazer isso."

"Não vou mais fazer isso."

"Você está me saindo um verdadeiro monstrinho", disse ela voltando-se para a pia.

"Você está me saindo um verdadeiro monstrinho", arremedou ele.

Helen olhou para o jardim, perguntando-se o que deveria responder. Ficou grata ao ouvir Hugh dizer algo para o menino. O erro fora todo seu, pensou, não devia tê-lo chamado de monstrinho. Era melhor deixar por isso mesmo, esquecer o assunto e servir-lhe o café-da-manhã. Manus odiava ser menor e mais novo que Cathal. Com que idade, perguntara ele certa vez, teriam ambos o mesmo tamanho? Ainda demoraria muito? Cathal nunca batia no irmão, nunca o ameaçava, mas estava sempre ciente de sua superioridade. Embora tivesse apenas dois anos quando Manus nasceu, havia assumido de imediato seu novo papel: era o filho que não chorava, que não sujava a fralda, que não queria ser levado para a cama dos pais, que não arrancava a revista em quadrinhos do irmão, que não respondia atravessado para a mãe.

Depois de servir a Manus cornflakes com leite gelado e deixar que Hugh se virasse sozinho — Hugh sentia-se mais à vontade que ela na cozinha —, Helen saiu para pendurar no varal alguns panos de prato que havia lavado. Pensou que precisava se lembrar de procurar um bom livro sobre como educar meninos, quem sabe isso não tornasse as coisas mais fáceis. Enquanto pendurava os panos, o céu tornou a escurecer. Foi até a outra extremidade do jardim para recolher uma espreguiçadeira que ficara ao relento. Hugh provavelmente se esquecera de guardá-la.

Lembrou-se de uma ocasião, talvez fizesse um ano, em que

seu irmão viera visitá-los e testemunhara a cena da hora de dormir. Hugh estava encarregado da tarefa e tanto Cathal como Manus, mas especialmente este último, recorriam a todos os expedientes para não ser levados para a cama, coisas como agarrar-se à mãe e recusar-se a fazer o que quer que o pai lhes mandasse fazer. Quando a casa por fim se aquietou e os garotos dormiam profundamente, Declan comentou que o espetáculo era uma prova, se é que alguém ainda precisava de provas, de que os meninos desejam dormir com a mãe e matar o pai.

"Eles só queriam ficar acordados até mais tarde", redargüiu Hugh. "Calhou de hoje eu estar encarregado disso."

"Você tinha vontade de dormir com a sua mãe e matar o seu pai?", indagou Helen a Declan.

"Não, eu não", respondeu Declan rindo; "os meninos gays querem o inverso disso, ou pelo menos é o que acabam fazendo."

"Dormir com o pai?", inquiriu Hugh. Seu tom de voz era sério, seriíssimo.

"É, Hugh, e ter um filho com ele", volveu Declan secamente.

"Ainda sinto gana de matar minha mãe", disse Helen. "Não todos os dias, mas quase todos. Não entendo como alguém possa querer dormir com ela."

Helen não se esquecera do diálogo: a perturbação que tomara conta de Hugh, a inocência dele, as tentativas que ele havia feito para sugerir-lhe, depois de Declan ter ido embora, que falar sobre matar os pais, ou sobre dormir com eles, mesmo em tom de brincadeira, era uma espécie de blasfêmia. Ela cuidara para não parecer impaciente demais, pois sabia que podia facilmente somar forças com Declan e fazer com que Hugh sentisse que estavam rindo dele. Talvez os irmãos servissem justamente para isso, pensou ao voltar para a cozinha, talvez agora mesmo Cathal e Manus estivessem envolvidos em conspirações veladas.

"A previsão é de chuva", falou para Hugh, "e já pensei numa solução. Se chover, colocamos as mesas aqui e na sala da frente, e as bebidas no hall. Mas podemos deixar para resolver isso mais tarde."

Estavam em fins de junho, o semestre letivo de Hugh havia terminado e na manhã seguinte ele levaria os meninos para Donegal. Nessa noite, receberia os professores de sua escola e alguns amigos — músicos, pessoas que falavam irlandês — para celebrar o primeiro ano de atividade da escola cujas aulas eram ministradas somente no idioma gaélico. Helen o havia convencido a convidar todos os vizinhos, inclusive a família do médico indiano que vivia no fim da rua.

"Ninguém vai ter coragem de reclamar do barulho depois de jantar aqui", disse ela.

"Metade deles olhou para mim como se eu fosse um cobrador de impostos. Aposto que aquele policial da casa da esquina é de Offaly. Tem um sotaque forte, arrastado."

"Como é o nome daquele seu amigo que vive cantando *The rocks of Bawn*? Espere só até o policial ouvi-lo. Aí sim o sotaque dele vai ficar forte e arrastado."

"Mick Joyce. Ele é um pouco exagerado mesmo. E o seu irmão, vem?"

"Não convidei. Ele ia ficar meio deslocado. Acho que não gosta muito de *The rocks of Bawn*."

"Será que se ofendeu conosco?"

"Não, é que ele anda muito ocupado. Está se dedicando à pesquisa em tempo integral."

"Então deve ter tempo de sobra", disse Hugh rindo.

"Minha mãe contou que ele anda trabalhando dia e noite no laboratório."

"Sua mãe vem?", indagou ele rindo.

"Imagine o que ela diria se nos visse torrando esse dinheiro todo!"

"Pois eu acho que ela faria uma figura e tanto se ficasse na porta recebendo os convidados."

Hugh falava em irlandês com os filhos, com a mãe, com os irmãos e irmãs e com pelo menos metade de seus amigos. Teimava em afirmar que Helen compreendia mais do que fingia compreender, mas não era verdade. Seu sotaque donegalense parecia-lhe difícil demais e ela entendia muito pouco do que ele dizia. Sabia que se irritaria à noite com os dois ou três que insistiriam em falar com ela em irlandês, indiferentes ao fato de ela não poder acompanhar suas palavras, mas era uma irritação que facilmente se dissiparia.

Não haveria amigos dela na festa. Helen não havia convidado ninguém do colégio do qual era diretora — ainda era a mais jovem diretora do país —, ninguém de sua família, nenhum de seus colegas do tempo de escola ou de faculdade. Tinha uma ou duas conhecidas de quem gostava e com as quais ocasionalmente se encontrava, mas nenhuma amiga ou amigo mais íntimo.

Havia abdicado da crença por muito tempo acalentada de ser uma pessoa auto-suficiente, para quem não havia nada de mais agradável do que ficar a sós. Ainda fechava os olhos e mordia os lábios ao pensar como era imprevista essa vida que construíra para si mesma. Não obstante isso, desejava passar três ou quatro dias, talvez até mais, sozinha em casa após a festa, quando poderia sentar-se no jardim ou na velha poltrona da cozinha e ler os romances selecionados durante o inverno, sem ter mais nada para fazer, exceto comparecer a uma reunião no Departamento de Educação, entrevistar alguns candidatos a vagas de professor e andar pela casa sabendo que, salvo alguma emergência, ninguém a chamaria, nem demandaria sua atenção imediata. Contudo, também era importante saber que Hugh e os meninos estariam longe por pouco tempo, que em breve tornaria a vê-los.

Na manhã seguinte, portanto, Hugh levaria Cathal e Manus de carro para Donegal e ela não tardaria a juntar-se a eles. Tomaria o trem para Sligo, ou o ônibus para a cidade de Donegal, e já podia imaginar Hugh aguardando-a na estação, percebendo, assim que a visse, como ela temia o vínculo apaixonado que tinha com ele, como de início ela se retrairia. Depois de muito esforço ele aprendera, na medida do possível, a confiar nela, embora Helen soubesse que isso às vezes não era nada fácil.

Quando Frank Mulvey, o zelador da escola de Hugh, chegou com o filho numa perua, trazendo as mesas e as cadeiras, Helen precisou conter-se para não lhes dizer onde colocar as coisas. Enquanto os observava, admirava-se com a maneira cega como procediam, sem nenhum planejamento, avançando sem direção. Riu consigo mesma ao se pegar dando tanta atenção a isso.

Resolveu ir ao supermercado para comprar cerveja e os ingredientes para o jantar. Hugh já trouxera o vinho e os copos. Pela janela da cozinha, viu os meninos brincando no jardim dos fundos: imitavam aviões, girando à volta um do outro, dando mergulhos, fazendo vôos rasantes, os braços abertos à maneira de asas. Chamou Manus, ele fez que não ouviu e ela tornou a chamá-lo. Com passos relutantes, o menino enfim se aproximou.

"Quero que você venha comigo ao supermercado", disse ela.

"O Cathal também vai?"

"Não, só você."

"Por que só eu? Por que o Cathal não vai?"

"Vamos logo, Manus."

"Eu não quero ir."

"Pare de fazer onda e vá lavar as mãos. Temos que ir logo."

"Mas eu não quero ir."

A essa altura, o irmão mais velho acercara-se deles e os observava.

"O Cathal vai ajudar o seu pai com as mesas e as cadeiras."

"Eu também quero ajudar o papai."

"Manus, você vem comigo."

Ele sentou-se no banco de trás, posicionando-se de maneira a poder observar o rosto dela pelo espelho retrovisor.

"Mas por que eu preciso ir com você?", inquiriu ele.

"Você não acha que devia cortar o cabelo antes de ir para Donegal?" Ela manobrava o carro e queria a todo custo distraí-lo.

"Não quero cortar o cabelo", replicou ele.

"Tudo bem, você é quem sabe. Foi só uma idéia."

"O Cathal não vai cortar o cabelo."

"Esqueça o Cathal. Você já é grande o bastante para decidir por conta própria."

Esse era o plano, fora por essa razão que o obrigara a acompanhá-la. Havia pensado nisso à noite, enquanto permanecia acordada na cama: tinha que parar de tratá-lo como um bebê, precisava começar a falar com ele como se fosse um adulto. Mas a estratégia estava produzindo o efeito contrário.

"O Cathal que corte o cabelo dele. Eu não quero e pronto."

Helen dirigiu em silêncio pela Rathfarnham e parou no estacionamento do shopping center.

"Precisamos de um carrinho", disse ela.

"Posso tomar um sorvete?"

"Depois."

"Depois do quê?"

"Depois que deixar de ser malcriado. Como é que você vai se comportar?"

"Impecavelmente." Tinha aprendido havia pouco tempo

essa palavra enorme. Quando olhou para a mãe em busca de aprovação, ela riu, e isso o obrigou a sorrir.

"O que é que a gente vai comprar?", perguntou ele enquanto os dois empurravam o carrinho pelo supermercado.

"Tenho tudo anotado na minha lista: carne para picadinho, cebolas, cerveja e verduras para a salada."

"E precisa de mim para quê?"

"Para cuidar do carrinho enquanto eu estiver pagando."

"Que chatice", queixou-se ele.

"O que você acha melhor: latas de cerveja grandes ou pequenas?", indagou ela, novamente recorrendo a um tom adulto.

"Que chatice", repetiu ele.

Ao chegar em casa, Helen viu que as mesas e as cadeiras haviam sido colocadas no jardim. Vasculhou uma das gavetas da cozinha em busca de toalhas de plástico. Os meninos recomeçaram a brincar de aviãozinho.

"Se chover, levamos tudo para dentro", disse Hugh enquanto ambos inspecionavam o jardim.

Às nove horas chegaram os primeiros convidados, dois homens e uma mulher, trazendo pacotes de seis unidades de Guinness e uma garrafa de vinho tinto. A mulher tinha um estojo de violino.

"Somos os primeiros?", indagou um dos homens, um sujeito alto, de óculos e cabelos encaracolados. Pareciam constrangidos, como se sentissem ligeiramente tentados a virar as costas e ir embora. Helen não os conhecia e tinha a impressão de que nunca os vira antes. Hugh encarregou-se de fazer as apresentações.

"Sentem-se, sentem-se", disse ele, "vou preparar uns drinques para vocês."

Sentaram-se na cozinha e ficaram olhando para as mesas

espalhadas pelo extenso jardim. Mantinham-se em silêncio. Os dois garotos entraram, examinaram-nos e tornaram a sair.

"*An bhfuil Donncha ag teacht?*", indagou Hugh em irlandês, e um dos homens respondeu com o canto da boca, balbuciando algo engraçado, quase mordaz. Os outros riram. Helen notou que ele tinha costeletas compridas e antiquadas.

Hugh serviu os drinques e dois deles foram para o jardim, deixando para trás o sujeito das costeletas compridas. Por um momento Helen pensou que já havia entrevistado a mulher para uma vaga, ou que ela realizara um trabalho temporário em sua escola, mas não tinha certeza. Hugh e o amigo conversavam em irlandês. Helen ficou na dúvida se estaria usando roupas adequadas para a festa. Observou a mulher pela janela, reparou como ela parecia à vontade e natural em seu jeans, sua blusinha branca, os cabelos tratados com hena. Foi até a geladeira e tornou a verificar se estava tudo em ordem: bastava reaquecer o *chilli con carne* e cozinhar o arroz, as saladas encontravam-se todas prontas, os garfos, facas e guardanapos de papel estavam arrumados. Resolveu abrir algumas garrafas de vinho tinto.

Nesse mesmo instante chegaram mais convidados. Um deles trazia um estojo de violão, outro um estojo de flauta. Ela os reconheceu e eles a cumprimentaram. Havia uma mulher entre eles e Helen observou que ela passava os olhos pela cozinha, como se à procura de alguma coisa, uma pista, ou algo que houvesse esquecido numa visita anterior. Quando fez menção de pegar o pacote de cervejas que o sujeito do violão trouxera, a fim de colocá-las na geladeira, ele disse que preferia ficar com elas e sorriu como se quisesse dar a entender que havia ido a mais festas do que ela. Foi amistoso e franco demais para que Helen se sentisse ofendida.

"Se quiser mais, é só pegar na geladeira", disse ela.

"Se eu quiser mais, peço para você", retrucou ele.

O sujeito sorriu novamente. A cor de seus olhos era uma mistura de castanho com verde-escuro. Tinha a pele clara e era bastante alto. Helen se deu conta de que ele estava flertando com ela.

"Estou com vontade de lhe dizer uma coisa", provocou ela.

"O quê?"

"Nada, bobagem."

"O quê? Pode falar."

"Ia dizer que você parece ser do tipo que talvez queira mais."

Ele sorriu, sustentou seu olhar, enfiou a mão no bolso e tirou um pequeno abridor. Abriu uma garrafa de Guinness e ofereceu a Helen. Pareceu um tanto desconcertado quando ela, intimidada, recusou a oferta.

"Ainda é cedo para mim."

"Bom, então, saúde", disse ele erguendo a garrafa.

Helen passou a hora seguinte enchendo copos, abrindo garrafas e tentando recordar nomes e rostos. Como começava a escurecer, Hugh acendeu as tochas que havia fincado na grama, e elas envolveram o jardim com uma luz volátil, fulgurante. Quando Helen levou a comida para fora e Hugh vestiu o avental listado para servi-la, as pessoas já se achavam sentadas às mesas. Cathal, Manus e algumas crianças da vizinhança haviam feito uma pequena mesa para si, onde comiam pizza e bebiam Coca-Cola.

"É melhor guardarmos um pouco de comida", disse Hugh. "Tem um grupinho que só vai aparecer depois que os bares fecharem."

O médico indiano e a esposa tinham chegado cedo. Cumprimentaram a todos, aceitaram um suco de laranja e foram embora, mas seu filho mais velho, que devia ter uns sete ou oito anos, permaneceu na festa e estava na mesa dos meninos. Helen havia se comprometido a levá-lo para casa e garantira aos pais que não o deixaria ficar até muito tarde. Os vizinhos da casa ao lado, os O'Meara — ela não sabia ao certo como eles ganhavam a vida —, estavam sozinhos a uma mesa, observando as risadas e o bom humor a seu redor. Helen sabia que teria de se sentar com o casal; era evidente que ninguém mais lhes daria atenção. Ficou aliviada com o fato de o policial e a mulher não terem aparecido.

"Meu Deus, Helen, com você a gente não precisa falar irlandês, precisa?", indagou Mary O'Meara quando ela se juntou a eles. "Estava dizendo para o Martin que devíamos ter estudado mais na escola. Não entendo uma palavra. *An bhfuil cead agam dul amach*' é tudo de que consigo me lembrar."

Helen se deu conta de que não queria que eles soubessem que ela também não falava irlandês. Estava disposta a comer com eles, mas não pretendia compartilhar de seu embaraço. Notou a chegada de mais alguns convidados. Dentre esses havia um amigo de Hugh chamado Ciaran Duffy, que trazia consigo um estojo de gaita-de-foles *uilleann*[*]. De todos os amigos de Hugh, era dele que ela mais gostava e com o qual mais se sentia à vontade. Tinha a impressão de que ele também não falava irlandês muito fluentemente, mas era um gaitista conhecido e, como ela observou, atraiu certo número de olhares ao chegar. Apreciava sua autoconfiança de menino, sua fisionomia franca, sincera. Achava-o parecido com Hugh, com a diferença de que era maior e mais parrudo. Hugh levou Ciaran Duffy e seus amigos até a mesa dela. Todos trocaram apertos de mãos e Helen percebeu que subitamente, em poucos segundos, os O'Meara haviam perdido sua aura de desamparo e isolamento e ocupavam-se em abrir espaço para que os recém-chegados pudessem sentar. Hugh trouxe *chilli con carne*, arroz e salada, e saiu para buscar bebidas.

Ao se levantar para fechar a porta da frente, que havia sido deixada aberta a fim de que as pessoas pudessem entrar livre-

---

[*] Gaita-de-foles irlandesa tradicional, de estrutura bastante complexa. Depois de ter praticamente desaparecido, voltou a ser valorizada nas últimas décadas. (N. T.)

mente, Helen reparou nos pacotes de cerveja cuidadosamente espalhados por toda parte, qual quinhões de território. Era algo que Hugh jamais faria, pensou. Ele jamais agiria com tamanha falta de boas maneiras e, a seu tempo, avaliou, à medida que ficassem mais velhos e prósperos, seus amigos também mudariam de comportamento.

Ao retornar à cozinha, deparou com o sujeito de olhos castanho-esverdeados. Ele estacou diante dela.

"Você de novo", disse Helen.

"A senhora podia me dizer onde fica o banheiro?", indagou ele, parodiando um sotaque interiorano.

"Daqui até a Terenure deve haver um pelo caminho", respondeu ela. "Não, falando sério, é lá em cima, no alto da escada, não tem como errar."

"Certo. É um prazer estar na sua casa", disse ele e seguiu na direção indicada.

Helen voltou para o jardim e tornou a se sentar com os O'Meara. Do outro lado da mesa, Ciaran Duffy atraiu sua atenção com os olhos e piscou para ela, como se quisesse dizer que já compreendera a maçada que o casal representava, mas não falou nada. Ela sorriu, dando a entender que sabia o que ele estava pensando. Ele gritou alguma coisa, mas, com toda aquela falação ao redor, ela não conseguiu escutar.

Antes de servir a salada de frutas com chantili, Helen contou os convidados sentados às mesas: eram 37. Faltavam uns quatro ou cinco. Porém, como dissera Hugh, talvez alguns ainda estivessem no bar. Os bares fechavam às onze e meia. Já eram onze e talvez estivesse na hora de levar o garoto indiano para casa — precisava descobrir o nome dele. O menino ria com Cathal, Manus e os outros garotos. Resolveu deixá-los em paz por mais algum tempo.

A maioria dos convidados ainda se achava no jardim quando a música começou a soar na cozinha. O sujeito que não quisera se desfazer das cervejas tocava violão, o amigo dele estava na flauta e a mulher de jeans e blusinha branca no violino. Tocavam de modo informal, descontraído, quase negligente. Helen sabia que tentativas de criar um clima mais intenso não seriam bem-vistas e poderiam mesmo gerar gozação. O flautista conduzia os demais, determinando o andamento. A música tinha uma alegria estranha, repetitiva, e os instrumentistas persistiam em sua atitude displicente, dando a impressão de que tocavam apenas para agradar a si mesmos, ou um ao outro, e que não faziam questão de público, nem pretendiam impressionar ninguém.

Pouco a pouco, as pessoas começaram a levar as cadeiras do jardim para dentro. Alguém apagou a luz principal da cozinha, deixando somente duas lâmpadas para iluminar o ambiente, e outros músicos somaram-se ao grupo: mais um violino, um bandolim, um acordeão. Hugh continuava ocupado, abrindo garrafas e enchendo copos. Helen sabia que ele devia estar adorando a música, a penumbra do aposento, a companhia dos amigos, a bebida. Isso fazia com que ele se lembrasse de sua cidade natal, e só muito raramente acontecia em Dublin, onde, por modéstia ou preguiça, por uma exagerada tendência a viver à deriva e deixar que as coisas seguissem seu próprio curso, a maioria de seus amigos seria incapaz de organizar esse tipo de encontro.

De repente tudo ao redor silenciou: uma mulher começara a cantar. Helen a conhecia, sabia que no passado ela havia gravado alguns discos com o irmão e a irmã e, mais recentemente, um CD solo que Hugh escutara sem parar e que Helen aos poucos aprendera a apreciar. A certa altura da noite ela havia cruzado com a cantora na escada e lembrou-se de seu sorriso tímido, afável. Agora, em pé junto à parede dos fundos do cômodo, a mulher cantava com desenvoltura e autoridade, e entre os convidados notava-se uma quietude quase reverente. Ela raramente cantava em público e se houvessem lhe pedido para cantar — Helen conhecia as regras — teria se recusado e sugeriria que outra pessoa o fizesse, mantendo-se irredutível em sua decisão. Sua voz surgira do nada, no momento em que os músicos pararam para um intervalo. Helen sabia que a família dela era de Donegal, mas Hugh só a conhecera em Dublin. O sotaque com que pronunciava as palavras irlandesas era tipicamente donegalense, mas o vigor com que elevava e baixava a voz era todo dela, e até mesmo os O'Meara, como Helen podia ver, observavam-na enlevados. Quando terminou a canção, a mulher sentou-se, sorriu e bebericou seu drinque, como se não houvesse feito nada de mais.

A música recomeçou, dessa vez em ritmo mais acelerado. Alguém apareceu com um *bodhrán* e pôs-se a batucá-lo de olhos fechados. Helen acompanhou os O'Meara até a porta da frente; então se lembrou do garoto indiano e voltou para procurá-lo. Encontrou-o brincando de correr em volta das mesas, tendo em seu encalço Cathal, Manus e outro menino que recebera permissão para ficar acordado até o fim da festa. Ao interromper a brincadeira, desejou ter obtido autorização para que o garoto indiano também pudesse ficar.

Caminharam juntos pela rua até a casa dele.

"Será que os seus pais já foram dormir?", indagou ela.

"Minha mãe deve estar à minha espera", respondeu ele com um sorriso. Helen perguntou a si mesma se algum dia Cathal e Manus seriam assim tão educados.

"Tomara que ela não se zangue comigo por eu tê-lo deixado ficar até tão tarde."

"Não, ela não vai se zangar", disse o garoto em tom grave.

* * *

No caminho de volta, Helen contemplou a rua banhada pela sinistra luz amarela que emanava dos postes e observou os carros estacionados nas garagens e no meio-fio: Nissans, Toyotas, Ford Fiestas. Todas aquelas casas, geminadas de um lado só, eram exatamente iguais, construídas para pessoas que desejavam levar uma vida sossegada. Riu consigo mesma da idéia e parou em frente a sua casa, olhando para um táxi que se aproximava piscando os faróis. Viu o taxista descer do carro com uma lanterna na mão.

"Estamos procurando a Brookfield Park Avenue", disse ele. "Encontramos Brookfield isto, Brookfield aquilo e nada dessa tal de Park Avenue. Isso aqui parece o Velho Oeste." Apontou a lanterna para a porta de uma casa vizinha.

"Pois acabaram de encontrar. A Brookfield Park Avenue é esta", disse ela.

As portas do táxi se abriram e quatro passageiros desceram, cada um com uma caixa de latinhas de cerveja debaixo do braço. "É aqui", disse um deles. Ela não conseguia enxergar direito seus rostos.

"É a Helen", disse um deles. "Estávamos rodando por aí feito uns patetas."

"Ei, você eu conheço", disse ela. "Mick Joyce, o que está fazendo na rua a uma hora dessas?"

"Espere aí, deixe eu pagar esse sujeito", disse ele rindo.

Depois que o táxi partiu, ela conduziu os quatro novos convidados até a festa. Mick Joyce já os visitara algumas vezes antes; era advogado e cuidara de toda a papelada legal da escola de Hugh. Era o melhor advogado do país, dizia Hugh, conhecia todos os meandros legais, estava sempre atento aos mínimos detalhes, mas quando escurecia — e ela ouvira Hugh contar a história em várias ocasiões, sempre usando as mesmas palavras — era capaz de tudo, iria a qualquer lugar, iria até Kerry, mesmo tendo de voltar na mesma noite, se pensasse que havia alguma coisa interessante acontecendo por lá. Em sua fala, sobressaía o sotaque típico dos naturais de Galway.

"Esta é a dona da casa", disse ele para os outros. Eles trocaram apertos de mão com ela, mas não houve apresentações.

"Guardamos um pouco de comida para vocês", disse ela.

"Você é mesmo uma mulher incrível", disse Mick.

Então ele avançou pelo hall rumo à cozinha e estacou no vão da porta como se fosse o proprietário do lugar ou o convidado de honra. Quando a música chegou ao fim, vários dos presentes gritaram seus cumprimentos. Hugh abasteceu de drinques a ele e a seus amigos, e a música recomeçou.

Helen reparou que Ciaran Duffy preparava sua gaita-de-foles *uilleann* sob os olhares atentos de algumas pessoas. Era uma operação vagarosa, meticulosa, e ela percebeu que esses preparativos ofuscavam os músicos que ainda estavam tocando. Observou Mick Joyce dirigir-se ao jardim, encontrar Manus e alçá-lo aos ombros, fazendo-o rir e gritar. Cathal e o amigo seguiam-nos pelo jardim. Helen recordou que todas as vezes que os visitava Mick fazia questão de ir atrás de Manus, agindo como se houvesse vindo especialmente para vê-lo. Manus o adorava, era o único amigo de Hugh a respeito do qual costumava falar.

Quando a gaita-de-foles *uilleann* começou a soar, Mick Joyce e os meninos entraram em casa. Algumas pessoas já haviam partido, mas a cozinha continuava razoavelmente cheia e havia agora um silêncio só comparável ao que fora antes reservado à cantora. Os outros músicos descansaram seus instrumentos. Como Helen sabia, esse era, acima de tudo, um mundo de hierarquias, e não havia ninguém ali cuja reputação chegasse aos pés da notoriedade daquele instrumentista. E eles escutavam, cheios de reverência, profundamente interessados na técnica, no movimento da melodia e da harmonia de base, no senso de contenção e relaxamento. Sentados no chão, Cathal e Manus, que estavam aprendendo a tocar *tin whistle*,* também prestavam atenção — ainda que Manus vez por outra se virasse para certificar-se de que Mick Joyce continuava na cadeira atrás dele. Estavam concentrados na música, embora já passasse da meia-noite e eles devessem ter ido para a cama há três horas.

Helen sentou-se no chão e, pela primeira vez na noite, pôde relaxar um pouco. Notou que a melodia e o ritmo modificavam-se, ganhando velocidade, numa exibição de virtuosismo repleta de alusões e insinuações, voltas e contravoltas bem-humoradas. O ambiente estava um tanto saturado de fumaça de cigarro, latinhas de cerveja e garrafas eram utilizadas como cinzeiros, e por toda parte as pessoas, sentadas ou em pé, escutavam a música. Ainda em pé, com o ombro apoiado à parede, Hugh notou o olhar de Helen e sorriu para ela.

Quando Ciaran Duffy parou de tocar, os convidados começaram a se retirar. Foi então que alguém gritou para Mick Joyce, queixando-se de que ele ainda não havia cantado e que a noite não ficaria completa enquanto não o fizesse.

"Estou bêbado demais para cantar", berrou ele de volta, mas levantou-se e apontou para o sujeito do violão e seu companheiro do bandolim. "Nem tentem me acompanhar", ordenou, "senão acabo me atrapalhando todo."

"Achei que você tivesse dito que estava bêbado demais para cantar", provocou um deles.

"Já que insistem, eu canto", replicou Mick.

Deu início a *The rocks of Bawn*, entoando-a de forma ainda mais estrondosa do que das outras vezes em que Helen o ouvira cantar. Cathal e Manus continuavam sentados no chão, fascinados com a paixão exuberante com que ele cantava, seu rosto afogueado pela fúria da canção, como se a qualquer momento fosse

---

* Pequena flauta de metal, semelhante à flauta doce. (N. T.)

começar uma briga ou ter um infarto. Algumas pessoas que estavam à porta da frente, prestes a ir embora, retornaram para ouvir os versos finais:

> *Quem dera a rainha da Inglaterra me convocasse a tempo*
> *E ainda jovem e viçoso me alistasse num regimento.*
> *Pela gloriosa Irlanda eu lutaria de sol a sol*
> *E jamais voltaria para lavrar as rocks of Bawn.**

Ao terminar a canção, Mick pegou Manus nos braços e riu quando este começou a puxar suas orelhas. Olhou para Helen como se quisesse dizer que mais uma vez havia lhes pregado uma peça. Ela levou uma lata de cerveja gelada para ele. Mick abriu-a e, antes de beber, ofereceu um gole ao menino, mas Manus recusou, não apreciava o gosto de cerveja. Então Cathal levantou a mão, pedindo para experimentar, e quando Mick Joyce estendeu-lhe a lata ele inclinou a cabeça para trás e tomou um longo trago. Percebeu que a mãe estava de olho. Sabia que tinha permissão para tomar um golinho ou outro, mas não estava seguro de qual seria a reação dela desta vez.

"Foi ele que me deu", disse Cathal ao devolver a lata.

---

* Canção folclórica datada do século XVII, quando o governo inglês, sob a liderança de Oliver Cromwell, determinou que todos os fazendeiros irlandeses a leste do rio Shannon (área até então colonizada pelos ingleses) estariam sujeitos, entre outras penalidades, a ser deportados para a inóspita região de Connaught, cujo solo é recoberto por rochas brancas, ou *"rocks of bawn"* (*bawn*, em irlandês, significa "branco"). A fim de evitar essa privação e diante da perspectiva de ficar sem as terras que lhes garantiam o sustento, muitos irlandeses optaram por se alistar no exército que o rei inglês deposto James II organizara na Irlanda para lutar contra Cromwell. (N. T.)

"Você vai ficar bêbado", comentou ela rindo. "E vai acordar amanhã com uma bela de uma ressaca."

Helen fechou as portas que davam para o jardim. A festa estava quase no fim. Recordou que Hugh certa vez lhe dissera que Mick Joyce só sabia cantar uma canção e isso a deixou aliviada. O som da cantoria provavelmente chegara às casas dos vizinhos da direita e da esquerda e talvez até a pontos mais afastados da rua. Pensou por alguns instantes no amigo de Hugh: se ele gostava tanto de crianças, por que não tinha filhos? E como fazia para fingir, em seu gestual e em sua maneira de falar, que vivia no Oeste da Irlanda? Imaginou como seria estar casada com alguém assim, a combinação de austeridade e anarquia, o temperamento inconstante. Virou-se para Hugh no momento em que ele começou a cantar em irlandês com uma voz que era nasalada e fina, mas também doce e límpida. Ele estava de olhos fechados. Restavam apenas umas dez pessoas na casa, e duas, a princípio a meia-voz, depois mais alto, juntaram-se a ele. Helen continuou onde estava e pensou em Hugh, em quão sereno ele era, e consistente, e modesto, e digno. E perguntou-se — como com freqüência fazia em ocasiões como essa — qual seria a razão de sua atração por ela, por que ele teria necessidade de viver ao lado de alguém que não possuía nenhuma de suas virtudes, e súbito se sentiu distanciada dele. Jamais poderia revelar-lhe o impulso que diariamente a fazia querer resistir a ele, manter-se fora de seu alcance; tampouco desejava que ele soubesse do esforço que empreendia para vencer esse impulso, um esforço em que tão freqüentemente fracassava.

Hugh tentava entender o que acontecia com ela, mas nem

por isso deixava de ficar amedrontado e, em geral, resolvia a questão fingindo não ser nada, iludindo-se com a idéia de que era apenas a proximidade da menstruação, ou um mau humor passageiro. De fato a coisa passava, e ele esperava até encontrar o momento certo de puxá-la de volta, quando ela então se deitava a seu lado, em certa medida agradecida, mas também consciente de que ele havia deliberadamente se enganado sobre o que havia entre eles. Ao observá-lo agora, bramindo o último verso da canção, evidentemente apaixonado pelos sons das palavras que sua voz entoava, Helen compreendeu que qualquer outra pessoa teria desnudado aquelas regiões agrestes, aqueles aspectos movediços e suspeitos que ele tratava de acobertar.

2.

Helen acordou cedo e logo se viu dominada por um estranho sentimento de frustração, como se houvesse perdido algo importante. Tinha a boca seca. Percebeu que não conseguiria voltar a dormir, mas continuou deitada, rememorando os acontecimentos da festa. Ocorreu-lhe que se sentia como as crianças se sentem quando, a um momento de excitação frenética, sobrevém a hora de ir para a cama ou alguma obrigação enfadonha.

Eram oito da manhã, tivera somente quatro horas de sono. Levantou da cama e, depois de se lavar e vestir, começou a arrumar a bagunça da véspera, esvaziando e tornando a encher a lavadora de louça, fechando sacos plásticos pretos cheios de lixo e levando-os para fora, deixando-os junto à porta dos fundos. Quando Hugh desceu, trajando apenas uma cueca samba-canção e uma camiseta, a faxina estava praticamente terminada.

"Você devia ter deixado isso para mim", disse ele.

"Já acabei, agora você pode cuidar das malas."

Helen estava junto à pia. Hugh se aproximou dela e a abraçou.

"Vou ficar com saudades", disse ele. "Vou passar o tempo

todo pensando em coisas que gostaria de te dizer, mas você não vai estar lá para ouvir."

"Se não fossem essa reunião no Departamento e as entrevistas na escola, eu seria até capaz de mudar de idéia, mas é só por pouco mais de uma semana, Hugh."

Ela fechou os olhos e encostou os lábios no pescoço dele. A noite maldormida serviu apenas para intensificar o súbito desejo que sentiu pelo marido, levando-a a acariciá-lo, enquanto ele, com vagar, punha-se a beijá-la. Quando abriu os olhos, Helen viu que, à porta da cozinha, Cathal estudava-os com uma expressão cautelosa. Ela sorriu e, com delicadeza, libertou-se dos braços de Hugh.

"Cathal", disse ela, "o café-da-manhã está na mesa. Eu e o seu pai vamos nos deitar um pouco. Não demoramos." Indagou a si mesma se a cueca de Hugh não deixaria transparecer sua ereção.

Cathal não falou nada e dirigiu-se à mesa da cozinha sem tirar os olhos dos pais. Eles subiram para o quarto e fecharam a porta.

"Coitado do Cathal", disse ela. "Espero que não tenha se impressionado com a cena. Se bem que provavelmente teria sido pior se ele nos pegasse no meio de uma briga feia."

"Bem pior", comentou Hugh rindo, "bem pior."

Às onze horas, as malas dos meninos já estavam no porta-malas e a mochila de Hugh no banco de trás do carro. Helen havia preparado uma lista de recomendações.

"Lembre-se de que, quando chegar na altura de Ballyshannon, você tem de cruzar o rio", advertiu ela. "Se for em frente, vai dar na fronteira com o Norte."

"Sim, senhora", volveu Hugh.

"Aposto que estão se esquecendo de alguma coisa."

"Estamos nos esquecendo dos nossos beijos de despedida."

"E tomem cuidado com aquela gente de Donegal", disse ela em tom de gracejo. "São todos uns malandros."

Ela certificou-se de que os garotos, no assento traseiro, haviam prendido corretamente o cinto de segurança. Manus estava impaciente para partir. Não quis saber de beijá-la. "Não agüento mais esperar", disse ele.

Ela acenou para eles enquanto o carro se afastava.

Ao entrar em casa, sabia que o momento que se seguiria seria especial, por uma ou duas horas poderia saborear os aposentos vazios, silenciosos, ainda impregnados pela energia doce que Hugh, Cathal e Manus haviam deixado atrás de si.

Frank Mulvey e o filho apareceram antes do almoço para recolher as mesas e as cadeiras. Quando soube que Hugh e os garotos tinham ido para Donegal, Frank meneou a cabeça e olhou para ela. "E a senhora não se importa de ficar aqui sozinha?", perguntou.

"Não, claro que não. São só uns dias."

"A minha patroa nunca me deixa sair de baixo dos olhos dela."

Ela estava parada junto ao portão da frente, observando-os colocar a última das mesas na perua, quando reparou num carro branco que avançava lentamente pela rua, com um homem ao volante que perscrutava as casas pelas quais ia passando. No momento em que Frank e o filho fecharam a porta de trás da perua, o carro cruzou com eles.

"É bem sossegado por aqui." Frank Mulvey observou a rua ao entrar na perua.

"Pois você devia ter visto o barulho que fizemos ontem à noite."

"A senhora não é de Dublin, é?", indagou ele.

"Não, sou de Wexford, nasci em Enniscorthy", respondeu ela.

"Wexford", disse ele. "Antigamente a gente costumava ir de moto para a praia de Courtown."

"Os dublinenses faziam bastante sucesso em Courtown."

"É mesmo, nós éramos os maiorais, mas isso foi há muito tempo, antes de a senhora nascer." Frank fechou a porta. Sob o olhar de Helen, ele e o filho, que não havia aberto a boca, apertaram o cinto de segurança. A perua arrancou, e Frank despediu-se com um toque de buzina.

A essa altura o automóvel branco havia dado a volta e avançava vagarosamente em sua direção. Helen percebeu que o motorista estava perdido. Ao chegar perto dela, ele baixou o vidro.

"Estou procurando o número 55, a casa dos O'Doherty", disse ele.

"É aqui", disse ela.

"Você é a Helen?", perguntou ele.

Seu tom de voz era vivaz e afável, mas também formal, o que a fez pensar tratar-se de um professor à procura de emprego que resolvera vir até a casa dela para apresentar suas referências ou deixar um currículo. Perguntou-se de que maneira o sujeito teria descoberto seu endereço e fechou a cara.

"Sou", respondeu ela com brusquidão.

"Espere um pouco, vou estacionar", disse ele.

Ela havia passado as duas últimas semanas entrevistando professores e teve a impressão de reconhecer o tipo: petulante, convencido, incapaz de exibir a menor dose de reticência, um potencial tormento na sala dos professores e um inútil na sala de aula. Esperou junto ao portão.

"Meu nome é Paul", disse ele. "Sou amigo do seu irmão."

Helen se manteve em silêncio, continuava achando que o sujeito devia ser um professor, provavelmente algum amigo a quem Declan dera o endereço dela. Indagou a si mesma se Declan seria capaz de fazer uma coisa dessas, mas não tinha como saber, fazia anos que não se encontrava com os amigos dele.

"Se quiser, pode entrar, mas vou logo avisando que a casa está uma bagunça. Tivemos uma festa aqui ontem."

"Uma festa?" A indagação foi feita num tom estranho e não a convenceu.

"Foi o que eu disse, uma festa", ela devolveu, secamente.

Levou-o até a cozinha e sentou-se. Não lhe ofereceu nada. Esperava que o sujeito também fosse se sentar, mas ele permaneceu em pé.

"O Declan foi hospitalizado. Está no Saint James. Pediu que eu viesse avisá-la."

Helen ficou em pé. "Puxa, desculpe. Pensei que você fosse um professor procurando emprego."

"Não, já tenho um emprego, obrigado." Agora era ele que falava com sequidão.

"Foi algum acidente? Quer dizer, está tudo bem com ele?"

"Não, não foi um acidente, mas ele gostaria de ver você."

"Há quanto tempo ele está no hospital? Desculpe, como é mesmo o seu nome?"

"Paul."

"Paul", repetiu ela.

Ele hesitou um pouco. "O Declan quer te ver. Não sei se está ocupada, mas, se quiser, posso levá-la agora mesmo até o Saint James."

"Ele quer que eu vá agora? Ei, espere aí, é alguma coisa séria?"

Paul tornou a hesitar.

"Está tudo bem com ele?", perguntou Helen.

"Estava com uma cara boa quando o vi pela manhã."

"Isso não parece lá muito animador."

Quando ele não respondeu a esse seu comentário, Helen pensou que era melhor parar de fazer perguntas. Consultou o relógio, era uma e dez.

"Preciso estar na Marlborough Street às quatro. Tenho uma reunião no Departamento de Educação."

"Se sairmos agora, dá tempo de você chegar lá às quatro."

Helen percebeu que ele esperava mais uma pergunta. "Certo, então vamos", disse ela. "Mas me dê alguns minutos para me arrumar."

No andar de cima, enquanto vestia um tailleur azul-marinho e uma blusa branca — seu uniforme de freira, dizia Hugh —, Helen ruminava as coisas que Paul havia lhe dito e aquelas sobre as quais havia silenciado. Teria sido fácil afirmar que não se tratava de nada sério. Mesmo se fosse um sujeito alarmista, do tipo que sente prazer em dar más notícias, poderia ter dito algo que indicasse que não era nada grave. Ao comentar que vira Declan naquela manhã e que o achara bem, talvez quisesse dar a entender que não era nenhuma tragédia. Ela parou em frente ao espelho do banheiro e maquiou-se de leve. Sentiu um impulso súbito, um anseio que a princípio não soube identificar, mas que logo percebeu tratar-se do desejo de retornar ao momento anterior à chegada de Paul, voltar uma hora e meia no tempo e ver-se em casa sem aquela presença pesada, agourenta, que a esperava no andar de baixo.

Penteou os cabelos, examinou-se no espelho de corpo inteiro e, com passos relutantes, desceu a escada. Ao vê-lo na cozinha, teve um forte sentimento de hostilidade em relação a ele, um sentimento que sabia que teria de manter sob controle.

Encontrou sua pasta na sala da frente e retirou os livros que havia dentro dela, deixando apenas um bloco de notas e algumas canetas esferográficas. Verificou se as janelas do andar de baixo estavam fechadas, ligou a secretária eletrônica, certificou-se de ter pegado suas chaves e então disse para Paul que estava pronta.

Avançaram em silêncio pela Rathfarnham e pela Terenure. Helen sabia que sua próxima pergunta suscitaria uma resposta que não daria margem a dúvidas.

"É melhor me dizer qual é o problema", instou ela.

"O Declan tem Aids. Está muito doente. Pediu que eu viesse te dar a notícia."

O primeiro impulso de Helen foi fugir, esperar pelo semáforo seguinte, tentar abrir a porta e correr para a calçada, transformando-se na pessoa que nesse momento entrava numa banca de revistas, ou naquela outra que aguardava num ponto de ônibus, ser qualquer um, menos quem ela era agora no carro.

"Se quiser, posso parar um pouco", ofereceu Paul.

"Não, vá em frente, eu agüento o tranco", respondeu ela. "Há quanto tempo ele está doente?"

"Faz um bom tempo que o teste dele deu positivo, mas a doença só começou a se manifestar nos últimos dois ou três anos, embora ele parecesse estar bem. Passou por maus bocados no ano passado, mas conseguiu se recuperar. Tem um cateter no peito que costuma infeccionar, está com problemas num dos olhos e faz quimioterapia uma vez por mês. Nunca esteve tão debilitado como agora. E tem se afligido muito por causa da sua mãe."

"Também não contou para ela?"

"Não. Ele decidiu — se é que 'decidiu' é a palavra certa — deixar tudo para a última hora."

Mais uma vez Helen sentiu-se incapaz de encarar a resposta à pergunta que se via impelida a fazer em seguida. Desejou conhecer Paul melhor, de forma a poder saber se ele usara a expressão "última hora" por acaso, ou se o fizera intencionalmente. Refletiu: tudo o que ele havia dito antes parecera ponderado e deliberado; dificilmente teria recorrido involuntariamente a uma expressão como "última hora".

"Quer dizer que ele está morrendo?"

"Desta vez vai ser mais duro."

"Faz tempo que ele está no hospital?"

"Passa alguns dias lá, depois o mandam para casa, mas na maior parte do tempo ele se trata numa clínica."

"Minha mãe me contou que ele andava muito ocupado."

"O Declan não está trabalhando. E tem evitado se encontrar com você e com sua mãe."

"Como é que ele tem feito para se sustentar?"

"Tem uma poupança, e faz um trabalhinho aqui, outro ali."

"E namorado, quer dizer, um companheiro, ele tem?"

"Não", disse Paul categoricamente.

"Está morando sozinho?"

"Não, ele tem ficado na casa de amigos. E também andou viajando um pouco. Na Páscoa foi a Veneza — dois de nós o acompanharam —, mas já não tem muita energia. Esteve uma semana em Paris, mas passou muito mal por lá."

"Deve estar sendo duro cuidar dele."

"Não, agora está mais difícil, porque ele está mais fraco e detesta ficar no hospital, mas o Declan é um cara formidável."

"E por que ele não contou nada para nós?"

Estavam presos num congestionamento na Clanbrassil Street. Paul lançou-lhe um olhar cortante.

"Porque não tinha coragem."

Pela maneira como ele disse isso, Helen compreendeu que Paul a considerava uma intrusa, uma personagem remota que precisava ser trazida à cena. Declan, pensou ela, havia trocado a família pelos amigos. Gostaria que ele tivesse pensado nela como uma amiga.

Percorreram a Thomas Street em silêncio. Ela ainda se sentia incapaz de decifrar a personalidade de Paul — aquela mescla de tom seco, factual, com uma coisa mais suave, mais compassiva. Passaram pela cervejaria da Guinness, viraram à esquerda e entraram no complexo hospitalar. Paul conduziu o carro até um dos estacionamentos laterais.

"O Declan tem um clínico geral acompanhando o caso dele, ou está sendo tratado por um especialista?", perguntou ela enquanto se dirigiam a um dos edifícios do hospital.

"É uma infectologista, mas acho que ela não está aqui hoje."

"Ela?"

"É, a Louise, a médica que cuida dele."

"O Declan gosta dela?"

"Gosta, ela é boa pessoa. Mas 'gostar' não é bem a palavra."

Chegando ao saguão de entrada, Helen perguntou a Paul o que ele fazia.

"Trabalho para a Comissão Européia. No momento estou de licença."

Aquela ala do hospital era antiga, tinha um pé-direito alto, paredes reluzentes e corredores que emitiam ecos. Paul ia indicando o caminho sem esclarecer se estavam perto ou longe do quarto de Declan. Helen não sabia em que ponto ele se viraria para abrir uma porta e colocá-la diante do irmão. Aturdia-a o fato de que menos de uma hora antes ela estava em sua casa, livre de preocupações.

"Desculpe, Paul." Ela o parou no corredor. "Preciso saber uma coisa: estamos falando de dias, semanas ou meses? Quanto tempo?"

"Não sei. É difícil dizer."

Nesse ínterim, um médico jovem, de avental branco e estetoscópio em volta do pescoço, surgiu no corredor e aproximou-se.

"Esta é a irmã do Declan", disse Paul. Sem chegar mais perto, o médico a cumprimentou com a cabeça.

"Não entrem agora", pediu ele. Parecia apreensivo.

Helen consultou o relógio, eram duas horas.

"Ela só pode ficar até as três e meia", explicou Paul.

"Se for o caso, dou um jeito de cancelar a reunião", disse ela.

"Esperem um pouco", disse o médico. "Vou entrar e dar uma olhada."

Seguiu pelo corredor e, sem fazer barulho, abriu uma porta à sua direita.

"Eu tenho nome, sabia?", disse ela.

"Desculpe, devia ter te apresentado direito."

"O que o Declan pretende fazer em relação a minha mãe?"

"Quer que você conte para ela."

Helen estampou um sorriso azedo no rosto.

"Às vezes conversamos pelo telefone, mas nem sei direito onde ela mora. Quer dizer, tenho o endereço, mas nunca estive lá. Não nos damos bem."

"Sei de tudo isso", disse Paul com impaciência. Soava como alguém que presidisse a uma reunião.

"E daí?"

"E daí que o Declan quer que você vá até lá e conte para ela. Pode ir com o carro dele. Está no estacionamento. As chaves estão comigo."

O médico tornou a aparecer no corredor e fez um gesto para que se aproximassem. "Ele pediu para vocês entrarem juntos."

Apesar da penumbra que reinava no quarto, Helen distinguiu a figura de Declan na cama. Ele a seguiu com os olhos e sorriu para ela. Estava mais magro do que da última vez em que o vira, três ou quatro meses antes, mas não tinha uma aparência doentia.

"Paul", disse ele com um sussurro rouco, "será que você podia abrir a janela e afastar um pouco as cortinas?" Tentou sentar-se na cama.

Uma enfermeira entrou no quarto, tirou a temperatura dele, anotou a informação numa tabela e foi embora. Helen notou uma ferida escura, feia, numa das laterais do nariz de Declan. Ele pôs-se a falar com Paul como se ela não estivesse presente.

"E então, o que achou dela?"

"Sua irmã? Daria uma boa madre superiora", disse Paul rindo.

Helen permaneceu imóvel e não falou nada. Tentou sorrir e forçou-se a pensar em como devia estar sendo duro para Declan. Tinha vontade de esganar Paul.

"Mas é gente fina", acrescentou o amigo do irmão.

"Hellie", disse Declan, "você se vira com a velha?"

"Quer vê-la?"

"Quero."

"Quando?"

"Assim que ela puder. E será que você também dá um jeito de contar para a vovó?" Declan fechou os olhos.

"Paul, você precisa conhecer a minha avó", disse ele. "É a pessoa certa para colocar você na linha. Ela é um azougue."

"Não tem problema, darei um pulo na casa da vovó", disse Helen. "Não é incômodo algum. O Hugh e os meninos estão em Donegal."

"Eu sei", disse Declan.

"Como assim?"

"Um amigo meu esteve na festa de vocês ontem à noite."

"Quem?"

"Seamus Fleming. É conhecido do Hugh."

"Como ele é?"

"É um cara alto e magricela", intrometeu-se Paul. "Tem uns olhos lindos. E é um paquerador incorrigível."

"Toca violão?"

"Esse mesmo", disse Declan.

"E ele é gay?", indagou ela.

"Até o último fio de cabelo", disse Declan. Paul deu uma gargalhada. Declan fechou os olhos, tornou a deitar-se e ficou em silêncio.

Exasperada, Helen franziu o cenho. Por alguns instantes, ninguém disse nada. Declan parecia ter adormecido, mas logo abriu os olhos. "Quer alguma coisa?", sondou ela.

"Tipo Gatorade, uvas? Não, não quero nada."

"Não sei o que dizer, Declan, fiquei chocada com a notícia."

Ele tornou a fechar os olhos e não respondeu. Paul levou o dedo aos lábios, indicando a Helen que não falasse mais nada. Os dois se entreolharam por cima da cama.

"Hellie, sinto muito por tudo", disse Declan ainda de olhos fechados.

Antes de deixar o hospital, eles conversaram mais uma vez com o médico. Helen reparou como Paul era afável com ele, como o tratava com intimidade. O médico lhes disse que a infectologista — também a chamava pelo primeiro nome, Louise — passaria o dia seguinte inteiro no hospital e estaria disponível para falar com Helen e a mãe quando elas o desejassem.

"Não consigo acreditar que isso esteja realmente acontecendo", disse Helen do lado de fora do prédio. "Vocês falam como se fosse a coisa mais normal do mundo, mas a verdade é que o Declan está morrendo aí dentro e agora preciso dar a notícia para a minha mãe."

"Ninguém aqui vê nada de normal nisso", retorquiu Paul friamente.

Ele a acompanhou até o estacionamento que havia em frente à parte nova do hospital. Abriu o carro de Declan — um

Mazda branco em estado lastimável — e entregou-lhe as chaves. "Já dirigiu um destes antes?", perguntou.

"Eu me viro, pode deixar."

"Amanhã pretendo passar a maior parte do dia aqui. Em todo caso, é melhor ficar com o meu telefone. Tome, anotei-o para você. Outra coisa: pelo que entendi, o Declan não precisa de fato ficar no hospital. Eles têm que recolocar um cateter nele, e acho que resolverão esse problema amanhã cedo. Depois disso provavelmente não farão mais nada com ele, só monitoração. É muito fácil o sujeito entrar no hospital, mas é uma batalha convencer os médicos a deixá-lo sair. Se você e sua mãe disserem à Louise que gostariam de tirá-lo daqui, mesmo que seja só por um dia, tenho certeza de que ela não irá se opor."

"Amanhã o problema vai ser a minha mãe", disse Helen.

"Nada disso", retrucou Paul, "não me venha com essa. O problema é o Declan, não a sua mãe. Ele fica deprimido no hospital. E isso não é um detalhezinho menor, é uma prioridade."

"Ainda bem que você avisou."

Helen entrou no carro, fechou a porta e baixou o vidro para continuar falando com ele. "Paul, queria te agradecer por tudo", disse ela. Tentou parecer sincera ao dizer isso, arrependendo-se do tom agressivo que usara na frase anterior.

"Tudo bem", respondeu ele desviando o olhar. Fez menção de falar alguma coisa, mas mudou de idéia. Fitou-a com uma expressão quase hostil e disse: "A gente se vê".

Ela deu a partida, pôs o carro em movimento e deixou o complexo hospitalar rumo ao centro da cidade. Encontrou uma vaga na Marlborough Street, pegou a pasta, colocou algumas moedas no parquímetro e dirigiu-se à recepção do Departamento de Educação.

Como ainda era cedo, sentou-se por ali e esperou. Sabia que, se não houvesse viajado, Hugh a teria feito voltar para casa. Gostaria que ele estivesse lá fora, aguardando-a no carro, pronto para ir com ela até Wexford. A essa altura ele provavelmente já chegara a Donegal e devia estar instalando os meninos na casa da mãe. Telefonaria para ele antes de partir. Não conseguia se concentrar, alternava pensamentos fugidios sobre Hugh e os meninos, sobre a reunião da qual estava prestes a participar, e percebeu que toda vez que tentava identificar o problema era como se deparasse uma sombra escura num sonho e então essa sombra tornava-se real e lancinante: Declan, o hospital, sua mãe. Em geral, quando estava preocupada ou angustiada, sabia que poderia encontrar uma solução para o problema, ou as coisas acabariam se resolvendo por si mesmas, mas isso era algo novo para ela — e por esse motivo, refletiu, insistia em evitá-lo —, algo que não iria embora, que só tendia a piorar. Compreendeu que faria qualquer coisa para se livrar disso.

Alguns outros diretores escolares chegaram e um funcionário levou-os para cima.

"O ministro está aqui", disse ele, "e quer ser apresentado a todos vocês antes da reunião."

No ano anterior, o ministro comparecera à inauguração dos laboratórios de ciências da escola de Helen e, finda a cerimônia, permanecera por mais de uma hora no gabinete dela, fazendo perguntas, escutando-a atentamente.

Ao entrar na sala, Helen reconheceu alguns burocratas do departamento, inclusive um com o qual tinha problemas constantes. Desta vez, como o ministro estava para chegar, todos se trataram com muita educação e cautela. Trocaram apertos de mão e embarcaram em conversas prosaicas enquanto o ministro não aparecia.

"O ministro me disse que já teve oportunidade de se encontrar com todos vocês antes, mas mesmo assim pretendo apresentá-los formalmente a ele", disse John Oakley, o burocrata de mais alto escalão entre os presentes.

O ministro cumprimentou cada um dos diretores que lhe foi apresentado e, então, pediu gentilmente que se sentassem. Ele próprio permaneceu em pé.

"Quero que saibam que todos vocês são bem-vindos aqui", começou. "Sei que são pessoas ocupadas e que em breve sairão de férias, de modo que estamos muito gratos por terem vindo. Essas reuniões têm caráter informal. No entanto, haverá um relatório final, a ser preparado por John Oakley, que deverá estar pronto até o Natal. Pedimos que vocês viessem até aqui hoje por uma única razão: suas escolas apresentam um desempenho exemplar em áreas que têm se revelado particularmente problemáticas em outras unidades. Dentre elas, costumo destacar o problema do absenteísmo, e a escola da nossa colega Helen O'Doherty é a que registra as mais baixas taxas em todo o país, tanto de absenteísmo como de licenças por motivo de saúde. O ensino de línguas européias é outra área que me vem sempre à mente e, nesse caso, o destaque vai para a irmã aqui presente, cuja escola tem obtido resultados extraordinários, sobretudo no que diz respeito às línguas vivas. Suas meninas também têm um ótimo desempenho em física e matemática avançada, duas áreas em que a escola do nosso caro George Fitzmaurice, de Clonmel, é um marco de excelência. Essas são apenas algumas das áreas em que estamos interessados e o nosso objetivo é saber como vocês fizeram para chegar aonde chegaram, a fim de que possamos aplicar suas experiências em outros lugares. Se quiserem apresentar relatórios por escrito, isso seria de enorme auxílio para nós. Mas o que eu realmente lhes peço é que compareçam a algumas dessas reuniões informais que realizaremos de hoje até o Natal. E, como imagino que saibam, caso tenham preocupações ou problemas específicos, não se acanhem, estou à disposição de vocês, em pessoa ou por intermédio de John Oakley. Nossas portas estão sempre abertas. Isso é tudo o que tenho a dizer por ora. Obrigado a todos, e agora mãos à obra."

O ministro sorriu para eles e conversou brevemente com um dos burocratas. Quando estava de saída, seu olhar cruzou com o de Helen.

"Estava mesmo querendo falar com você", disse ele. "Se não me engano, no dia em que estive na sua escola você me contou que era de Enniscorthy e que o seu pai também havia sido professor. Algum tempo depois fiz uma visita ao Mercy Convent e soube de mais coisas a seu respeito. As freiras me disseram que uma de suas ex-alunas é diretora de uma escola em Dublin, que o seu nome de solteira é Breen e que você é filha de Michael Breen. Ora essa, conheci muito bem o seu pai! Éramos colegas no comitê, o primeiro a ser instalado pela seção irlandesa da Associação de Professores Europeus."

"Faz vinte anos que o meu pai morreu", disse Helen. "Não imaginei que o senhor fosse se lembrar dele."

"Foi uma perda terrível, Helen. Talvez você ainda fosse muito nova na época para se dar conta disso, mas o fato é que ele era um homem brilhante e extremamente dedicado, um dos melhores educadores que este país já teve. Tenho certeza de que ele ficaria muito orgulhoso se visse você hoje."

Seu tom de voz era tão pessoal e íntimo, tão franco, que Helen sentiu vontade de continuar falando com ele, prolongar um pouco a conversa, mas ele apertou a mão dela e dali a pouco já havia se envolvido num diálogo com outro diretor.

Ela aguardou até que o ministro tivesse saído da sala, então se aproximou de John Oakley.

"Preciso ir", disse. "Não posso ficar. Vou mandar um relatório para vocês, depois nos falamos."

"Fique pelo menos meia hora", instou ele.

"Não dá."

"Foi alguma coisa que o ministro disse?", indagou ele com desconfiança.

"Tenho que ir a Wexford", explicou ela. "Falo com vocês outra hora."

Caminhando pelo corredor, Helen começou a chorar. Um funcionário que saía de uma sala com uma pilha de pastas fitou-a perplexo. Ela desceu as escadas até o saguão e saiu do edifício em direção ao carro. Entrou no automóvel e ficou ali sentada por alguns minutos até se recompor. Então, em meio ao tráfego do fim de tarde, rumou para sua casa em Ballinteer.

Às sete horas, Helen estava na estrada que a levaria até Wexford. Quando soube da notícia, Hugh quis voltar para Dublin. Contou que os meninos já haviam se esquecido dele, tinham se dado muito bem com os primos, estavam entusiasmados com a praia e com a casa da avó. Ofereceu-se para pegar o carro e retornar imediatamente para Dublin, mas Helen disse que não, que iria sozinha a Wexford e telefonaria no dia seguinte.

Falou-lhe sobre Seamus Fleming e Hugh disse que se lembrava de ele ter perguntado sobre sua viagem para Donegal, mas jamais imaginara que Seamus fosse amigo de Declan e muito menos que era gay.

"Fiquei passada com a idéia de ele ter vindo à festa sabendo que não sabíamos de nada", disse ela.

"O Declan deve ter pedido para ele não contar", contemporizou Hugh.

Conforme Helen avançava na direção sul, o céu ia desanuviando. O carro de Declan era velho e ela não se sentia segura para fazer ultrapassagens nas estradinhas estreitas por onde transitava depois de ter deixado a estrada de duas pistas para trás. Em certos momentos tinha a sensação de estar dirigindo num sonho, num desses sonhos em que, quando a pessoa desperta, tem a impressão de continuar sonhando. Mas agora que passara por Rathnew e seguia no sentido de Arklow, sabia que estava perfeitamente acordada. O entardecer tinha uma luminosidade clara, o céu estava azul e havia uma massa de nuvens brancas ao longe. Ela não dedicara um único pensamento ao que pretendia dizer à mãe. Quando começou a vislumbrar o tempo que passariam juntas, em Wexford ou em Dublin, percebeu que daria tudo para evitar isso. Então se pôs a imaginar opções para o que faria a seguir.

Pensou em se registrar num hotel em Wexford e procurar a mãe na manhã seguinte, mas foi somente ao parar no Toss Byrne's, em Inch, na estrada para Gorey, que decidiu o que fazer. Não iria até Wexford nessa noite. Em vez disso, rumaria para Cush, na praia, onde vivia sua avó, e lhe daria a notícia primeiro. Passaria a noite lá. Sua avó a instruiria sobre como agir em relação à mãe.

Ao ingressar no saguão do restaurante, Helen se deu conta de que estava morrendo de fome. Jamais parara ali antes e, embora tivesse reparado numa placa que dizia "Servimos o dia inteiro", admirou-se ao ver que todas as mesas ostentavam cardápios com opções de refeições completas. Esperou junto ao balcão por alguns instantes, certa de que lhe informariam que a cozinha estava fechada, mas logo surgiu um barman, que anotou seu pedido e disse que, se ela preferisse, podia aguardar o prato na mesa. Havia algo de tipicamente wexfordiano no sotaque e no tom de voz dele, uma amabilidade e uma franqueza ligeiramente acanhadas, das quais ela tinha se esquecido e que agora reconhecia, algo que a fez sentir-se mais leve ao se dirigir à mesa e sentar. Pensara que nada pudesse alegrá-la, mas o sorriso de soslaio que o barman lhe dirigira a deixara quase feliz. Sabia porém que o que realmente produzira a mudança em seu humor fora a decisão de adiar o encontro com a mãe.

A avó de Helen, Dora Devereux, vivia sozinha em sua antiga pousada, perto do penhasco de Cush. Tinha quase oitenta anos e, exceto pela visão debilitada e pelos acessos de mau humor, gozava de boa saúde. Helen traçou mentalmente seu retrato: o pescoço alongado, o rosto comprido e fino, os cabelos grisalhos apanhados num coque, os óculos de lentes grossas, os pulsos delgados e ossudos, a expressão vigilante, curiosa, alerta, atenta a qualquer mudança no vento e às notícias da vizinhança. Riu consigo mesma ao se lembrar de como, num telefonema caótico de algumas semanas antes, a avó lhe contara que havia vendido três terrenos por quinze mil libras cada, acrescentando, desafiadoramente, que tinha fechado o negócio sem consultar a filha. Usara um tom de voz conspiratório, como se desejasse ter a neta como aliada e amiga.

Helen perguntou se ela havia se desentendido com sua mãe. Em vez de responder, a velha pôs-se a falar de como havia sido boa para a mãe de Helen no período subseqüente à morte do pai, de como a reconfortara e consolara, passando várias noites acordada a seu lado, não se importando em dormir no quarto dela. E o que havia recebido em troca?, indagou. Deu a impressão de ter ficado surpresa, quase ofendida, quando Helen se absteve de responder.

Ao passar por Gorey e virar à esquerda para pegar a estrada costeira, Helen pensou consigo mesma que, em se tratando da avó, não seria tão difícil assim chegar trazendo más notícias, em busca de auxílio. Abordar sua mãe já não seria uma tarefa tão fácil. Quando passou por Blackwater, percebeu que não conseguia imaginar como seria dar a notícia para ela. Compreendeu que o ressentimento amargo contra a mãe, esse rancor que toldara sua vida, não havia se dissipado. Por muito tempo nutrira a esperança de jamais ter de pensar nisso novamente.

Ao contornar o campo de boliche, teve a impressão de ingressar em território novo. Nos primeiros dois quilômetros não avistou nenhuma casa. Depois, pouco após a curva que conduzia à floresta, viu surgir um chalé recém-construído. Então sucumbiu à tristeza, um sentimento que ocupou o lugar da sensação de mau agouro e do abalo que até então a dominavam. Esse era um sentimento com o qual podia lidar, não era algo que lhe inspirasse temor. O aclive abrupto da estrada e, a seguir, a primeira visão do mar cintilando sob a luz oblíqua do verão facilitaram as coisas. A tristeza encheu seus olhos de lágrimas. Sentia que aquilo tudo desapareceria, que Declan jamais veria aquela paisagem novamente, jamais tornaria a percorrer aqueles caminhos, assim como seu pai nunca mais havia estado ali; em breve seria apenas uma recordação e, com o passar do tempo, até essa lembrança se desvaneceria.

Passou pela ruína lamacenta onde a velha Julia Dempsey terminara seus dias e pensou que daria tudo para regressar àqueles anos, às férias de verão que eles haviam passado nesse lugar, antes da morte de seu pai, quando eram crianças e ainda não sabiam o que o futuro lhes reservava.

Parou o carro em frente ao portão da casa da avó, puxou o freio de mão e desligou o motor. A sra. Devereux apareceu à porta, improvisando um quebra-sol para os olhos com a mão, embora estivesse na sombra.

"Você por aqui, Helen?", indagou quando a neta saiu do carro.

Ela nunca havia beijado a avó, nem apertado sua mão. Agora, ao chegar perto dela, não sabia o que fazer.

"Desculpe aparecer sem avisar, vovó."

"Ah, mas que surpresa, Helen, que surpresa boa."

A avó estudou atentamente o rosto da neta, depois olhou para o portão a fim de certificar-se de que ela não estava acompanhada. Virou-se e entrou em casa. Na cozinha, o velho e parrudo fogão a carvão trabalhava a todo vapor, aquecendo o ambiente. Quando Helen entrou, os dois gatos treparam no aparador — sua constante presença em cima desse móvel, de onde vigiavam o cômodo, deixara Cathal e Manus bastante intrigados no ano anterior — e sentaram-se ali, observando-a com desconfiança.

"Bom, Helen, estou preparando um chá e, se quiser, posso fritar alguma coisa para você."

"Não precisa, vovó, vou tomar apenas o chá. Jantei na estrada."

Helen percebeu que a avó estava à espera, não fazia perguntas, aguardava que ela tomasse a palavra.

"Vovó, tenho péssimas notícias."

A avó se virou para ela e enfiou as duas mãos nos bolsos do avental, como se à procura de algo. "Eu sei, Helen. Soube disso assim que a vi."

Permaneceu em pé enquanto a neta contava a história. Concentrava-se atentamente no que estava sendo dito, a ponto de Helen sentir, ao terminar, que ela seria capaz de repetir cada uma das palavras de seu relato. Havia algo de que Helen tinha se esquecido: no canto da cozinha jazia uma televisão enorme. Sua avó tinha acesso a todos os canais ingleses, assim como aos irlandeses. Assistia a documentários e filmes transmitidos tarde da noite, e se orgulhava de estar bem informada a respeito dos assuntos da atualidade. Sabia sobre a Aids, sobre a busca por uma cura, sobre a doença que se arrastava por longos períodos. "Não há o que fazer, Helen", disse ela. "Não tem jeito. Foi a mesma coisa que aconteceu anos atrás quando seu pai teve câncer. Não havia nada que os médicos pudessem fazer. Coitado do Declan, um rapaz tão novo."

"O que eu faço com a mamãe?", perguntou Helen.

"Vá a Wexford amanhã cedo e dê a notícia da maneira mais suave possível. Deixe-a dormir sossegada esta noite. Será a última noite de sono que ela terá por um bom tempo."

A sra. Devereux preparou o chá e serviu alguns biscoitos num prato. Sentou-se de frente para a neta. Ainda estava claro lá fora e Helen sentiu um desejo violento de descer até a praia para fugir da intensidade da atenção da avó.

"Vou fazer a sua cama", disse a velha. "O quarto não foi usado desde que vocês estiveram aqui no verão do ano passado. Sua mãe nunca fica para dormir e, nos últimos tempos, nem tem vindo muito."

"Vocês brigaram?", indagou Helen.

"Ah, não chegamos a brigar, não. Só que ela continua achando que vai me convencer a ir morar com ela em Wexford. E se eu cair e quebrar a perna?, perguntou uma vez. Mas eu disse que agora que vendi os terrenos — aquele velho pedaço de terra cheio de tasneiras — tenho bastante dinheiro. Fiz o negócio sem consultá-la, não quis saber a opinião dela. Foi isso que a ofendeu, mas ela já deixou essa história para trás. É boa nisso, não é do tipo que fica remoendo as coisas, esquece o assunto e pronto. E também não pedi licença a ela quando mandei instalar o aquecimento central. Venha comigo que eu lhe mostro."

Levantou-se e foi até a velha sala de jantar, seguida por Helen. Apontou para o radiador branco, novo em folha, e depois abriu as portas dos dois quartos que davam para a sala, com suas camas de ferro e seus colchões desnudos. Nos quartos também havia radiadores.

"Mandei colocar na casa toda, e tem um tanque de óleo enorme nos fundos. Também comprei um freezer, de modo que não tenho com o que me preocupar. Sua mãe esteve aqui quando a obra ainda estava pela metade e disse que a casa ia acabar caindo. Falou que tinha tudo pronto para me receber em Wexford. 'É incrível, Lily', eu disse a ela, 'o tempo que você passa sem dar o ar da sua graça. E olhe que são apenas quinze quilômetros de Wexford até aqui. Com esse seu carrão então, não deve dar nem dez minutos de estrada. E o mais engraçado é que agora que eu estou com dinheiro no bolso, você resolve aparecer a toda hora.' Você precisava ver a cara dela, Helen. Ficou uma fera. Isso foi na Páscoa, e ela só apareceu de novo no fim de maio. Trouxe isto para mim." Tirou um telefone celular do bolso do avental. Segurou-o na mão esquerda como se fosse um animalzinho. "Ainda tentei explicar que eu não queria ter um telefone em casa, que isso só serviria para me deixar aflita, mas não teve jeito. Então, guardo-o aqui, desligado, não o uso nunca."

"Mas, vovó, essa história do dinheiro, a senhora não falou a sério, falou?"

"Não, Helen, mas era a única maneira de fazê-la parar de tentar me levar para a cidade. Ah, ela saiu daqui espumando! E ficaria ainda mais furiosa se soubesse que contei para você. Que Deus a ajude, a partir de agora ela vai ter outras coisas em que pensar."

A velha se aproximou da janela e olhou para fora através das cortinas.

"E a trilha até a praia, vovó, está muito ruim este ano?", indagou Helen.

"Não, cavaram uns degraus no barranco, e por enquanto eles continuam firmes. Só no final da descida é que juntou muita marga e está um lamaçal."

"Então eu vou dar um pulo lá embaixo e já volto. Preciso espairecer um pouco. Tive um dia e tanto, acho que foi o dia mais comprido da minha vida."

"Vá mesmo, Helen, enquanto isso eu faço a sua cama e, se

não se importar, gostaria que você colocasse o carro para dentro, senão acabo sonhando que ele vai cair do penhasco."

"Eu não demoro."

Sobre a colina que se erguia atrás da casa viam-se os últimos raios de sol. O ar estava parado, mal se intuía a noite prestes a cair. Helen sentia-se quase pacificada, tinha a impressão de que a avó a envolvia num abraço protetor, mas também sabia que na tentativa que a velha fazia para indicar que não se abalava com nada havia, por um lado, um quê de simulação, e, por outro, um endurecimento que ela forjara para si mesma ao longo da vida, uma vida marcada pela experiência de esperar sempre pelo pior, para então vê-lo irromper à sua frente.

Avançando pelo caminho, Helen só avistava um azul suave no horizonte e não conseguia imaginar o aspecto que o mar assumia sob essa luz. Quando chegou à beira do penhasco, divisou-o lá embaixo: azul com torvelinhos de verde e azul-escuro ao longe. Estava calmo e as ondas quebravam com um fragor suave, sussurrante. Não havia nenhuma barreira no final do caminho, de modo que um carro poderia facilmente transpor a beira do penhasco e despencar pela encosta de barro e marga até chegar à areia da praia. Mas não era comum haver estranhos por ali, aquela era uma praia que não atraía visitantes ocasionais nem no verão.

Helen descobriu onde ficavam os degraus escavados no barranco e começou a descer rumo à praia. O primeiro trecho não ofereceu dificuldades, mas depois ela passou a ter que se mover com cautela, agarrando-se às plantas e aos tufos de capim, tentando, e não conseguindo, evitar o barro e a marga úmida. Teve de atravessar correndo o último pedaço. Sempre fora assim, sempre havia muita areia fofa no final.

Parou na estreita faixa de praia e começou a tiritar. Ali

embaixo, à sombra do penhasco, estava mais escuro e frio, lembrava mais fim de agosto do que fim de junho. Uma fileira de aves marinhas voava a um palmo de distância da água tranqüila. E cada onda que se formava dava a impressão de que talvez não fosse quebrar, de que iria simplesmente se desmanchar para depois ser sugada de volta, mas todas as vezes sobrevinham a inevitável projeção ascendente e um encrespamento e um som que era quase remoto, um som que, pensava Helen, não tinha nada a ver com ela, não tinha relação com nada que ela conhecia, o ressôo manso de uma onda.

Daquele ponto até a casa dos Keating a erosão havia se interrompido ou, pelo menos, desacelerado. Ninguém sabia o motivo. Anos antes parecia que, mais dia, menos dia, a casa de sua avó acabaria caindo no mar, tal qual sucedera com a casa de Mike Redmond e com o anexo da casa dos Keating. Agora era a velha casa branca dos Keating que estava desabando, porém entre a de sua avó e o mar ainda havia outra casa.

A erosão cessara, mas, ao olhar para o alto, ela notou minúsculos grãos de areia desprendendo-se de cada camada do penhasco, como se fossem soprados por um vento invisível, ou como se estivesse em curso um processo lento, compassado, de fragmentação do solo. Ainda estava bastante claro e, quando voltou os olhos para o sul, Helen divisou o Raven's Point e o porto de Rosslare. Pôs-se a caminhar pela praia, que ia se tornando cada vez mais estreita e pedregosa. Ouvia as ondas chocando-se contra as pedras soltas, deslocando-as, fazendo com que batessem umas nas outras e depois recuando. Ao se aproximar da casa dos Keating, reparou que parte dos ferros galvanizados pintados de vermelho de um barracão lateral havia desabado e que as paredes sem reboco, mas ainda estampando faixas do velho papel de parede, encontravam-se expostas ao vento e em breve também viriam abaixo, até que somente umas poucas pessoas se lembrassem de que a certa altura houvera ali uma colina e uma casa branca ao pé dela, a uma distância segura do penhasco.

A fim de proteger o penedo, a administração do condado havia mandado colocar uns matacães enormes ali, mas a medida não surtira nenhum efeito. Quando olhou para trás, Helen observou que, de Cush até o Pearl's Gap e Knocknasillogue, a costa continuava com o mesmo aspecto de dez ou quinze anos antes, como se o tempo não tivesse passado. As cores começavam a esmaecer, a noite caía. Resolveu que subiria pela ravina onde antigamente ficava a casa de Mike Redmond, depois seguiria pelas trilhas que conduziam à casa da avó, por vezes desviando delas para avançar pela borda do penhasco quando o caminho por ali parecesse mais desimpedido.

Então notou algo com o canto dos olhos e, ao se virar, tornou a vê-lo: o farol lampejava à distância, Tuskar Rock. Parou e ficou olhando para ele, esperando pelo próximo raio de luz, mas ele levou algum tempo para se produzir, e ela ainda aguardou o seguinte enquanto o ritmo da noite se instalava à sua volta.

Retomou a caminhada sabendo o que a aguardava agora. Imaginou Declan em Dublin, perguntando a si mesmo o que haveria acontecido, sozinho naquele quarto de hospital acanhado, tendo uma longa noite pela frente. Mal conseguia vislumbrar a cena e interrompeu-se tão logo começou a pensar nela. Então fantasiou que Declan chegava naquele momento à casa da avó: ouvia o barulho do carro dele se aproximando, via-o despontar na estrada. Sabia que ele costumava bajular a avó de uma maneira que ela, Helen, jamais seria capaz. Declan tinha um modo inimitável de falar com a avó, fingia compartilhar seus preconceitos, ria dela de um jeito que nunca a incomodava. Teria adorado que ela lhe mostrasse o aquecimento central e o celular. Teria sabido o que dizer.

Subir pelo barranco do terreno de Mike Redmond foi fácil,

mais fácil do que galgar os degraus até a estrada. Helen passou pelo meio das ruínas da casa cuja fachada desabara no mar havia muito tempo. Olhou para a velha chaminé e para a parede dos fundos que ainda resistia em pé; depois parou no topo da encosta, aguardando o facho de luz de Tuskar. Lá do alto ele parecia mais brilhante, mais intenso. Enquanto regressava à casa da avó, sentia o orvalho caindo e ouvia os mugidos do gado em algum lugar ao longe.

3.

A cama era desconfortável e os lençóis de náilon aparentemente não eram usados havia muitos anos. Deviam ser do tempo da pousada; tinham uma textura sebosa, quase escorregadia. O colchão afundava. Helen estava tão cansada que adormeceu assim que deitou, porém acordou uma ou duas horas mais tarde sem saber ao certo onde se encontrava, apalpando a escuridão em busca do interruptor de luz, incapaz de discernir que casa era aquela, sentindo uma sede estranha, incômoda. Então se lembrou de onde estava e como havia chegado lá. Apoiou a cabeça no travesseiro e indagou-se por que havia deixado que isso acontecesse. Inicialmente, parecera-lhe uma boa idéia vir até a casa da avó e passar a noite ali, mas não contava ficar acordada daquele jeito, o facho de luz de Tuskar varando as cortinas, lampejando na parede acima da cama, o quarto recendendo a mofo e a umidade.

Levantou-se para ir à cozinha. Encheu uma caneca de água e voltou com ela para a cama. Viam-se rasgos no linóleo do quarto, o papel de parede havia descolado em alguns pontos, a pintura do teto estava descascando e a presença reluzente do moderno radiador só contribuía para tornar o cômodo ainda mais esquálido e deprimente. Ao afastar a velha colcha bordada com fios de algodão, notou que as cobertas estavam manchadas. Não sentia cansaço nem sono. Um calafrio percorreu-lhe o corpo. Agora o cheiro parecia mais penetrante, azedo, e foi esse fedor, mais do que qualquer outra coisa, que a fez voltar no tempo e recordar o período em que ela e Declan haviam morado naquela casa.

Este havia sido o seu quarto, o de Declan dava para os fundos. Contudo, algum tempo depois de terem se instalado na casa, a cama dele havia sido transferida para o quarto dela. Helen lembrou-se dos rangidos que a cama de ferro produzia ao ser arrastada, dando a impressão de que iria desmontar, e da sensação que teve, enquanto ela e o irmão assistiam à mudança, de serem a causa daquele transtorno todo.

Declan vivia em pânico. Tinha medo das baratas pretas que corriam desajeitadamente pelo assoalho, receava que, se pisasse numa delas, suas entranhas viscosas ficariam grudadas nos pés dele. Tinha medo do escuro, do frio e dos movimentos dos avós no andar de cima, que pareciam ecoar nos aposentos de baixo. E Helen sabia que havia também outro temor, jamais mencionado em todo aquele tempo: o receio de que seus pais jamais voltassem, de que ambos fossem abandonados ali e de que aqueles dias e noites — na época Helen tinha onze anos, Declan oito — passassem a ser a vida deles, e não um interlúdio que em breve chegaria ao fim.

Recordou como tudo começara. Provavelmente fora logo após o Natal, talvez no início de janeiro de seu último ano no primário. Lembrou-se do dia em que chegou em casa, largou a mochila da escola atrás da porta e deu com os pais na sala dos fundos, ambos em pé, numa pose em que ela nunca os havia visto antes. Olhavam para o espelho que encimava a lareira e, quando a viram entrar, não se viraram. Sua mãe falou. Era uma voz nova, suave, em que se notava um tom de súplica.

"Helen", disse ela, "seu pai terá de ir a Dublin fazer alguns exames."

Fitou os dois, que olhavam para ela e um para o outro como se a qualquer momento o espelho fosse disparar um flash e tirar uma foto deles. Em sua memória aqueles instantes — o sorriso débil do pai, o tom afetuoso da mãe — misturavam-se com a foto de casamento deles, tirada no Lafayette's, em Dublin. Estava certa de que a cena em frente ao espelho não podia ter durado senão alguns minutos, possivelmente até menos, o bastante para uma troca de olhares e uma frase — "Helen, seu pai terá de ir a Dublin fazer alguns exames" — e, talvez, nada mais. Em todo caso, era a última recordação que guardava do pai. Sabia que provavelmente o vira mais tarde naquela noite e talvez no dia seguinte também, mas não se lembrava, não tinha absolutamente nenhuma lembrança de tê-lo visto de novo.

A única outra reminiscência que guardava desse dia era a da chegada da irmã Columb, do convento Saint John. A freira permanecera no hall, recusando-se a entrar em casa. Helen se lembrava dos cochichos, da conversa a meia-voz no hall. Depois a freira foi embora.

"Esta noite as freiras do Saint John vão bater no tabernáculo", disse sua mãe.

A quem ela teria endereçado essas palavras? E então, recordou Helen, alguém perguntou o que significava aquilo e a mãe explicou que era algo que as freiras só faziam muito raramente, que uma delas se aproximaria do altar e bateria no tabernáculo, e esclareceu que essa era uma maneira especial de pedir um favor a Deus.

A memória seguinte que tinha daquele fim de tarde era a mais nítida de todas. Estava em seu quarto, no andar de cima, quando Declan entrou e disse que a mãe deles também iria para Dublin.

"E o que vai acontecer com a gente?", indagou Helen.

"Vamos para a casa da vovó. Temos que fazer as malas. Ela disse que é para você levar roupa de frio."

Helen desceu. Sua mãe estava na cozinha.

"Quanto tempo vamos ficar na casa da vovó? Como vamos fazer com a escola?"

"Seu pai está doente", respondeu a mãe.

"Achei que você tinha dito que ele ia fazer alguns exames em Dublin."

"Tem uma mala embaixo da minha cama. Pode usá-la. E leve os livros da escola."

Indagou a si mesma se aquilo havia de fato acontecido, as perguntas que ficavam no ar, a sensação de sua mãe estar inacessível, completamente apartada dela. Na manhã seguinte, Aidan Larkin, que, como o pai deles, era membro do Fianna Fáil,* levou-os para Cush. Mais tarde o dr. Flood levaria seus pais para Dublin. Sua mãe e seu pai deviam estar em casa naquela manhã, e provavelmente haviam falado com ela e com Declan, mas Helen não se lembrava disso, só recordava a viagem de carro e a chegada. Seus avós não tinham telefone, de modo que ela não fazia a menor idéia de como haviam sido alertados sobre a chegada iminente das duas crianças. Ainda assim, Helen e Declan eram aguardados na casa, à qual até então só haviam visitado em domingos de verão, ou nas primeiras semanas do verão, quando a pousada não ficava lotada. Helen não tinha lembrança de haver estado lá no inverno antes. Assim, aquela foi a primeira vez que reparou nas manchas de umidade nas paredes, no cheiro de umidade que, com exceção da cozinha, se fazia presente em toda

---

* Principal partido político da República da Irlanda, esteve no poder quase que ininterruptamente entre 1932 e 1973. (N. T.)

parte, nas correntes de ar gélido que entravam por baixo das portas, no vento que soprava do mar com violência.

O mar ficava a uns vinte ou trinta metros somente, mas naqueles meses todos — de janeiro a junho — ela só o viu uma ou duas vezes da borda do penhasco: era aquela turbulência lá embaixo, as ondas batendo com ferocidade contra a face do penedo. Seus avós, lembrou-se, agiam como se ele não existisse. Embora vivendo havia muitos anos em Cush, foram raríssimas as ocasiões em que sua avó se dignara a descer até a praia. Eles não davam a menor atenção ao mar, e Helen e Declan também aprenderam a ignorá-lo.

A comida foi o motivo do primeiro desentendimento. Declan só comia pão de fôrma, hábito que se tornara uma espécie de piada na família. Mas não havia pão de fôrma em Cush, só o pão preto e o pão de soda que sua avó assava, além dos pãezinhos brancos de casca dura que eles compravam em Blackwater. E as peculiaridades alimentares de Declan não paravam por aí: ele não comia repolho nem nabo, não suportava cenoura nem cebola, detestava ovos e queijo. Era obsessivo com relação a isso. Inspecionava cuidadosamente o que seria servido em cada refeição, informava-se sobre eventuais visitas a outras casas, certificando-se de que a comida seria do seu agrado; e, ao mesmo tempo, tratava de ser o garoto mais gentil do mundo no tocante a todas as outras questões, e sempre dava um jeito de ver suas manias atendidas.

Antes, nas visitas de domingo a Cush, sua mãe levava sanduíches para Declan. Quando ficavam por mais tempo, ela carregava uma sacola de comida e preparava refeições à parte para eles. E Declan estava a par da desaprovação da avó em relação a esse comportamento.

"A gente não come porque gosta da comida, a gente come para viver, é para isso que serve a comida", era uma de suas frases costumeiras.

Na viagem de Enniscorthy a Cush, Helen sabia que a única preocupação de Declan era com a comida e com a reação a seus caprichos. A primeira refeição que fizeram na casa dos avós foi um cozido. Na hora do almoço a avó usou uma concha enorme para servir quatro pratos de cozido e colocou um prato de batatas no meio da mesa. O avô tirou o boné da cabeça, sentou-se e benzeu-se. Com um sinal, Helen exortou Declan a não falar nada, não fazer nada. Descascou-lhe duas batatas, que ele amassou e comeu devagar. Mas não tocou no cozido. O avô lia o *Irish Independent* e quase não abria a boca. A avó se ocupava de outras tarefas — ela raramente se sentava à mesa — e quando, naquele primeiro dia, saiu para ir ao quintal, Helen pegou o prato de Declan e despejou o cozido no balde onde eram acumulados os restos de comida que seriam dados às galinhas. Tornou a colocar o prato diante de Declan e ele ficou ali, atônito, esforçando-se para conter o sorriso. A manobra não foi percebida por nenhum dos avós.

Na hora do chá, Helen ajudou a avó a arrumar a mesa. Havia pão preto, fatias grossas de pão branco e ovos cozidos. Declan entrou na cozinha no exato instante em que os ovos eram retirados da água fervente.

"Isso é que são ovos frescos", disse a avó, "não são como os que vocês comem na cidade."

"Eca!", exclamou Declan.

"O Declan não come ovo", explicou Helen.

"Mas que absurdo!", disse a avó. "Fico besta com as coisas que a mãe de vocês tem de aturar. Ela é muito mole com vocês."

E assim teve início a contenda, a batalha travada diariamente, Declan enchendo os bolsos com cascas de pão, Helen recorrendo ao balde de restos e, nos dias em que não havia alternativa, Declan afastando para um canto do prato as cebolas e as cenouras, ou o repolho e os nabos, recusando-se a comê-los, e sua avó dizendo que ele não sairia da mesa enquanto não comesse, mas em seguida condescendendo assim que ele desatava a chorar.

"Ele não pode com essas coisas, vovó. Se come, vomita", dizia Helen.

"Não seja respondona, Helen."

"Não estou sendo respondona."

Assim que a avó começou a falar em mandá-los para a escola rural de Blackwater, Helen instalou uma sala de aula na cozinha e, durante grande parte do dia, entre uma refeição e outra, ela e Declan dedicavam-se a seus livros escolares, com Helen no papel de professora. Encontraram nessas atividades educativas uma maneira de excluir a avó, até que ela resolveu colocar um aquecedor a óleo de parafina na sala de jantar e mudá-los para lá, a fim de poder escutar seu rádio em paz. Nos períodos do dia em que ela costumava ficar rondando à sua volta, eles se punham a estudar álgebra, irlandês ou frações. Era comum fazerem várias vezes os mesmos exercícios, fingindo tratar-se de algo que lhes demandava concentração absoluta, e não levantavam a cabeça quando a avó entrava na sala. Abriam os livros de Declan ao acaso e debruçavam-se sobre lições que ele fizera havia muito tempo, ou então começavam lições novas sem compreendê-las direito e sem se preocupar em terminá-las. Quando se cansavam, deixavam os livros de lado e entretinham-se cochichando, dando risadas, jogando cartas.

A mãe escrevia cartas breves para a avó, informando que não havia novidades, mencionando exames e orações, dizendo esperar que Helen e Declan não a estivessem sobrecarregando demais. Estava hospedada no subúrbio de Rathmines com um de seus primos do ramo Bolger da família, naturais do vilarejo de Bree. Ele e a esposa também mandavam lembranças. Sobre o pai, nenhuma palavra.

Helen e Declan descobriram uma caixa de jogos debaixo de

uma das camas, e passavam os prolongados e sombrios entardeceres disputando partidas de ludo e outras variações de jogo de trilha. Helen encontrou um par de botas que servia em seus pés e freqüentemente acompanhava o avô quando ele saía, ajudando-o a trazer as vacas para a ordenha, ou então abrindo e fechando as porteiras para ele. Declan não tinha botas. Detestava a lama que se acumulava no quintal e na estradinha de terra, raramente saía e, à tarde, no calor úmido da sala de estar, mostrava-se entediado e irritadiço. Naqueles primeiros meses, quando se viam longe dos avós, jamais falavam de casa, da mãe ou do pai, e tampouco se perguntavam por quanto tempo permaneceriam ali. Elaboravam estratégias para passar os dias sem confrontos.

Aos poucos a avó começou a tratar Helen como adulta e Declan como criança, porém isso não fez com que eles deixassem de se tratar como iguais, mesmo Helen permanecendo no papel de protetora. Na primeira ou segunda semana, Helen teve uma discussão com o avô. Ao longo de toda a estada deles, foi a única ocasião em que ele abriu mão de seu mutismo. Lia algo sobre o Fianna Fáil no jornal — sendo ele próprio filiado ao Fine Gael,* que era forte em Blackwater —, quando se virou para Helen e para a avó dela e disse: "Esses sujeitos são uns gângsteres, uns traficantes de armas safados. O Liam Cosgrave vai colocar essa cambada na linha".

"O Jack Lynch não é gângster nem traficante de armas", contestou Helen.

"Mas o resto é", replicou o avô. "E se dependesse de mim, esse Charlie Haughey ia para a forca. Gângster de merda."

"Pronto, começaram os palavrões", interveio a avó.

"Mas o Jack Lynch é quem manda", insistiu Helen.

"Ah, eu sei muito bem quem anda enfiando essas coisas na

---

* Principal partido de oposição ao Fianna Fáil. (N. T.)

sua cabeça", disse o avô. "Quem diria que um dia a Lily teria uma filha metida com essa turma do Fianna Fáil?"

"E o *Irish Independent* não passa de um órgão de propaganda do Fine Gael", disse Helen.

"Órgão de propaganda? Onde foi que aprendeu isso, menina?"

"Ah, essa Helen é uma danada com as palavras", comentou a avó.

"Você devia era estar fazendo suas preces", disse o avô tornando a submergir no jornal.

"Muito bem, minha filha, você mostrou a ele que não é do tipo que abaixa a cabeça", disse a avó depois que o avô saiu da sala.

Desse dia em diante, seu avô passou a permitir que ela assistisse ao noticiário da televisão e, após algumas semanas, num sábado à noite, Helen compreendeu que não teria de ir dormir quando começasse o *The Late Late Show*, programa ao qual sua mãe e seu pai jamais haviam deixado que assistisse, salvo pela vez em que o tenente Gerard, de *O fugitivo*, estivera entre os convidados e eles a chamaram em seu quarto. Agora, ali em Cush, o noticiário havia chegado ao fim, o intervalo dos comerciais tinha terminado, a música do programa já soava, Gay Byrne estava na tela e Helen, sentada numa das poltronas da cozinha, indagava a si mesma se eles haviam se esquecido dela.

"Bom", disse a avó, "se aparecer alguma coisa que não for apropriada, ela vai direto para a cama."

Lembrou-se dos demorados preparativos que antecediam o programa. Sua avó certificava-se de que todos os afazeres domésticos haviam sido realizados, os apetrechos para o chá, acompanhado de biscoitos, eram dispostos numa bandeja, e a chaleira era aprontada para ser aquecida na chapa elétrica durante o segundo intervalo. Sua avó adorava o programa e, como Helen percebia, ficava contentíssima em tê-la como interlocutora para fazer comentários sobre os convidados e as controvérsias nos dias subseqüentes. Por outro lado, o programa não agradava a seu avô, que se punha a resmungar quando os participantes diziam coisas com as quais ele não concordava.

Naquela temporada, lembrou-se Helen, eram raros os sábados em que não aparecia um grupo de mulheres lutando por seus direitos, ou um padre em conflito com a hierarquia eclesiástica.

"Oh, vejam só quem vem agora, olhem para ela, espiem o cabelo dela!", exclamava a avó quando uma mulher era chamada ao cenário que imitava um balcão de bar, onde as entrevistas eram realizadas.

A avó se manifestava ao longo de todo o programa, mas a maioria de seus comentários assumia a forma de exclamações, denotando escândalo, ou assombro, ante as declarações dos convidados e a aparência pessoal deles. Às vezes, porém, quando eram discutidos os direitos das mulheres, ou alguma questão política, ela batia o punho com veemência na poltrona e bradava sua mais completa concordância com a opinião emitida. "Ela tem toda razão, é isso mesmo!", rugia.

Odiava quando as entrevistas davam lugar a números musicais, detestava quando o convidado era escritor, estrela de cinema ou inglês. Esse tipo de participante perdia muito tempo contando histórias engraçadas, e ela queria polêmicas, não entretenimento. Contudo, ficava tensa e calada quando o assunto era religião, observando com o rabo dos olhos as freiras, padres ou leigos que se aventuravam nessa seara. De quando em quando, em meio a tais discussões, seu avô ameaçava desligar a televisão, mas jamais chegou a fazê-lo. Os três ficavam acordados até o final do programa, que muitas vezes se estendia até quase a meia-noite, com ex-freiras pondo em xeque os poderes do papa e líderes estudantis fazendo críticas aos bispos irlandeses ou ao sistema educacional. Seus avós assistiam mergulhados num silêncio constrangido aos freqüentes debates sobre contracepção e divórcio, mas só ameaçaram mandar Helen para a cama uma vez, quando uma mulher afirmou que, na Irlanda, a maioria das pessoas casadas jamais havia visto o parceiro nu, mesmo nos casos em que o casamento se estendia por anos a fio.

"Deus que nos abençoe e guarde!", exclamou a avó.

No entanto, a atração do *The Late Late Show* que mais os deixou perturbados não dizia respeito a sexo nem a religião. Foi quando apareceu no programa uma americana de meia-idade, cabelos ondulados com permanente, óculos e vestido vermelho. Alegava ser capaz de entrar em contato com os mortos. Não usava a palavra "mortos", falava em pessoas que haviam partido deste mundo, que viviam do "outro lado". Gay Byrne fazia as perguntas como se acreditasse nela.

"Já ouviram falar em semelhante absurdo?", indagou a avó. "Alguma vez vocês escutaram uma bobagem tão grande como essa?"

A mulher estava em pé, diante do público ao vivo, com Gay Byrne a seu lado. Tinha um microfone na mão e apontava para pessoas da platéia.

"Aquela moça ali", disse ela. "Estou recebendo mensagens muito fortes para ela. Você tem apenas uma irmã, não é mesmo?"

A mulher da platéia assentiu com a cabeça.

"E ela está doente, não está?"

A mulher tornou a balançar afirmativamente a cabeça.

"Não estou entendendo muito bem agora, mas me diga uma coisa: vocês são gêmeas, ou muito próximas em idade?"

"Temos quase a mesma idade."

"E quando eram crianças, foi você que adoeceu, não foi?"

"Foi, sim. Isso mesmo."

"Por acaso poderia ser a sua mãe, querida, poderia ser ela a pessoa que está falando comigo? Sei que ela quer proteger vocês e anda aflita com a sua irmã, mas as coisas estão melhores agora, ela vai tomar conta de vocês."

O silêncio tomou conta da cozinha. Helen e seus avós tinham os olhos pregados no televisor. A convidada do *The Late Late Show* dirigiu-se a outra pessoa.

"Estou recebendo sinais fortes de novo", disse ela para uma mulher. "Você teve um filho que foi assassinado, ou que morreu quando era bebê?"

"Não", respondeu a mulher.

"São sinais muito intensos. Você teve um irmão que morreu ainda jovem?"

"Sim, tive."

"Pois ele continua cuidando de você e sabe que você é uma pessoa muito forte. Parece que há pouco tempo você se mudou, é verdade?"

"É, sim."

"E sua mãe mora com você?"

"Antes morava, agora não mora mais."

"Seu irmão está preocupado com ela. Ele acha que você fez bem em se mudar, mas está apreensivo com ela. Imagino que talvez você saiba o que ele quer dizer com isso."

A mulher fez que sim com a cabeça.

"Agora preciso conversar com outra pessoa. Tenho uma mensagem importante. Há alguém aqui chamado Grace?"

Não houve resposta.

"Não tem ninguém aqui que se chame Grace? Quem sabe não é o sobrenome da pessoa?"

Um homem ergueu a mão. "Meu sobrenome é Grace", disse.

"E o seu nome, qual é?"

"Jack."

"Jack", disse a mulher, "parece que você está prestes a tomar uma grande decisão. E há uma pessoa muito próxima de você, com quem você tem laços muito íntimos, é alguém em quem você pensa todos os dias, Jack, mais de uma vez por dia. Sabe de quem estou falando, não sabe?"

Jack balançou a cabeça afirmativamente.

"Ela diz que você não deve ir. Essa é a mensagem, ouço-a perfeitamente. Mas ainda há outra coisa, é sobre um relacionamento muito importante para você, sobre o qual você está em dúvida. Pois ela quer que você saiba que ela abençoa esse relacionamento, e diz também que ainda o ama e que sempre cuidará de você."

Quando chegou a hora dos comerciais, a avó de Helen não se levantou da cadeira. Fez um sinal para a neta abaixar o volume.

"Gostaria de saber se a gente tem como escrever para essa mulher."

"Deve ser fácil, desde que você inclua um vale postal", disse o avô.

"Com quem a senhora gostaria de entrar em contato, vovó?"

"Ah, Helen, eu adoraria ter notícias da minha irmã Statia e de um irmão meu chamado Daniel, que morreu de tuberculose. Adoraria saber deles, qualquer coisinha já me deixaria contente, mesmo que fosse só uma mensagem. E não deve ser nada fácil para essa americana lidar com um poder assim."

"É tudo enrolação dela", disse o avô.

"Não é, não", retrucou a avó. "Ela tem mesmo esse poder, só de olhar para ela a gente percebe isso. Vocês não viram a cara que aquele homem fez? Deve ter sido a esposa que entrou em contato com ele. Eu daria tudo para falar com a Statia."

Foi por essa época, talvez uma ou duas semanas depois, que Declan começou a ter pesadelos. Na primeira noite Helen não soube dizer que som era aquele. Acordou e tentou voltar a dormir, mas o ruído persistia. Então ouviu os passos da avó no andar de cima e percebeu que ela começava a descer a escada. Como se atento aos movimentos dela, Declan pôs-se a gritar, o que fez com que Helen pulasse da cama e entrasse correndo no quarto dele. Seus gritos haviam dado a impressão de que alguém o atacava.

Acordaram-no, mas ele não conseguia despertar do sonho. Continuava a gritar e a chorar mesmo depois de o terem levado para a cozinha, onde lhe ofereceram um pouco de leite e um biscoito. Declan estava aterrorizado com alguma coisa e parecia não reconhecer direito a irmã e a avó, até que aos poucos foi se acalmando. Porém não dizia nada, só olhava fixamente para a frente, ou para a luz, deixando-as, por alguns instantes, sem saber se ele ainda não estaria preso ao sonho. Então se recompôs, mas só concordou em voltar para o quarto depois que elas prometeram deixar a luz acesa.

Os pesadelos o transformaram. Declan passava o dia absorto consigo mesmo e, com freqüência, em meio a uma lição ou a um jogo de cartas, tinha repentes de distração e alheamento, quando Helen era obrigada a chamar sua atenção e lembrar-lhe onde estava, o que acabou virando uma brincadeira entre os dois. Mas os sonhos continuavam a visitá-lo, embora houvesse noites em que ele dormia bastante bem. Nas outras noites Helen e a avó corriam para acudi-lo assim que os gritos começavam e, invariavelmente — era a mesma coisa todas as vezes —, levavam entre cinco e dez minutos para acalmá-lo e trazê-lo de volta a si.

Sua avó achava que ele talvez estivesse com vermes na barriga, ou que aquilo poderia ser o prenúncio de alguma doença, e resolveu levá-lo ao médico de Blackwater. Chegando lá, Declan disse que só entraria no consultório se Helen o acompanhasse. Ela observou o médico examinar-lhe a língua, as amígdalas, o branco dos olhos e auscultar seu pulmão com um estetoscópio. Depois o médico perguntou se ele tinha medo de alguma coisa e Declan disse que não.

"E sobre o que são os seus sonhos?"

Declan olhou para o médico e refletiu por alguns instantes. Por fim disse: "Se penso muito neles, eles voltam".

"Mas eu só quero que me conte como eles são."

"Eu sonho que sou pequeno, muito pequeno, do tamanho das coisas mais minúsculas e tudo é enorme e eu fico flutuando."

"Sei, quer dizer que você sonha que todas as outras coisas são enormes."

"É."

"E isso te assusta?"

"Assusta, sim."

"O problema é que esse menino não come nada", interveio a avó. "Não consigo fazê-lo comer."

"Ah, com isso a senhora não precisa se preocupar", disse o médico. "Veja como ele é forte, está muito bem alimentado."

Declan continuava olhando para a frente, remoendo seus pensamentos. "Depois que eu acordo, não consigo lembrar direito do sonho", comentou ele.

O médico disse que a cama de Declan devia ser levada para o quarto de Helen, talvez ele se sentisse mais seguro assim. "Muitos garotos têm pesadelos, mas é só uma fase, depois tudo volta ao normal." E deu um beliscão na bochecha de Declan.

Helen vivia atenta ao correio. O carteiro vinha às onze da manhã. Ele também trazia o jornal e, se não houvesse cartas, deixava-o na soleira da porta; mas, se houvesse, batia na porta e entregava a correspondência para a avó. As cartas de sua mãe eram breves, vagas, e ela usava sempre as mesmas palavras. Helen indagava a si própria se seu pai estaria realmente fazendo exames, por que os exames não chegavam ao fim, por que não surtiam efeito.

Um dia — não conseguia se lembrar de que mês — a avó recebeu uma carta de sua mãe, mas não a mostrou para Helen e, mais tarde, quando questionada pela neta, negou que a carta tivesse chegado. Helen estava certa de tê-la visto e passou os olhos pelo consolo da lareira, onde a correspondência era armazenada, mas a carta não estava lá. Sua avó sabia esconder bem as coisas. No dia seguinte, ouviu-a cochichando com a sra. Furlong e teve a impressão de compreender o motivo dos sussurros: havia algo na carta que ela não podia saber.

Desde que tinham chegado a Cush, uns três ou quatro meses antes, Helen e Declan nunca haviam conversado sobre o tempo que teriam de ficar ali, ou sobre o que estava acontecendo com eles. Porém, tão logo Declan trouxe o assunto à tona, não pararam mais de falar nisso.

"Hellie", começou ele um dia em que se dedicavam aos estudos na sala de estar, "quero ir para casa."

"Psiu", advertiu Helen, "ela vai escutar."

"Acho que eles não estão em Dublin coisa nenhuma. Devem ter ido para a Inglaterra ou para os Estados Unidos."

"Não seja bobo."

"Por que é que ela nunca vem nos ver?"

"Porque precisa visitá-lo no hospital."

"Mas por que não veio nem uma vez?"

"Porque estamos bem aqui."

"Não estamos, não."

Helen não lhe falou nada sobre a carta. Tentou dissuadi-lo, mas a idéia tornou-se uma obsessão.

"Assisti um programa sobre isso na televisão", disse ele. "O pai e a mãe abandonaram os filhos."

"Abandonaram onde?"

"Num orfanato."

"Isto aqui não é um orfanato."

"Como ela vai fazer no verão, quando precisar dos quartos para os hóspedes?"

"No verão eles já terão voltado."

"Eles estão na Inglaterra."

"Mas que coisa, Declan, é claro que não estão."

"Como é que você sabe?"

Foi mais ou menos nessa época que ela ouviu pela primeira vez a palavra "câncer". Sua avó conversava com a sra. Furlong no hall e não sabia que Helen estava escutando do outro lado da porta.

"Quando o abriram, viram que o câncer já tinha se espalhado pelo corpo todo", disse ela.

Helen sabia que se fizesse perguntas não obteria respostas. Um dia, quando a avó saíra para ir a Blackwater, pôs-se a procurar as cartas que lhe haviam sido sonegadas, mas não encontrou nenhuma.

Àquela altura Declan só pensava em fugir.

"Você podia arrumar um emprego em Dublin", disse ele. "A gente estaria bem melhor lá do que aqui."

"Um emprego onde?"

"Na Dunnes Stores, é lá que todo mundo trabalha quando sai da escola."

"Mas eu não tenho nem doze anos."

"Eles não precisam saber disso."

Nos dias que se seguiram, quando ia ao banheiro, ela se examinava cuidadosamente. Lembrava-se do início do romance *Desirée*, quando a heroína coloca lenços dentro da blusa para aparentar que tem seios. Helen era alta para sua idade e indagava a si mesma se acreditariam nela se dissesse que tinha catorze anos.

Conforme os dias ficavam mais compridos, algo se modificou

na casa. A atitude mais branda de sua avó em relação a eles, a duração das visitas da sra. Furlong, uma longa visita do padre Griffin, o pároco de Blackwater, tudo isso serviu para convencer Helen de que era pelo corpo de seu pai que o câncer havia se espalhado e que, portanto, ele devia estar morrendo, ou talvez necessitasse de outra cirurgia, o que levaria mais tempo. As conversas com Declan sobre fugir e ir para Dublin, onde ela arrumaria um emprego, alugaria um apartamento, enquanto o irmão iria para a escola, Helen as encarava como uma brincadeira, uma fantasia. Declan, porém, levava a coisa a sério. Traçava planos.

"Mas, Declan, você só esteve duas ou três vezes em Dublin", dizia ela.

"Nada disso, já estive lá várias vezes. Conheço a Henry Street e a Moore Street."

"Mas nunca ficou mais que um dia lá."

Num fim de tarde, ele apareceu no quarto dela com uma carteira velha de couro marrom cheia de notas de vinte libras.

"Onde você pegou isso?", inquiriu ela.

"Ele guarda dentro de um buraco no armário da cozinha", disse Declan.

"Vá pôr de volta."

"A gente pode usar esse dinheiro para fugir. Agora você já sabe onde fica."

"Vá pôr isso de volta no lugar."

O pai deles morreu a 11 de junho, em Dublin. Isso lhe pareceu estranho e, ainda agora, passados vinte anos, enquanto jazia completamente acordada na cama, naquela mesma casa, com a avó dormindo no andar de cima e Declan hospitalizado em Dublin, Helen não conseguia se lembrar daquele início de verão em Cush, do mês de maio dando lugar a junho. Algumas coisas, porém, continuavam vivas em sua memória: a atmosfera alterada da casa, ao menos duas outras cartas recebidas e não mencionadas, o cheiro de umidade e parafina. Anos depois ela viria a compreender que sua infância chegara ao fim naquelas poucas semanas, ainda que sua primeira menstruação só tivesse vindo seis meses mais tarde.

Soube que algo havia acontecido naquela manhã. Logo cedo, deviam ser umas oito horas, um homem esteve na casa — ela o viu passar pela janela —, trocou algumas palavras com seus avós e foi embora. Não muito tempo depois, chegou o padre Griffin. Ela resolveu permanecer na cama até ele partir, dizendo a si mesma que ainda era possível que fosse outra coisa, ou que simplesmente não fosse nada de muito importante. Continuou deitada e aguardou. Na outra cama, Declan dormia profundamente.

Não demorou muito, ouviu a avó atravessar a sala de estar na ponta dos pés. Ela abriu a porta do quarto sem fazer barulho e, sussurrando, disse para Helen vestir-se o mais rápido possível.

Quando Helen saiu do quarto, encontrou a avó em pé diante da janela.

"Helen, acabamos de receber más notícias. Seu pai morreu ontem à noite, às onze horas. Foi uma morte muito tranqüila. Agora nós todos teremos que cuidar da sua mãe. Você e o Declan irão para Enniscorthy com o padre Griffin."

"Onde é que nós vamos ficar?"

"Já separei algumas roupas limpas. A senhora Byrne, aquela que mora na praça, vai cuidar de você e do Declan."

Helen foi invadida por uma onda de felicidade ao compreender que eles iriam embora dali e que nunca mais teriam de voltar, mas sentiu-se imediatamente culpada por pensar em si mesma dessa maneira quando o pai tinha acabado de morrer. Tentou evitar todo e qualquer pensamento. Dirigiu-se à cozinha, onde o padre Griffin tomava um chá.

"Vamos nos ajoelhar e fazer uma oração pela alma dele", disse sua avó.

O padre Griffin comandou uma dezena do rosário. Proferia as orações vagarosa e pausadamente e, ao chegar ao Salve Rainha, disse a prece como se as palavras fossem novas para ele: "A vós suspiramos, gemendo e chorando neste vale de lágrimas". De maneira suave, tranqüila, Helen começou a chorar. Sua avó se aproximou e ficou ajoelhada a seu lado até o fim das orações.

Sentaram-se à mesa e tomaram o chá em silêncio. Sua avó fez torradas e arejou algumas peças de roupa.

"Por que o Declan ainda não se levantou?", perguntou Helen.

"Ah, deixe-o dormir, Helen. Teremos tempo de sobra para ele depois que fizermos as malas de vocês."

"A senhora ainda não contou para ele?"

"É melhor deixá-lo dormir."

"A essa hora ele já está acordado."

Helen empacotava os livros na sala de estar, quando Declan a chamou. "O que está acontecendo?", indagou ele.

"Estou arrumando as malas. Vamos para Enniscorthy."

Pelo olhar que Declan lançou da cama, Helen achou que ele sabia de tudo, mas não estava certa disso.

"Quem vai levar a gente?"

"O padre Griffin."

Ele olhou de novo para ela e meneou a cabeça. Levantou-se da cama e ficou parado de pijama no meio do quarto.

"Quero arrumar eu mesmo as minhas coisas da escola", disse ele.

Em algum ponto entre o vilarejo de The Ballagh e Enniscorthy, com o padre Griffin ao volante e ela no banco do passageiro, Helen se deu conta de que Declan não sabia que o pai deles havia morrido.

"O papai e a mamãe já voltaram de Dublin?", indagou ele.

Mesmo agora, vinte anos depois, deitada entre os visguentos lençóis de náilon, as mãos atrás da cabeça, olhando fixamente para o teto enquanto o farol luzia a intervalos regulares, Helen era capaz de sentir o terror que tomou conta do automóvel quando nem ela nem o padre Griffin responderam à questão. Pensou que Declan fosse repetir a pergunta, porém ele se recostou no assento e não disse mais nada até o fim da viagem.

Helen estava profundamente aflita com a idéia de ir para a casa da sra. Byrne, na praça central de Enniscorthy. Declan conhecia os dois filhos dela, seria fácil para ele, mas Helen não tinha amizades ali e sabia que a sra. Byrne a trataria como uma criança. Era uma mulher igual a todas as outras esposas de lojistas da cidade — estavam sempre de olho em tudo, sempre à espreita, até os sorrisos delas eram vigilantes —, e ela não queria ficar sob o controle da sra. Byrne, nem de nenhuma outra mulher da cidade.

Passaram em silêncio pela oficina mecânica Donoghue's, atravessaram a ponte e subiram o Castle Hill. Helen estava decidida a não ir para a casa da sra. Byrne.

Quando o padre Griffin parou em fila dupla na praça e os deixou sozinhos no carro, Declan não fez nenhuma pergunta e ela também não falou nada. A sra. Byrne saiu de casa toda sorrisos. Abriu a porta do motorista e enfiou a cabeça na direção do banco de trás.

"Bom, Declan", disse ela, "quando o Thomas e o Francis vierem almoçar, acho que vou dizer a eles que não precisam voltar para a escola. Aí vocês podem passar o resto da tarde brincando lá em cima."

Helen desceu do carro e postou-se ao lado da sra. Byrne.

"Minha avó me mandou ir para casa e ajeitar as coisas para a mamãe."

"Os vizinhos cuidarão disso, Helen."

"Minha avó falou que eu devia ir para lá. Ela disse que o padre Griffin me levaria e que o Declan ficaria aqui."

O padre escutava-a com uma expressão cautelosa. Helen sabia que soara muito segura de si para que ele fizesse qualquer objeção. Era um homem bonachão, parecia apreensivo e estava ansioso para sair dali, pois o carro obstruía o trânsito.

"Acho que é melhor a senhora ficar com as coisas do Declan", disse ela. "Nos vemos mais tarde." Esforçava-se para falar num tom vivaz, como as pessoas da televisão.

"Esperem um pouco", disse o padre Griffin. "Vou estacionar."

Declan tirou suas coisas do porta-malas e eles aguardaram o padre em frente à loja do sr. Byrne.

"A avó de vocês é um amor de pessoa, não é mesmo?", disse a sra. Byrne para Helen.

"É, ela é maravilhosa", concordou Helen.

A sra. Byrne olhou de um lado para o outro da rua e disse: "Coitadinha da sua mãe, ela vai ficar contente de ver vocês".

"Vou esperar no carro", disse Helen. Atravessou a praça em direção ao lugar onde o padre Griffin havia estacionado e abriu a porta do passageiro no instante em que ele se levantava do banco do motorista.

"Você vai ficar bem aqui, Helen?", indagou ele.

"Claro, não precisa se preocupar", respondeu ela demonstrando segurança.

Helen observou-o cruzar a praça e entrar na loja acompanhado por Declan e pela sra. Byrne. Sabia o que ele iria fazer: contar a Declan que o pai deles havia morrido. Indagava-se por que estaria demorando tanto. Duas mulheres que passavam por ali viram-na dentro do carro e se aproximaram. Ela baixou o vidro.

"Está esperando a sua mãe?", perguntaram.

"Não", respondeu ela. "Não estou, não."

"Quer dizer que a pobrezinha continua em Dublin?"

"Sim", disse Helen. Tentava parecer altiva, como se estivesse habituada a ser abordada pelas pessoas daquela maneira.

"Sentimos muito por vocês, meu bem."

"Obrigada." Ela franziu o cenho e levantou o vidro.

Ao sair da loja do sr. Byrne, o padre Griffin caminhava cabisbaixo.

"Não sei se podemos deixar você sozinha na sua casa, Helen", disse ele ao chegar. "A senhora Byrne acha que é melhor você ficar aqui com ela."

"Acontece que a mamãe é muito caprichosa. Preciso deixar tudo arrumado para ela, nos mínimos detalhes."

"Mas você não pode ficar lá sozinha."

"Não tem problema, vou pedir ajuda à senhora Russell. É a melhor amiga da mamãe, ela fica lá comigo."

Helen fingiu que era uma garota protestante sendo levada para casa por aquele padre caipira. Tornou a franzir o cenho. O padre deu a partida. Ela se perguntava o que teria acontecido a Declan, o que ele estaria fazendo agora.

"Tem certeza de que vai ficar bem?", perguntou o padre Griffin.

"Absoluta, padre, não se preocupe. Depois que o senhor me deixar em casa, vou chamar a senhora Russell."

Ele conduziu o carro pela John Street, depois pegou a Davitt Avenue.

"O senhor pode me deixar aqui, e muito obrigada por tudo."

Ele insistiu em levá-la até em casa. Helen não queria que ele soubesse que ela teria de entrar pela janela da cozinha. Estava disposta a tentar de tudo para convencê-lo a ir embora.

"Eu pego a minha mala", disse ela num tom indiferente.

"Deixei o porta-malas destrancado. É melhor o senhor sair de marcha a ré, padre. É mais fácil do que manobrar aqui."

Fechou a porta do carro, pegou a mala e acenou despreocupadamente para ele ao abrir o portão do jardim. Contornou a lateral da casa sem olhar para trás. Colocou a mala no chão e trepou nela para alcançar o peitoril da janela da cozinha, onde se apoiou para erguer o corpo até conseguir ficar de joelhos na estreita faixa de alvenaria. Fazia anos que o ferrolho estava quebrado. Usando de toda a sua força, Helen puxou a parte de baixo da janela, que cedeu apenas o suficiente para que ela pudesse se enfiar pela fresta, apoiar a mão no escorredor de louça ao lado da pia e deslizar para dentro da cozinha. Não perdeu tempo em fechar a janela. Assim que ficou em pé, foi abrir a porta da frente, onde, como esperava, deu com o padre Griffin ainda em seu carro, olhando para a casa. Mandou-o embora com um gesto imperioso da mão direita. Tornou a fechar a porta, apoiou-se de costas contra ela e cerrou os olhos. Ao se dirigir à sala da frente e olhar pela janela, viu que o padre dava a marcha a ré, estava indo embora. Agora Helen tinha a casa inteira para si.

Aguçou os ouvidos, não havia som algum. Helen nunca tinha reparado no silêncio antes. Fazia cinco meses que estivera naquela casa. Passou os olhos pela sala, tocou os ladrilhos frios da lareira, sentou-se numa das poltronas. Depois foi até a sala dos fundos e abriu as cortinas. O que a surpreendia era a quietude, o vazio. Havia pensado tanto naqueles aposentos em Cush que agora esperava que eles ganhassem vida diante dela, mas eles permaneciam impassíveis. Abriu a porta dos fundos, recolheu a mala sob a janela da cozinha, tornou a entrar e fechou a porta. Sentou-se na sala dos fundos e pensou na grande sala de estar da casa da sra. Byrne, localizada no pavimento que ficava em cima da loja. Imaginou a atenção que todos lhe dedicariam porque seu pai havia morrido e estremeceu.

Estava contente por ter vindo. Ao colocar a mão na maçaneta da porta da cozinha, ocorrera-lhe que a mão de seu pai também a devia ter tocado, e que, provavelmente — não, definitivamente —, ele deixara ali suas impressões digitais, ou a marca da palma de sua mão. Agora a mão dele jazia morta dentro de um caixão. E havia vestígios seus espalhados por toda parte, em cada centímetro da casa: a cadeira onde ele se sentava, assim como os copos e xícaras que usava, decerto guardavam traços dele; os garfos e facas que ele tinha tocado, naqueles anos todos não devia haver nenhum no qual não houvesse tocado. Helen se aproximou da porta da frente e tocou a maçaneta e a fechadura, as quais ele sem dúvida também tocara.

No andar de cima, no quarto de seus pais, os ternos, paletós, calças, camisas e gravatas dele quedavam-se inertes no guarda-roupa. Ela abriu o armário e passou a mão por um dos ternos, que oscilou no cabide. Ao afastar os cabides, descobriu um suspensório que ele não usava havia muitos anos. Passou os dedos pelas tiras do suspensório, então recuou e recolocou os cabides no lugar.

Foi até a janela, de onde divisou as Turret Rocks e o Vinegar Hill do outro lado do vale. Depois olhou para baixo e contemplou a rua e os bem-cuidados gramados em frente às casas da vizinhança, ladeados por canteiros de flores. Não havia ninguém por ali. Os vizinhos provavelmente não a viram chegar, do contrário teriam vindo imediatamente bater à porta.

Nada a deixou tão admirada quanto ver os sapatos do pai sob a cama. Precisavam ser engraxados nas pontas e o cadarço de um deles estava meio desfiado. Mais do que todas as outras coisas que havia no quarto, eles pareciam apontar antes para a presença do pai do que para sua ausência, como se ele pudesse chegar a qualquer momento, sentar na cama, calçá-los e debruçar-se para amarrar os cadarços.

O penhoar de sua mãe estava atrás da porta e, penduradas atrás dele, viam-se duas camisas brancas passadas. Helen pegou uma delas, segurou-a contra si e mirou-se no espelho. Enfiou os pés nos sapatos, que eram muito grandes para ela. Tornou a abrir o guarda-roupa e escolheu um terno cinza-escuro. Colocou-o sobre a cama e examinou as gravatas à procura de uma que fosse escura, mas não demasiadamente escura, com bolinhas ou listada. Colocou algumas contra o terno, como observara sua mãe fazer, para verificar se combinavam e, por fim, escolheu uma preta listada de cinza e branco. Numa gaveta encontrou uma camiseta e uma cueca, ambas brancas, e em outra gaveta achou um par de meias.

Esticou o terno de comprido na cama. Colocou a camisa por dentro do paletó e enfiou as mangas daquela nas mangas deste. Desabotoou a camisa e introduziu a camiseta, depois tornou a abotoá-la. Pôs a gravata em volta do próprio pescoço, como se fosse a sua gravata de escola, fez o nó, ajeitou-a sob o colarinho da camisa do pai e apertou o nó. Inseriu a cueca na calça, alisou esta última, abotoou a braguilha e enfiou a camisa por dentro. Colocou um pé de meia em cada sapato e posicionou-os na extremidade das pernas da calça, mas este último arranjo não lhe pareceu bom.

Desceu a escada, foi até a sala da frente, tirou alguns livros da estante e levou-os para cima. Com eles, armou uma pilha de cada lado dos sapatos e, percebendo que os livros não eram suficientes, desceu novamente e trouxe mais um carregamento. Então escorou os sapatos entre os livros com os bicos voltados para cima.

Observou a figura sobre a cama e chegou à conclusão de que faltava alguma coisa. Foi até o closet sob a escada, onde eram guardados os casacos, e encontrou um boné pendurado num gancho. Depois apanhou um pequeno travesseiro em seu quarto e retornou com os dois acessórios ao quarto dos pais. Apoiou o travesseirinho nos travesseiros dos pais, junto à gola da camisa, e colocou o boné em cima dele, como se seu pai houvesse adormecido com o boné sobre o rosto. Então se afastou um pouco e examinou a obra.

    Fechou a porta do guarda-roupa e as gavetas, saiu do quarto e permaneceu alguns instantes de olhos fechados no patamar. Com passos vagarosos, entrou novamente. Eram os sapatos que faziam a diferença, davam a impressão de que ele estava deitado, dormindo, e ela pôde então se aproximar e deitar a seu lado. Ocupou o lado da cama que cabia a sua mãe, tomando muito cuidado para não o incomodar. Esticou o braço e segurou a mão que devia estar ali, na extremidade da manga direita do paletó. Com a outra mão, levantou o boné e beijou o lugar onde devia estar a boca. Aconchegou-se a ele.

    Quando Helen ouviu as vozes, a sra. Morrissey e a sra. Maher já estavam no hall. Compreendeu que teria de agir de forma muito rápida e silenciosa; sabia que se as duas subissem naquele instante, seria descoberta e não teria como se explicar. Debruçando-se sobre a figura que havia criado para seu pai, alcançou os sapatos e colocou-os no chão. Sem emitir o menor ruído, fez uma trouxa com o terno, a camisa, a gravata, as roupas de baixo e as meias. Pôs os livros no chão, pegou as roupas, o travesseiro e o boné, e caminhou pé ante pé até seu quarto, ciente de que o rangido das tábuas do assoalho logo alertariam as duas mulheres para a sua presença. Não teve tempo de alisar a colcha nem de passar o quarto em revista.

    "Jesus do céu, tem alguém aí em cima?", gritou a sra. Morrissey.

    Helen jogou as roupas embaixo de sua cama e precipitou-se em direção à balaustrada.

"Sou eu, a Helen!"

"Helen!", exclamou a sra. Maher. "Pelo amor de Deus, assim você nos mata de susto. O que está fazendo aí? Pensamos que você ia ficar na casa da senhora Byrne."

"Minha avó me mandou vir para cá", respondeu Helen, entrando apressadamente no quarto dos pais para assegurar-se de que não havia esquecido nada de importante em cima da cama. Alisou a colcha, voltou para o patamar e desceu a escada.

"Puxa, Helen", disse a sra. Maher, "você nos deixou com o coração na mão." Sobre a mesa da cozinha a mulher havia colocado algumas sacolas brancas de plástico, cheias de pacotes de pão de fôrma. Também havia sacolas em cima do escorredor e no chão.

"Você não devia estar aqui sozinha", disse a sra. Morrissey. "Ai de você, se a sua mãe souber disso!"

"Mas foi a minha avó que falou para eu vir", argumentou Helen.

"Bom, vou pedir para o Jim levá-la para a casa da Mai Byrne. Não é lá que o Declan está?"

"Acontece que lá só tem meninos", queixou-se Helen. "E eles vão ficar me atormentando. Não quero ir para lá."

"Ah, ela não parece uma mocinha? Tão precoce!", disse a sra. Maher.

Helen passou as duas horas seguintes trabalhando com as duas mulheres, passando manteiga nas fatias de pão e fazendo sanduíches de presunto, frango e salada para as pessoas que chegariam após a remoção do corpo de seu pai.

"Vai ter muita gente aqui esta noite", comentou a sra. Maher. "E mais ainda amanhã. O Fianna Fáil de Wexford vai comparecer em peso, virão do condado inteiro."

As sras. Maher e Morrissey conversavam enquanto trabalhavam, mas Helen não prestava muita atenção no que diziam. Indagava a si mesma se seu pai já estaria no caixão, se o caixão seria aberto novamente, ou se teria sido fechado para sempre. Conjecturava se teriam coberto os pés dele, ou se os teriam deixado desnudos.

Cada pilha de sanduíches que ficava pronta era acondicionada novamente nas embalagens de papel impermeável para que o pão continuasse fresco. Enquanto trabalhava, a sra. Maher mantinha um cigarro entre os lábios e, toda vez que a cinza crescia, Helen ficava de olho para ver se ela não a deixaria cair num dos sanduíches; mas antes que isso acontecesse, a mulher batia a cinza na pia.

A sra. Morrissey começou a passar aspirador nos cômodos do andar de baixo. Depois de um certo tempo, quando percebeu que as duas mulheres estavam ocupadas, Helen subiu furtivamente a escada, entrou em seu quarto, pegou a cueca, a camiseta e as meias e guardou-as nas gavetas de onde as havia tirado. Apoiando-se na balaustrada, verificou como iam as coisas lá embaixo e, quando teve certeza de que não seria incomodada, separou o resto das roupas, desfazendo o nó da gravata e recolocando a camisa no cabide. Sua mãe pensaria, refletiu Helen, que ela estava amassada por ter ficado tanto tempo sem uso. Ao colocá-la atrás da porta, procurou amarrotar também a outra camisa que se encontrava pendurada ali. Abriu o armário para guardar o terno e tornou a fechá-lo. Por fim entrou no banheiro e deu a descarga antes de voltar para baixo. Esquecera-se da gravata, mas sabia que poderia cuidar dela mais tarde.

Pôs-se novamente a ajudar as duas vizinhas na preparação dos sanduíches. Quando terminassem, disse a sra. Morrissey, ela podia ir jantar na casa delas e aguardar até que sua mãe chegasse. Lá ninguém a importunaria, aquele era um dia triste e Helen teria de cuidar da mãe.

"Ela deve estar arrasada", disse a sra. Maher.

4.

Sua avó a aguardava na cozinha.

"Helen, você está com cara de quem não dormiu nada."

"Custei a pregar os olhos, mas depois consegui dormir um pouquinho, sim."

"Percebi que você estava acordada."

A avó colocou algumas fatias de pão na torradeira elétrica e preparou o chá.

"Eu estava sem sono e fiquei pensando no que aconteceu conosco anos atrás. Deve ter sido o quarto e a luz do farol e também o Declan no hospital que trouxeram isso tudo de volta. Sei lá, o fato é que me vi rememorando aqueles meses todos, o papai morrendo e nós aqui."

"Foi um período muito sofrido, Helen." A avó serviu o chá e tirou um ovo cozido de dentro de uma panela que estava em cima do fogão. Quando as torradas ficaram prontas, colocou-as num prato.

"Lembra-se de quando vínhamos para cá no primeiro ano após a morte dele? A senhora falou nisso pelo telefone no dia em que ligou para mim."

"Lembro sim, Helen."

"A mamãe me pegava na saída da escola. Ficava me esperando no carro — era aquele velho Mini vermelho — com o Declan no banco de trás e, assim que eu entrava, ela dava a partida sem dizer uma palavra. Eu tinha horror disso. Ah, como eu tinha horror disso."

"Ela não estava agüentando, Helen, esse era o problema. Não conseguia superar a perda do seu pai."

"Na manhã seguinte ela levava a gente direto para a escola e, no fim da tarde, ao sair da aula, eu fechava os olhos e torcia para que quando os abrisse ela não estivesse lá. Mas na maioria das vezes eu a encontrava esperando por mim de novo, e a gente sabia que ela não tinha ido para casa, que ela havia passado o dia inteiro andando de carro pelas estradas das redondezas, ou sentada no hotel, ou no Murphy Flood's. Nessa época eu tinha pavor da hora de sair da escola."

"Você e o Declan eram tudo o que restava para ela."

"Não quero falar mal da mamãe, vovó. Já discutimos isso antes e sei o quanto ela estava sofrendo, mas a questão é que ela passava o caminho todo, na ida e na volta, sem conversar com a gente. Agora que tenho os meus próprios filhos, não consigo me imaginar fazendo uma coisa dessas com eles."

"Ela estava dando o melhor de si, Helen. Aquilo foi demais para ela. Quando o seu avô morreu, ela foi muito boa comigo. Lembro que você estava fazendo os seus exames finais no colégio. E ela cuidou de mim, embora na época já estivesse trabalhando de novo."

"Quando conversamos pelo telefone, a senhora me disse que ela nunca a ajudou em nada."

"Eu não devia ter dito isso, Helen. Não é verdade."

Helen seguia rumo a Wexford. Ao se aproximar de Curracloe, a garoa deu lugar a um temporal. Já passava das dez, sua mãe devia estar no trabalho. Ficou satisfeita por não ter de lhe dar a notícia na porta de casa. Seria mais fácil chegar ao escritório.

Enquanto tomava o café-da-manhã, Helen tivera uma recordação que logo tratara de tirar da cabeça. Era algo de que não podia falar para a avó. Agora, ao chegar à estrada principal que levava a Wexford, com os limpadores cruzando o pára-brisa do carro, relembrou a cena que havia lhe voltado à mente algumas horas antes.

Foi num domingo, no verão do ano seguinte à morte de seu pai. Nos últimos meses eles haviam deixado de ir com tanta freqüência à casa da avó durante a semana, mas não se passara um domingo sequer sem que, após a missa do meio-dia, saíssem de Enniscorthy rumo a Cush. Naquele domingo — talvez fosse junho ou início de julho — ela notou que a mãe pegara a Osborne Road no sentido de Drumgoole. Helen não falou nada. No banco de trás, porém, Declan perguntou por que não estavam fazendo o caminho de costume.

"Pensei que podíamos passar o dia em Curracloe", disse a mãe deles.

"A gente não vai para a casa da vovó?", indagou Declan.

"Eu preparei alguns sanduíches. Podemos comê-los na praia se o tempo continuar firme."

Em Curracloe havia um estacionamento, uma loja, dunas de areia e uma praia bastante extensa. Para Helen e Declan o vilarejo tinha um certo glamour, um quê de modernidade, diferentemente de Ballyconnigar e Cush, que lhes pareciam lugares insossos e modorrentos. Declan era da opinião de que havia caipiras demais em Cush e Ballyconnigar, ao passo que Curracloe era a praia que as pessoas de Wexford freqüentavam.

"Quer dizer que não vamos para a casa da vovó?", tornou a perguntar ele.

Não houve resposta. Chegaram a Curracloe e foram para a praia, levando consigo o piquenique que a mãe preparara sem lhes avisar, uma toalha de praia e roupas de banho. Helen queria perguntar à mãe se a avó sabia que eles não iriam para Cush, ou se naquele momento estaria à espera deles com o almoço pronto no fogão, atenta ao barulho do carro.

Em Cush, durante todos aqueles anos, sua mãe jamais entrara no mar. Descia à praia com eles e observava-os nadar. Em dias quentes era até capaz de vestir um maiô, mas nem sequer se aventurava a molhar os pés. Naquele domingo em Curracloe, Helen e Declan acharam que ela vestira o maiô porque fazia calor. Quando ela colocou uma touca de natação, Declan começou a rir. "Você fica engraçada com isso", disse ele.

O mar estava agitado e eram poucos os banhistas que ultrapassavam a linha de arrebentação. Declan sempre parava na beira da água antes de entrar, esperava alguns instantes, depois avançava como se estivesse pisando em cacos de vidro. Helen havia aprendido que era melhor não pensar no frio, que era mais fácil simplesmente entrar e sair nadando. Mesmo assim, aquele primeiro contato com a água não tinha nada de agradável. Daquela vez, estavam ambos parados na beira do mar, quando sua mãe passou por eles, persignou-se, avançou com confiança e, assim que se viu com água pela cintura, mergulhou. Depois olhou para eles, acenou, tornou a mergulhar e reapareceu no exato instante em que uma onda enorme arrebentava. Quando a onda retrocedeu, Declan entrou correndo na água e tentou alcançá-la, mas foi atingido por uma segunda onda. Helen viu que ele ria enquanto a onda o arrastava de volta para a praia. Caminhou em sua direção, agarrou-o e segurou-o pela mão.

"Quero ir até onde está a mamãe", disse ele.

Ali perto, um grupo de crianças e adultos esperava pela onda seguinte, gritando de alegria uns com os outros, deixando que as ondas mais altas erguessem seus corpos na água e os levassem para a praia. Helen e Declan foram derrubados e, ao se levantar com a boca cheia de água salgada, viram que sua mãe nadava além da linha de arrebentação. Quando conseguiram atrair sua atenção, ela nadou até onde eles estavam.

"Você sempre disse que não sabia nadar", comentou Declan.

"Fazia anos que eu não entrava no mar", disse ela.

Assim, Helen e a mãe, com Declan no meio, de mãos dadas com elas, passaram a maior parte da tarde pulando ondas. Algumas vezes, quando saíam do mar e sentavam-se na toalha de praia, Declan ficava impaciente, e não sossegava enquanto não voltassem para a água. Assim que uma onda começava a se formar, ele gritava, dizendo que era a maior de todas, e não desanimava mesmo se ela se revelasse pequena e inofensiva. Apontava para a seguinte, depois para a outra e mais outra, rindo o tempo todo, até que, por fim, uma onda realmente grande vinha e derrubava os três.

Ao cair da tarde, sentados na toalha, eles comeram os sanduíches e tomaram chá.

"Aqui é muito legal", disse Declan. "Será que a gente pode vir todo domingo para cá?"

"Se vocês quiserem, podemos", assentiu a mãe.

Helen teve vontade de perguntar se ela havia avisado a avó que eles não iriam para Cush, mas, enquanto trocavam de roupa e se preparavam para voltar para o carro, convenceu-se de que ela não fizera isso.

Quando estavam atravessando o vilarejo de Curracloe, Helen achou que sua mãe talvez tivesse a intenção de seguir rumo a Blackwater, a fim de dar uma passada em Cush, mas ela virou à esquerda e pegou a estrada para Enniscorthy. No banco de trás, Declan falou durante toda a viagem de volta, fazendo perguntas e comentários à mãe. Essa era a mais antiga recordação que Helen tinha daquela que viria a se tornar uma cena constante: os dois absortos em conversas sem fim, Declan às gargalhadas, a mãe sorrindo, num enleio do qual Helen se sentia incapaz de participar, embora também sorrisse e se divertisse com as piadas e observações do irmão, seu bom humor, sua necessidade insaciável de obter a atenção e a aprovação da mãe.

Ela seguia rumo a Wexford. Sabia que a sede da empresa de sua mãe ficava no cais, de frente para o antigo porto, e indagava a si mesma se conseguiria encontrar uma vaga para estacionar ali perto. Pensou que antes de mais nada devia ligar para Hugh — com toda certeza ele estava aguardando seu telefonema e não sairia de casa enquanto ela não ligasse —, depois iria enfrentar a mãe.

Sua mãe voltara a lecionar dois anos após a morte de seu pai. Com a ajuda do Fianna Fáil, arrumou um emprego na escola profissionalizante local. Não muito tempo depois — Helen não sabia ao certo quando —, começou a dar cursos noturnos sobre técnicas comerciais na escola, até que a organização desses cursos, para atender melhor às necessidades dos alunos e ajudá-los na procura de emprego, tornou-se uma obsessão sua.

Então, com o advento dos computadores, ela passou a dar palestras para grupos empresariais e outros interessados, nas quais falava sobre a necessidade da informatização. Foi a primeira no condado a incluir habilidades de informática em seu curso de técnicas comerciais. Isso por fim a levou a abrir seu próprio negócio, oferecendo cursos para iniciantes em informática e, posteriormente, vendendo computadores para empresas e indivíduos. No verão do ano anterior, a avó mostrara a Helen um anúncio de página inteira que a Wexford Computers publicara no *Wexford People*, com citações de clientes de Waterford e Kilkenny que diziam ter se deslocado até Wexford porque os cursos oferecidos

pela empresa tornavam a utilização de computadores uma tarefa fácil e porque a equipe de vendas garantia a instalação e a manutenção das máquinas. No alto da página destacava-se uma foto da mãe de Helen.
"Olhe só para a Lily!", dissera a avó.

Depois de estacionar, Helen ligou para Hugh e contou-lhe onde se encontrava e o que estava prestes a fazer. Enquanto falava com ele, deu-se conta de que ainda não havia pensado no que iria dizer à mãe e que seria capaz de recorrer a qualquer pretexto — telefonar para a escola, procurar outro lugar para estacionar o carro, tomar um chá no White's — para adiar a visita à Wexford Computers Limited.

Os meninos haviam levantado pouco depois do amanhecer, contou Hugh. Tinham vestido capa de chuva e ido à praia com os primos. Estava tudo bem por lá, assegurou-lhe, e ele viria ao seu encontro assim que ela quisesse. Helen disse que tornaria a ligar para ele mais tarde.

"As coisas nunca são tão ruins quanto parecem", disse ele.

Helen ficou surpresa ao ver o elevador no hall do prédio da Wexford Computers. Também se admirou com a iluminação, o piso e a pintura, todos modernos e sofisticados, como se tirados de uma revista, em nada semelhantes com o que ela esperaria encontrar num edifício do cais de Wexford. Uma placa no saguão informava que o showroom ficava no primeiro andar e a recepção no segundo. Ela apertou o botão do segundo andar.

Examinou-se no espelho, imaginando que a saída do elevador daria para um hall ou um vestíbulo. Perguntava-se se ali haveria um banheiro onde ela pudesse se maquiar antes de encontrar a mãe. Quando as portas se abriram, porém, Helen adentrou uma sala ampla, de pé-direito alto, com clarabóias que despontavam entre as vigas expostas pela remoção do sótão e janelas que davam para o porto e para a rua dos fundos. Havia cerca de vinte pessoas sentadas em cadeiras. Algumas se viraram para Helen, mas a maioria continuou olhando para sua mãe, que se achava em pé diante delas.

Quando ela saiu do elevador, sua mãe estava no meio de uma frase. Helen ficou sem ação, sentiu-se vulnerável, não tinha como voltar atrás nem como sair em busca de um banheiro. Seguiu em frente até encontrar uma cadeira vazia. Notou como a sala era bonita, reluzente, luxuosa. Sua mãe não se interrompeu. Limitou-se a constatar a presença de Helen, baixando até o nariz os óculos apoiados na cabeça e perscrutando-a com seu olhar míope. Algumas outras pessoas se viraram para trás enquanto ela continuava a aula, recolocando os óculos no alto da cabeça com um gesto lento, quase distraído.

"Lembrem-se", ia dizendo ela, "de que estamos inteiramente à disposição de vocês. Se suas empresas instalarem novos sistemas, ou se vocês sentirem que precisam aprimorar suas habilidades, é só entrar em contato conosco. Sintam-se à vontade, façam como quando têm um vazamento em casa e precisam chamar um encanador. Resolveremos seus problemas o mais rápido possível, mesmo que, para isso, tenham de vir até aqui à noite ou no fim de semana. É só ligar, estamos aqui para servi-los."

Parou por um momento e tornou a colocar os óculos, lançando outro olhar em direção a Helen, como se para assegurar-se de que havia visto corretamente da primeira vez.

"No início", prosseguiu ela, "oferecíamos apenas cursos sobre a utilização de computadores e processadores de textos. Com o tempo, porém, percebemos que quase todos os nossos clientes haviam passado por experiências terríveis na hora de comprar ou instalar um sistema, e que mesmo a manutenção de suas máquinas era um verdadeiro pesadelo. Assim, não é por acaso que oferecemos a mais ampla variedade de produtos e temos a melhor equipe de vendas e o melhor suporte técnico do Sudeste. E posso lhes garantir que não foi difícil nos tornarmos os melhores. Riam à vontade, mas verão que temos os menores preços e, além disso, dispomos de um serviço de assistência técnica que funciona 24 horas por dia. Nosso showroom fica no andar de baixo, mas vocês não estão aqui para comprar computadores, e sim para usá-los. Analisamos suas necessidades, desenvolvemos programas especiais para cada um de vocês e estamos prontos para começar. Verão que os computadores foram identificados com seus nomes, há um para cada um. Então, se puderem levar suas cadeiras até eles, começaremos agora mesmo. Os integrantes de nossa equipe estão identificados com crachás."

Helen observou a mãe acercar-se de uma mesa junto à janela que dava para o porto. Viu-a falar com um funcionário e, em seguida, pegar uma folha de papel e examiná-la. Resistiu ao impulso de sair em direção ao elevador, descer à rua, voltar para Dublin e dizer a Declan que ele teria de recorrer a seu amigo da Comissão Européia para dar a notícia à mãe. Esperou enquanto ela circulava pela sala, verificando nomes e detalhes, dando mostras de que estava no comando da situação. Por fim a mãe começou a caminhar em sua direção, mas subitamente mudou de idéia e retornou à mesa perto da janela. Depois de se certificar de alguma coisa ali, atravessou a sala e se aproximou de Helen.

"Quando a vi sair do elevador, achei que era mesmo você, e fiquei me perguntando se teria vindo até aqui para fazer um curso de informática", disse a mãe.

"Não, obrigada. Esse lugar é muito bonito."

"É tudo novo."

"Preciso falar com você. Tem alguma sala onde a gente possa conversar em particular?"

"Não tenho muito tempo", disse a mãe. Mas assim que terminou a frase, parou e examinou mais detidamente a fisionomia de Helen. "Aconteceu alguma coisa?"

Dirigiram-se a uma saleta reservada que ficava de frente para o elevador. A mãe de Helen fechou a porta.

"O que aconteceu?", perguntou ela.

Helen soltou um suspiro. "É o Declan."

"Fale de uma vez, Helen!"

"Ele está no hospital, em Dublin, e quer te ver."

"Foi um acidente? Ele está machucado?"

"Não, não é isso. Ele está doente e gostaria de ver você. Faz algum tempo que ele está hospitalizado, mas não queria perturbar a gente."

"Perturbar? Do que é que você está falando?"

"Mamãe, o Declan está muito doente. Talvez fosse melhor você conversar com os médicos sobre isso."

"Helen, você sabe o que ele tem?"

"Mais ou menos. Mas ele quer te ver ainda hoje. Estou com o carro dele aí fora e posso te levar ao hospital. Ele está no Saint James."

Sua mãe foi até uma escrivaninha, onde folheou a agenda até encontrar a semana correta.

"Que dia é hoje?", indagou.

"Quarta-feira."

"Tudo bem. Me espere lá fora enquanto faço dois telefonemas. Desço em seguida."

"Por que a gente não combina de se encontrar no White's?"

"Prefiro que você me espere aí fora. Não vou demorar."

Conforme avançavam rumo a Dublin, o dia começou a clarear. A mãe de Helen só abriu a boca para falar depois que haviam passado por Gorey.

"Detesto esta estrada", disse ela. "Odeio cada centímetro dela. Nunca pensei que teria de viajar novamente por ela a caminho de um hospital."

"Dormi a noite passada na casa da vovó", disse Helen.

"Você foi à casa dela primeiro? Por que não veio me procurar antes?"

Helen não respondeu, olhava fixamente para a frente, concentrada na estrada.

"Ah, deixa pra lá, não precisa responder agora", disse a mãe.

"O Hugh e os meninos estão em Donegal."

"Não sei como é que ele agüenta você."

Depois disso, mantiveram-se em silêncio até chegar à estrada de duas pistas. A mãe de Helen baixou o quebra-sol e usou o espelhinho para passar batom.

"É melhor eu falar sobre a doença do Declan", disse Helen.

"Estou esperando isso há uma hora e meia", disse a mãe consultando o relógio.

"Ele está com Aids. Descobriu faz tempo, mas não quis contar para a gente."

Helen notou que a mãe continha a respiração enquanto uma sombra escura parecia passar em frente ao carro.

"Quando foi que você soube?", perguntou a mãe.

"Ontem."

"Sua avó sabe?"

"Eu contei para ela."

A mãe tornou a levantar o quebra-sol e guardou o batom no estojo de maquiagem. "Ele está muito mal? Como ele está?"

"Parece que está mal, mas não dá para saber quanto."

"E não tem cura, não é?"

"Não, não tem."

"Quando foi que ele pegou o vírus?"

"Faz alguns anos."

"E há quanto tempo está no hospital?"

"Não sei."

"Por que ele não falou nada para a gente?"

Mais uma vez, Helen não respondeu. De repente começou a chover. Ela ligou os limpadores, mas eles raspavam no pára-brisa. Desligou-os, porém a chuva era forte demais, não dava para enxergar direito, por isso tornou a ligá-los. Sua mãe manteve-se em silêncio até Bray, quando faltavam poucos quilômetros para chegarem a Dublin. A peleja com os limpadores distraía Helen dos suspiros da mãe, de seus punhos cerrados, dos olhares intermitentes que ela lhe dirigia, como se fosse dizer alguma coisa e depois desistisse.

Por fim disse: "Justo agora que consegui colocar a minha vida em ordem, tinha de acontecer isso".

A chuva parou e Helen desligou os limpadores.

"Por que o Declan não quis me contar pessoalmente?"

"Ele estava muito aflito com a sua reação."

"E foi por isso que mandou você vir me contar?"

Helen manteve os olhos fitos na estrada. Quando avistou um ônibus de dois andares, pensou em pedir à mãe que fosse sozinha para o hospital, mas logo desistiu da idéia. Acalmou-se e tentou imaginar como ela estaria se sentindo.

"Acho que ele deve ter pensado que numa hora como essa deixaríamos nossas desavenças de lado", disse ela.

"Não noto nenhuma diferença em você", volveu a mãe.

"Estou me esforçando, pode acreditar", disse Helen sem conseguir evitar um tom seco.

Quando chegaram ao hospital, Helen tinha a impressão de que o carro explodiria se uma das duas tentasse dizer alguma coisa. Encontraram uma vaga no estacionamento que Paul havia usado e dirigiram-se à ala do hospital onde Declan estava internado.

"O clínico geral disse que poderíamos conversar com a infectologista quando quiséssemos."

"O Declan tem um quarto só para ele?"

"Tem."

"Está muito abatido?"

Durante alguns instantes Helen sentiu uma grande ternura pela mãe e desejou dizer algo que tornasse as coisas mais fáceis. Estava à beira das lágrimas.

"Não, ele parece bem. Acho que está com medo."

"E que tal o médico?"

"É uma mulher. Não a conheci, mas dizem que é boa pessoa."

Na recepção, Helen e sua mãe avisaram que queriam falar com a infectologista, mas, como ela não pôde ser localizada, Helen pediu que chamassem o médico com o qual havia conversado no dia anterior. As duas aguardaram em silêncio. Pouco depois o clínico geral chegou, acompanhado da infectologista. Ela era bem mais baixa e jovem do que Helen havia imaginado. Parecia quase uma menina. Sua mãe levou algum tempo até se dar conta de que aquela era a médica de Declan. Ela as conduziu por um corredor até seu consultório.

"Bom, doutora", disse a mãe de Helen assim que se sentaram, "poderia nos dar a sua opinião sobre o quadro clínico do meu filho?"

"Acho que tenho de ser bastante franca", disse a médica.

"Comigo não é preciso medir as palavras", volveu a mãe de Helen.

"O Declan está muito doente. Sua contagem de células T, por meio da qual mensuramos o avanço da doença, chegou a quase zero. Na maioria das pessoas o resultado fica acima de mil.

Isto significa que ele está vulnerável a grande número de infecções oportunistas. Hoje de manhã ele foi submetido a uma pequena cirurgia para recolocar um cateter no peito e tudo correu bem. Talvez ainda agüente algum tempo, mas a situação pode se complicar de uma hora para a outra. Não dá para saber ao certo, cada caso é um caso. O que eu posso dizer é que ele tem sido muito corajoso e demonstra grande resistência, mas não escapará se for vítima de mais uma série de ataques."

"Há algum medicamento que ele possa tomar?"

"Temos uma droga, chamada AZT, mas infelizmente não é capaz de acabar com a doença. Estamos desenvolvendo medicamentos mais eficientes para cada infecção que surge."

"E quais são as chances de cura?"

"No curto prazo não há nada que possamos oferecer a ele, embora essas coisas sejam um tanto imprevisíveis. Mas creio que a maioria dos médicos concordaria com a opinião de que o sistema imunológico do Declan foi destruído e que é muito difícil vislumbrar uma maneira de recuperá-lo."

"E se o levássemos para os Estados Unidos?"

"Tudo o que fariam por ele lá já está sendo feito aqui."

"Ele sente dor?"

"Não. Na verdade, quando passei pelo quarto dele, meia hora atrás, encontrei-o sentado na cama. O Declan tem um grupo de amigos que cuida muito bem dele. Vou levá-las até o quarto agora e, se quiserem, voltamos a conversar mais tarde."

Quando Helen abriu a porta, sua mãe voltou-se para a médica. "Será que poderíamos falar um minuto em particular?"

Helen saiu do consultório e esperou por alguns instantes. Depois caminhou pelo corredor, parou junto a uma janela e ficou olhando para fora. Sabia o que sua mãe iria perguntar à médica: era a mesma indagação que ela evitara fazer no carro. Sempre se questionara se ela sabia que Declan era gay e estava em dúvida se a infectologista iria ou não contar a verdade. Contudo, ao observá-la sair do consultório e caminhar a seu lado pelo corredor, percebeu que ela havia recebido uma resposta. Tinha os ombros curvados e os olhos pregados no chão. Fazia anos que Helen não a via tão desolada.

Quando entraram no quarto, deram com Declan sentado na cama, escutando música num walkman. Paul, que estava numa cadeira ao lado da cama, levantou-se imediatamente, acenou com a cabeça para Helen e saiu.

"Trouxe uma visita para você", disse Helen.

"Da última vez que nos vimos, achei que você não estava com uma cara muito boa", disse a mãe, aproximando-se da cama com um sorriso no rosto. "Mas você parece bem melhor agora." Ela pegou na mão dele.

"Não imaginava que você viesse tão rápido", disse Declan.

"Este quarto está um pouco escuro, não? Eles têm mesmo cuidado bem de você?"

"Ah, têm sim, está tudo bem."

"Só viemos para tornar tudo o melhor possível para você, filho. Não é mesmo, Helen?"

"É sim, mamãe."

"Descobriram quando eu saio daqui?", inquiriu Declan.

"Conversamos com a infectologista, mas ela não falou nada sobre isso", respondeu a mãe. "Se quiser, vou procurá-la agora mesmo e pergunto."

"Não, fique mais um pouco."

"Está sentindo dor?"

"Não estou num dos meus melhores dias. De manhã me deram uma anestesia local no peito, e essas coisas sempre deixam a gente meio grogue."

Uma enfermeira apareceu com um copinho de plástico, contendo comprimidos que Declan tomou com um copo d'água.

"Escute, Declan", disse a mãe, "se quiser, posso ajeitar tudo para você ficar lá em casa. A vista é linda, você sabe, e podemos contratar uma enfermeira para alguma emergência."

"Ainda não sei o que pretendo fazer", esquivou-se Declan.

"Quando resolver, é só dizer." Ela pôs a mão na testa dele. "Bom, pelo menos não está com febre."

Ao sair do quarto, Helen topou com Paul, que aguardava no corredor. Sua mãe ficou com Declan e eles dois foram almoçar num bar próximo ao hospital. Depois Helen atravessou a cidade rumo à sua escola. Na semana anterior eles haviam enviado cartas para alguns candidatos a vagas de professor, convocando-os para uma segunda entrevista. Ela queria verificar as datas e os horários em que essas entrevistas tinham sido marcadas.

Sua secretária, Anne, leu-lhe uma lista de recados telefônicos, aos quais havia, conforme as instruções de Helen, taquigrafado *ipsis litteris*. A maioria se referia a assuntos de rotina, um deles era de John Oakley, do Departamento de Educação. Helen correu os olhos pela correspondência. Anne informou que uma das professoras havia telefonado para perguntar o motivo da segunda entrevista, já que nenhuma outra escola adotava esse procedimento.

"Ela é professora de quê?", perguntou Helen.

"Irlandês e inglês."

"Pode me ler a mensagem dela por inteiro?"

A secretária leu o recado em voz alta. Helen refletiu por um minuto e disse: "É melhor escrever para ela. Gostaria que você preparasse uma carta agradecendo o interesse dela e dizendo que a vaga já foi preenchida. Eu assino antes de ir embora. Essa aí parece ser uma encrenqueira das boas".

"Houve também um problema com o Ambrose", disse Anne. "Ele apareceu bêbado na segunda-feira, ou pelo menos parecia ter bebido bastante. Implorou para que eu não contasse a você."

"Quando foi a última vez que ele bebeu?"

"Foi no dia 6 de abril", disse Anne.

"O Ambrose é o servente mais prestativo da Irlanda", comentou Helen.

"Ele morre de medo de você."

"Mas ontem estava sóbrio, e hoje?"

"Está bem e parece realmente arrependido."

"Não vou tomar nenhuma providência. Mas avise-o de que contou para mim e que eu estou pensando no que fazer com ele. Assuste-o um pouquinho." Helen riu, Anne balançou a cabeça e sorriu.

Helen saiu andando pelos corredores ermos e repletos de ecos da escola, depois foi ao andar de cima e sentou-se num banco que ficava defronte à sala dos professores. Sentiu de repente, como se pela primeira vez, todo o peso do que havia acontecido e do que estava em vias de acontecer: seu irmão iria morrer e elas o veriam ficar cada vez mais doente, acompanhariam seu sofrimento e assistiriam a seu lento esmorecer. Veio-lhe à mente a imagem de seu corpo inerte, sem vida, pronto para ser colocado num caixão e consignado às trevas, encerrado até o fim dos tempos. Era um pensamento insuportável.

Tentou afastá-lo da cabeça. Sentia-se cansada e receava que, se ficasse muito tempo parada num lugar, acabaria adormecendo e seria descoberta por Anne. Retornou a seu gabinete a passos lentos, assinou a carta e pegou o carro de Declan para voltar para casa, ansiando poder deitar na cama e dormir até a manhã seguinte. Tomou um banho e trocou de roupa. Quando ligou para Donegal, ninguém atendeu. Às quatro da tarde cruzou novamente a cidade rumo ao hospital.

Encontrou sua mãe e Paul no corredor, em frente ao quarto de Declan.

"Estão fazendo um check-up nele", explicou a mãe. "Vão deixá-lo sair por alguns dias."

"Será que ele gostaria de ir para a minha casa?", indagou Helen.

"Não, ele quer ir para Cush, quer ficar na casa da avó", disse a mãe. "Não sei por que ele botou isso na cabeça."

"Para a casa da vovó?"

"Tentei ligar para ela, mas aquela cabeçuda deixa o telefone sempre desligado."

"O Declan tem falado muito sobre Cush e a casa à beira-mar", disse Paul.

"Se ele quer ir para lá, nós o levaremos. Foi o que prometi a ele."

"Quando?", perguntou Helen.

"Se ele quer mesmo ir, tem de ser já. Daqui a alguns dias talvez precise voltar para o hospital", disse a mãe.

A infectologista e o clínico geral saíram do quarto. "Ele está liberado por uns dias", disse Louise. "Vou preparar uma lista de remédios e assim que a farmácia os tiver providenciado ele pode ir."

"Uma vez o pessoal da farmácia nos deixou esperando duas horas", queixou-se Paul.

"Vou subir e levar pessoalmente a receita. Se você vier comigo, Paul, e ficar lá parado, olhando para a cara deles, pode ser que forneçam tudo na hora", disse a infectologista.

Helen e a mãe entraram no quarto e encontraram Declan sentado na beira da cama.

"Fico tonto quando me sento assim", disse ele. "Mas melhoro num instante."

"Declan, na noite passada eu dormi na casa da vovó", disse Helen. "As camas são muito desconfortáveis e a roupa de cama está em petição de miséria."

"Eu levo lençóis de casa", disse a mãe.

"Como foi que a vovó reagiu quando contou para ela?", perguntou Declan.

"Ficou aflita por você."

As duas mulheres saíram do quarto enquanto Declan se vestia.

"Você conhece esse tal de Paul?", inquiriu a mãe.

"É um velho amigo do Declan. Parece que tem sido muito bom para ele."

"Isso parece um pesadelo."

"É verdade. Ele dá a impressão de estar tão bem que a gente custa a acreditar."

"Você podia nos levar até Cush. Está de férias, não está?"

"Não exatamente, mas posso levá-los, sim."

Quando os medicamentos chegaram, Paul e Declan puseram-se a arrumar o quarto, colocando o lixo num saco plástico preto e as roupas e CDs numa sacola. Declan deu instruções detalhadas a Paul sobre como fazer para chegar à casa de sua avó, em Cush. Perplexas, Helen e a mãe observaram-no pedir a Paul que repassasse as instruções a Larry — Helen não fazia a menor idéia de quem era esse Larry — e lhe dissesse para ir até lá assim que possível.

Partiram em direção a Wexford. A mãe mostrou-se extremamente preocupada com o conforto de Declan durante a viagem, conjecturando se seria melhor ele ir na frente ou atrás. Ainda não haviam saído da cidade, quando, no banco da frente, ela se voltou para Declan e disse: "A Helen me contou que você tinha receio de como eu reagiria. Que bobagem, meu filho, não tem por que se afligir com uma coisa dessas. Você e a sua irmã são as pessoas mais importantes que eu tenho na vida, e nada mudará isso".

"Eu devia ter contado antes", disse Declan, "mas não tive coragem."

Pararam na Dunnes Stores, em Cornelscourt, onde Helen os deixou no estacionamento e encheu um carrinho de supermercado com coisas de que iriam precisar nos próximos dias. Não sabia o que a avó iria pensar quando os visse na porta de casa. Percebeu que pela primeira vez em muitos anos — talvez dez — estava de volta ao seio da família, essa família da qual ela tentara com tanta determinação distanciar-se. Pela primeira vez em muito tempo ficariam todos sob o mesmo teto, como se nada houvesse acontecido. Deu-se conta também de que as emoções mudas que circulavam entre eles no interior do carro, assim como a sensação de que os três constituíam novamente uma unidade, pareciam perfeitamente naturais agora que havia uma crise, um elemento catalisador. Estava de volta ao lar onde desejara jamais tornar a pôr os pés e sentia-se, contra a própria vontade, quase aliviada.

Na viagem para Cush a mãe falou sobre seus funcionários e clientes, fazendo um grande esforço, pensou Helen, para parecer espirituosa e animada. Algumas vezes tinham a impressão de que Declan havia adormecido. Mas, como descobriam em seguida, ele só estava de olhos fechados. No fim da tarde, disse a mãe, Helen poderia levá-la até Wexford para que ela pegasse seu carro e alguns lençóis.

"Vamos tratar de deixar você bem confortável, Declan", disse ela.

"Será que a vovó não vai se importar de invadirmos a casa dela desse jeito?", perguntou Declan.

"Ela adora você, filho."

"Eu sei, mas será que ela não vai ficar aborrecida?"

"Se ela deixasse aquela porcaria de telefone ligado, a gente teria como saber."

"Acho que ela vai querer fazer tudo o que estiver ao alcance dela para ajudar, Declan", disse Helen.

Chegaram a Cush antes do anoitecer. A avó de Helen saiu de casa e olhou para dentro do carro, mas não foi capaz de determinar quem eram seus ocupantes.

"É o Declan que está no banco de trás?", indagou quando Helen abriu a porta.

"Ele disse que gostaria de vir para cá, vovó. Não podíamos recusar."

"Ah, mas que coisa, entrem logo, vamos. Venha Lily, traga o Declan com você."

Deixaram o carro na estradinha de terra e entraram na casa. A avó desligou a televisão e foi até a pia, onde, com nítido nervosismo, pôs-se a preparar o bule de chá e a chaleira. Mantinha-se de costas para os três, que permaneciam em pé na cozinha, dominados pelo constrangimento. Ao olhar para Declan sob essa luz, Helen notou pela primeira vez como seu aspecto era doentio: tinha a pele do rosto tesa e repuxada, o olhar cansado, o corpo inteiro contraído.

Sua mãe fez com que Declan se sentasse enquanto a avó continuava junto à pia, agora lavando algumas xícaras, embora houvesse uma fileira de xícaras limpas no armário. Os dois gatos assistiam à cena do alto de seu poleiro.

"Mamãe", disse a mãe deles, "talvez não tenha sido uma boa idéia a gente chegar assim sem avisar."

"Não, Lily, passei o dia todo pensando em vocês." Sua expressão, como Helen pôde ver quando ela se virou, permanecia indecifrável como uma pedra. "Vou fazer um chá", disse ela, "e se quiserem posso preparar alguns sanduíches. Ou será que vocês preferem deixar para jantar quando chegarem em casa?"

Helen não sabia dizer se a avó estava simulando não ter compreendido que eles pretendiam ficar na casa dela, ou se realmente acreditava que estavam a caminho de Wexford. Tentou relembrar as palavras que havia lhe dito ao sair do carro, mas sentia-se cansada demais para fazer esse esforço.

Vendo que ninguém respondia à sua pergunta, a velha foi até o quintal e eles se entreolharam.

"Declan", disse a mãe, "podemos ir para Wexford. Você e a Helen podem ficar lá em casa."

Declan não respondeu, tinha um olhar perdido. Helen indagou a si mesma se ele não havia se deixado levar pela fantasia de passar alguns dias em Cush, sonhando com a casa, o penhasco e o mar. Tendo chegado lá, talvez tivesse se decepcionado e ficado deprimido com a visão concreta do lugar. Estava com uma aparência péssima.

A avó voltou com um balde e o colocou no chão, ao lado da pia. Tornou a dar as costas para eles enquanto despejava a água quente da chaleira no bule. Declan fechou os olhos e suspirou. A mãe lançou um olhar cortante na direção de Helen.

"Vovó", disse Declan, "os médicos me deixaram sair do hospital por uns dias e pensei em vir para cá. Imaginei que seria bom poder olhar para essa vista e passar alguns dias aqui, mas talvez isso seja demais para a senhora."

A avó voltou-se e olhou para a janela. "Declan", disse ela, "você pode vir para esta casa a hora que quiser. Sempre terei uma cama preparada para você. Vamos tomar uma xícara de chá e depois o acomodamos da melhor maneira possível."

Às nove e meia eles já sabiam onde cada um iria dormir. Declan ficaria no quarto da frente, o mesmo que ele e Helen haviam usado anos antes, Helen ocuparia o quarto dos fundos e sua mãe dormiria num dos quartos do andar de cima.

A avó abriu espaço na geladeira para os remédios de Declan que precisavam ser mantidos sob refrigeração. Em seguida, com um misto de fascinação e repugnância, as três mulheres observaram-no conectar um pequeno frasco de plástico a um tubo que saía de seu peito. Ele passou em revista os comprimidos e tomou quatro deles com um copo d'água.

"Vovó, a médica me disse que eu sou alérgico a gatos. Mas desde que eles não cheguem perto de mim, não tem problema."

"Ah, não se preocupe, quando tenho visitas eles não saem daí de cima. Acho que não vão perturbar você."

"Claro que não", tornou Declan.

"Olhem só para eles. Eles sabem que a gente está falando deles", disse a avó.

Quando escureceu, Helen levou a mãe para Wexford.

"Ela não nos quer aqui", comentou ao se aproximarem de Blackwater.

"Bobagem, você conhece a sua avó, é tudo jogo de cena", disse a mãe. "Ela gosta de companhia."

"Ela não nos quer aqui", tornou a dizer Helen.

Ambas se mantiveram em silêncio até chegar ao outro lado de Curracloe.

"Há quanto tempo você sabe sobre o Declan?", perguntou a mãe.

"Fiquei sabendo ontem, já disse."

"Não, não é isso. Estou falando desses amigos dele, do tipo do Paul."

"De que tipo?"

"Você sabe de que tipo", contestou a mãe com irritação.

"Eu sempre soube."
"Será que você pode me responder direito, Helen?"
"Há uns dez anos, talvez mais."
"E por que nunca me contou?"
"Nunca conto nada a você", disse Helen num tom firme.
"Tomara que isso nunca aconteça com você."
"Até parece que você gostaria que acontecesse."
"Se eu tivesse a intenção de dizer uma coisa dessas, diria com todas as letras."
"Ah, disso eu não tenho a menor dúvida."

Seguiram pelo cais de Wexford até chegar ao lugar onde sua mãe estacionara o carro. Ela desceu sem dizer uma palavra e bateu a porta com força, como se estivesse enraivecida. Entrou em seu carro e, com Helen seguindo-a de perto, partiu na direção do porto de Rosslare, onde então avançou por vários quilômetros num labirinto de ruas secundárias. Helen tinha a impressão de que até o pisca-pisca do carro dela estava furioso.

Foi só quando embicou o carro na garagem que Helen descobriu que a casa de sua mãe tinha vista para o mar, uma vista ainda mais desimpedida que a da avó, pois o lugar ficava mais no alto. Estavam mais próximos de Tuskar, cujo farol lampejou contra a fachada da casa quando ela estacionou. Sua mãe entrou em casa sem lhe dirigir sequer um olhar, de modo que ela preferiu aguardar no carro. Declan havia dito que a casa era maravilhosa e custara uma fortuna, mas não lhe pareceu nada de excepcional: era apenas um chalé coberto com telhas num lugar afastado. O terreno é que devia ter custado uma fortuna.

Na escuridão da rua ela mal conseguia divisar a linha do horizonte, de onde emanava uma luminosidade cada vez mais tênue. Pensou que de manhã a casa devia ser banhada pelos primeiros raios de sol. Perguntou-se por que a mãe não havia colocado mais vidro na fachada. A luz do farol tornou a incidir sobre ela.

Viu a mãe sair de casa com uma pilha de lençóis e travesseiros nos braços e, ainda sem lhe dar a menor atenção, colocá-los no porta-malas de seu carro. Cogitou voltar sozinha para Cush e deixá-la por conta própria, mas sentia uma pontada de curiosidade em conhecer a casa. Abriu a porta do carro e surpreendeu-se com a paz do lugar, o mais completo silêncio, o ar parado, sem nenhum vento, e o mar longe demais para que seu rugido pudesse chegar aos ouvidos. Sua mãe tornou a aparecer, dessa vez carregando alguns edredons. Quase trombou com Helen na porta.

"Preciso de ajuda para pegar o colchão", disse ela bruscamente.

O hall e o quarto que havia à direita pareciam normais, dois aposentos como os de qualquer casa nova, mas o cômodo que se abria à direita despertou a atenção de Helen: devia ter uns dez metros de comprimento e, com suas paredes brancas, o assoalho de parquete, o pé-direito alto e as janelas no teto, lembrava mais uma galeria de arte do que uma sala de estar. Havia uma lareira enorme no centro e a parede interna — a empena da casa — era toda de vidro. Helen custava a acreditar que sua mãe pudesse viver ali sozinha.

Quando Lily deu com a filha examinando a sala, seguiu em frente sem dizer nada.

"Que casa incrível!"

"Helen, temos de pegar o colchão que está no quarto menor."

Helen ignorou-a e adentrou a sala. Notou a presença de uma poltrona, um sofá e uma televisão num canto, porém o que mais chamou sua atenção foi o vazio. Então lhe ocorreu que o cômodo lembrava o andar de cima do prédio onde ficava a sede da empresa da mãe. Lá o pé-direito também era alto, viam-se as mesmas clarabóias espalhadas pelo teto sem forro, sobressaíam os mesmos traços de sofisticação austera. Sua mãe provavelmente recorrera ao mesmo arquiteto em ambos os lugares. Helen indagou a si mesma se haveria uma sala menor, mais aconchegante, onde a mãe pudesse sentar-se ao cair da tarde e nos finais de semana, mas, quando voltou para o hall, percebeu que a casa era composta apenas por aquela sala, dois quartos, uma cozinha e um banheiro. Não havia outros aposentos.

Sua mãe surgiu no hall arrastando um colchão. "Vai ficar aí parada com essa cara de tacho?", inquiriu ela.

"Estou besta com a sua casa."

"O colchão pode ir no bagageiro. Tenho uma coisa para amarrá-lo."

"Seria bom levar um abajur para colocar ao lado da cama dele."

"Deus, como é deprimente aquela casa!", exclamou a mãe ao entrar em seu quarto e tirar da tomada o abajur que havia em cima do criado-mudo. "Será que ele precisa de mais alguma coisa?", indagou. "O Declan parecia tão abatido quando saímos. Mal consigo olhar para ele."

"Acho que ele está mais feliz agora que você sabe de toda a verdade."

"Espero que não chova no colchão", desconversou a mãe.

Levaram o colchão para o carro. A fileira de luzes do porto de Rosslare destacava-se em meio à escuridão e, quando o farol luziu, capturando-as em seu raio, foi como se elas estivessem num filme. Amarraram o colchão no bagageiro e colocaram o abajur no porta-malas.

"A gente se vê em Cush", disse Helen.

"Sabe como fazer para voltar para Wexford?", perguntou a mãe.

"Eu me viro."

Helen ligou para Donegal da cabine telefônica de Blackwater. A mãe de Hugh atendeu o telefone e expressou seu pesar por Declan, assim como por sua mãe e sua avó.

"Imagino como deve estar sendo duro", disse ela. "Estamos rezando por vocês."

Hugh contou que os meninos já haviam ido para a cama. Manus adormecera no bar e tivera de ser carregado de volta para casa.

"No bar?", indagou ela.

"Pois é, eles não se esqueceram da vez que os levamos no ano passado, e ficaram doidos lá dentro, só lembraram que eu existia quando precisaram de dinheiro."

"E eles estão bem?"

"Estão, sim. Estão dormindo. Vou deixá-los aqui e voltar para o bar."

"Não vá arranjar más companhias."

"Não se preocupe. Tenho me comportado como um santo."

Quando Helen chegou a Cush, sua mãe e sua avó estavam arrastando o colchão para dentro. Teve a impressão de que seria capaz de deitar no cimento frio defronte a casa e cair num sono profundo. Temia a noite que estava por vir, receava tornar a dormir profundamente por algumas horas e então acordar e ficar remoendo pensamentos lúgubres até de manhã cedo.

Depois de colocar o colchão sobre o estrado, elas começaram a fazer a cama. Helen constatou que todos os lençóis que sua mãe trouxera eram novos, nunca haviam sido usados antes. Ela devia estar ganhando bastante bem. Ligaram o abajur na tomada e puseram-no em cima de uma cadeira que havia ao lado da cama.

Os gatos fitaram-na com uma expressão desconfiada quando ela entrou na cozinha, onde Declan assistia à televisão. A ferida no nariz dele parecia bem mais escura e feia sob a luz elétrica.

"Você é mesmo alérgico a gatos?", perguntou ela.
"Sou, eles podem causar problemas no meu estômago."
Helen contou que havia estado na casa da mãe deles.
"É um lugar fantástico durante o dia", disse Declan.
"Por que você não quis ir para lá?"
"A casa é linda, mas me dá arrepios."
"E esta aqui, também não te dá arrepios?"
"Desses arrepios eu preciso. Não sei por quê", disse ele rindo.

Helen reparou que a mãe e a avó pareciam mais alegres e satisfeitas, agora que haviam feito a cama e acendido o abajur. Declan também dava a impressão de estar mais animado.

"É muito bom sair do hospital", disse ele.

Helen indagou a si mesma se o irmão sabia o quanto estava perto do fim, ou se ele acabaria vivendo muito mais do que as pessoas previam. Gostaria de saber o quanto haviam contado para ele. Não podia se esquecer de perguntar isso a Paul. Por um instante imaginou-os sintonizando o noticiário e ouvindo que os médicos haviam descoberto uma cura para a Aids, um tratamento que teria efeito imediato mesmo em pacientes infectados há muitos anos.

Quando Declan foi para a cama, as três mulheres sentaram-se à mesa da cozinha para fazer um lanche. Uma quietude incômoda reinava entre elas. Escolhiam cuidadosamente os assuntos e abordavam-nos com cautela, alertas ao atrito que até uma palavra à toa poderia gerar. Por fim Helen levantou-se para pegar as compras que havia feito em Dublin e o resto da roupa de cama que ficara no carro da mãe.

Ao passar pelo quarto do irmão, observou que o abajur continuava aceso. Declan estava deitado de costas e olhava para ela.

"É estranho a gente estar aqui, não é?", disse ele.

"É, sim. Ontem à noite não dormi direito porque não conseguia parar de pensar nisso."

"Pode fechar a porta. Vou apagar o abajur e tentar dormir."

"Declan, se você acordar durante a noite e precisar de alguma coisa, é só me chamar."

"Vou ficar bem", disse ele. "Acho que vou ficar bem."

5.

Helen despertou e consultou o relógio, eram dez horas. Ouviu sons: eram vozes e uma coisa sendo empurrada ou arrastada. Deitou-se de costas e cochilou um pouco, depois acordou de vez, mas permaneceu deitada com as mãos sob a cabeça. Não conseguia parar de pensar na casa da mãe e no que havia entrevisto, no dia anterior, do novo estilo de vida dela. Não entendia como a mãe era capaz de voltar para aquela casa depois de um dia de trabalho, nem por que ela teria resolvido ir morar num lugar tão afastado da cidade.

Lembrou-se de quando Declan lhe falou sobre a venda da antiga casa. Ele mencionara o assunto de passagem, como se estivesse contando que a mãe tinha trocado de carro. A indignação com que ela reagiu à notícia o pegou de surpresa e ele admitiu que, embora soubesse da venda havia algum tempo, não imaginara que aquilo tivesse tanto significado para ela. Quando aconteceu isso?, quis saber Helen, e ele respondeu que a mãe se mudara para Wexford havia uns quatro ou cinco meses. E quem comprou a casa? Declan disse que não fazia a menor idéia. E o que foi feito dos móveis, dos enfeites, dos quadros, das fotos? Declan riu por ela dar tanta importância a isso e disse que não sabia.

"Tinha coisas minhas naquela casa."

"Que coisas? Deixe de ser boba!"

"Coisas que estavam no meu quarto. Livros, fotos, coisas que eram importantes para mim."

"Mas ela esvaziou o seu quarto anos atrás."

"Ela não tinha o direito de fazer isso."

Agora a casa não existia mais. Helen revisitou mentalmente os aposentos, o modo como cada porta se fechava — a do quarto de seus pais, que quase não fazia ruído, a do quarto de Declan, um pouco emperrada, impossível de ser aberta ou fechada sem alertar a casa inteira — e os interruptores de luz — o do lado de fora do banheiro, que Declan, depois de crescer o bastante para alcançá-lo, adorava desligar quando havia alguém lá dentro, o de seu próprio quarto, rijo e duro, o qual era preciso acionar com firmeza, diferentemente do que ficava no quarto de seus pais, que se movimentava com um simples toque.

Imaginou a casa vazia, fantasmagórica, qual um navio debaixo d'água, como se tivesse sido deixada do jeito que estava no último dia em que a vira. A caixa com os cartões de condolências pelo falecimento de seu pai sob a cama de casal, e outra caixa, cheia de fotos. A abertura do sótão, coberta com uma tábua quadrada que costumava sair do lugar em noites de ventania.

Agora ela era habitada por outras pessoas. É o que costuma acontecer com as casas, havia dito Declan. Esqueça essa história, instara ele com uma imitação de sotaque americano.

Nos dias que se seguiram a essa conversa, porém, nada que dissesse respeito à venda da casa lhe parecia normal ou inevitável. Em seu primeiro ano de relacionamento, Helen prometera a Hugh sempre lhe dizer quando estivesse aborrecida ou desgostosa, comprometera-se a não se fechar em si mesma, como costumava fazer, ocultando coisas importantes que somente meses depois ele viria a identificar como o motivo de um período de silêncio e obscuridade. Todavia, não foi capaz de lhe contar sobre a casa e o que sentira ao saber que ela havia sido vendida, pois não compreendia por que isso a deixava tão transtornada.

Após tantos anos se esforçando para não sentir nada em relação à mãe e tendo acreditado que jamais permitiria que ela a magoasse novamente, via-se agora lhe devotando-lhe pensamentos enfurecidos. Passou vários dias possuída por uma cólera muda. Hugh observava-a e fingia não perceber nada, até que ela se deu conta de que teria de lhe contar o que havia acontecido. Ele ficou perplexo ao saber o porquê de seu rancor e aventou a hipótese de que talvez houvesse outras razões por trás daquilo.

Partidário da linguagem do apaziguamento e da reconciliação, Hugh disse que a única maneira de ela resolver o problema seria conversando. Deitaram-se cedo e ele, abraçando-a, escutou-a falar por horas a fio. Ele se esforçou em compreender, mas os conflitos eram agudos e arraigados demais para que pudesse alcànçar seu sentido. Ela sentia necessidade de rever os aposentos da antiga casa, mesmo que imaginariamente, e convencer-se de que algo havia terminado. Precisava deixar que essa coisa fosse embora, tinha de tirá-la de dentro de si. Aqueles aposentos já não eram mais seus; os da casa que ela compartilhava com Hugh e os meninos é que lhe pertenciam.

Alguns dias mais tarde, ao voltar da escola para casa, um pensamento lhe veio com tanta força à mente que ela se viu obrigada a encostar o carro no meio-fio e permanecer ali parada enquanto remoía ainda uma vez aquilo tudo. Refletiu que não conseguia tirar da cabeça a história da venda da casa porque acreditava que um dia voltaria para lá, que aquela casa seria o seu refúgio, e que, apesar de tudo, sua mãe estaria lá para recebê-la, acolhê-la e protegê-la. Nunca havia pensado nisso antes, sabia que era uma idéia irracional e descabida, mas, não obstante, sabia também que era real e esclarecia tudo.

Em algum lugar dentro dela, onde os temores jaziam inexplorados e os conflitos irresolvidos, havia a crença de que a vida que ela construíra com Hugh acabaria por traí-la. Não que ele fosse abandoná-la, e sim que, mais cedo ou mais tarde, ela bateria à porta de sua mãe pedindo para voltar e ser perdoada, e sua mãe lhe diria que o seu quarto estava sempre à sua disposição e que ela podia ficar o tempo que quisesse. Seus filhos não figuravam nesse roteiro, como também não existia a possibilidade de que ela algum dia viesse a se abrigar na casa nova da mãe, e Helen compreendeu que isso não passava de uma fantasia, algo em que devia evitar pensar. No entanto, qual uma náusea repentina, essa fantasia apossava-se dela e Helen sabia que não podia falar a Hugh sobre isso, pois pareceria sinistro e desleal demais para com ele, assustaria-o ainda mais do que a ela.

Agora que escancarara essa fantasia — e estava convicta de que a interpretava corretamente —, teria de combatê-la em silêncio, sozinha, dizendo para si mesma vezes sem conta que jamais precisaria bater à porta de sua mãe daquela maneira, e que tampouco viria a dormir em seu antigo quarto sob o olhar reconfortante dela. Aquela casa é coisa do passado, pensou. Tenho uma casa nova. Mas os pensamentos sombrios sobre a antiga casa continuavam a afligi-la.

E só agora lhe ocorria que, na noite anterior, Declan havia justamente realizado a fantasia que ela tanto temera. Ele regressara em busca de consolo e perdão, tal qual ela imaginara que faria, e as tinha encontrado à disposição dele, como se elas também sempre houvessem estado atentas a esse outro lado da barganha. Amedrontava-a a simetria disso, porém não fazia idéia de seu significado.

Sua avó entrou no quarto com uma xícara de chá na mão e a colocou em cima do criado-mudo.

"O Declan acabou de se levantar", disse ela. "Está no banheiro. A Lily saiu cedinho para ir a Wexford e disse que volta antes do meio-dia."

Assim que Declan saiu do banheiro, Helen levantou-se, tomou um banho e vestiu-se. O céu estava nublado e ventava bastante. Encontrou Declan e sua avó na cozinha. O irmão, sentado ao lado do fogão a carvão, estampava uma expressão abatida e inquieta.

"O dia está horrível", comentou ele. "A vovó diz que talvez melhore mais tarde, mas por enquanto parece péssimo."

Helen percebeu que o irmão caíra em uma armadilha: tinha sonhado com aquela casa, com o penhasco e a praia, mas seus sonhos não haviam incluído a possibilidade de uma manhã comum, de céu cinzento e vento sibilante; ele não havia levado em conta o fato de que talvez tivesse de ficar ali, tentando puxar conversa com a avó enquanto ela lavava a louça. O primeiro impulso de Helen foi inventar uma desculpa para ir ao vilarejo, talvez se oferecendo para levar Declan consigo, e permanecer por lá o máximo de tempo que pudesse. Sua avó, conjecturou ela, devia estar se sentindo tão constrangida quanto eles ao ver sua rotina subvertida pela presença de dois intrusos que lhe eram quase estranhos.

"A senhora costuma ir a Wexford, vovó?", indagou Helen ao se sentar à mesa da cozinha.

"Ah, vou uma vez por semana", respondeu a avó, que em seguida bebericou seu chá.

"E como faz para ir até lá?", perguntou Helen.

"Só comecei a fazer isso no ano passado, depois que vendi os terrenos", disse a avó aproximando-se e sentando-se à mesa. "Resolvi tirar as quartas-feiras para ir a Wexford. Saí perguntando por aí e descobri que o Ted Kinsella, de Blackwater, oferecia uma espécie de serviço de táxi. Então combinamos de ele me levar para lá na quarta de manhã e me apanhar em frente ao supermercado

Petit's às quatro da tarde. É claro que para isso eu pagava um bom dinheiro a ele. Mas era uma delícia de passeio." A avó sorriu e continuou falando. Parecia regalar-se com essa oportunidade de prosear um pouco. "Eu tinha o dia inteiro para mim mesma. Comprava um jornal ou uma revista e ia tomar o meu chá no White's ou no Talbot. Depois saía para dar uma volta e olhar as vitrines. Acho que experimentei todos os restaurantes da cidade. Precisava chegar antes do meio-dia ou depois das duas, do contrário tinha que brigar por uma mesa com as pessoas que saíam do trabalho para almoçar. E é óbvio que eu fazia de tudo para não topar com a mãe de vocês." Ela riu, quase maliciosamente. "Depois ia ao supermercado e fazia as compras da semana. Eu mal me reconhecia. Mas é claro que não podia durar muito. Pois não é que o Ted Kinsella espalhou por aí que estava fazendo duas viagens para Wexford às quartas-feiras e começou a levar uma porção de outras pessoas no carro dele? Ah, era muito desagradável, todos querendo saber da minha vida, olhando para mim com a maior cara-de-pau e perguntando se eu pretendia vender mais algum terreno. Então, um dia, na semana anterior ao Natal, o Ted chegou e disse que sentia muito, mas tinha de apanhar outro passageiro às cinco, e perguntou se eu preferia esperar no carro ou em outro lugar. E ele já estava dez minutos atrasado! Ah, mas eu acabei com a farra dele. Fiquei louca da vida. Imaginem só, eu continuava pagando o mesmo preço de quando ia sozinha. Então cheguei em casa e mandei um bilhete para ele pelo Tom Wallace, o carteiro daqui, dizendo que eu tinha desistido dos meus passeios de quarta-feira. Não dei explicação nenhuma. Ele sabia muito bem qual era o motivo." Fez uma pausa e franziu os lábios, como se ressuscitando a indignação que sentira na ocasião.

"Passei uma semana ou duas matutando sobre o assunto — eu já tinha me habituado àquilo, alegrava tanto a minha semana — e resolvi ligar para a Melissa Power, que é secretária da Lily.

Eu conhecia o pai dela e sabia que ela era uma moça muito discreta. Já tinha vindo aqui algumas vezes, trazendo recados que a Lily mandava quando estava se sentindo importante demais para vir em pessoa. Pedi a ela que não dissesse a Lily que eu tinha telefonado — liguei da cabine telefônica de Blackwater — e perguntei-lhe quem era o melhor taxista de Wexford. Eu sabia que havia alguns, pois tinha visto seus anúncios nos classificados do *People*. Ela me deu o número de um sujeito chamado Brendan Dempsey, eu liguei e ele disse que a viagem ficaria um pouco cara, mas no fim das contas era mais barato do que o preço que aquele pilantra do Ted Kinsella me cobrava, e ele pareceu ser muito gentil, muito educado, e agora é com ele que eu vou. Ah, vocês precisam ver que carro lindo ele tem; não sei de que marca é, mas eu disse a ele que me sinto a própria rainha de Sabá andando nele, e ele sabe quando não estou com vontade de conversar e sempre me pergunta se pode ligar o rádio. É um sujeito interessante, muito bem informado, não fica metendo o bedelho na minha vida, de modo que tenho um dia maravilhoso às quartas-feiras."

A velha fitou os netos, como se os desafiasse a contradizê-la.

"A senhora é uma mulher e tanto, vovó", disse Declan.

"E ontem, a senhora foi a Wexford?", indagou Helen.

"Fui sim, Helen", respondeu a avó. "Fiz algumas compras e, com as coisas que você trouxe, acho que estamos bem abastecidos."

Ficaram em silêncio por alguns instantes, então ouviram o ruído de um carro se aproximando.

"Psiu", disse a avó, "esse não é o carro da Lily." Foi até a janela e entreabriu as cortinas de renda. Depois se dirigiu ao hall e fechou a porta da cozinha atrás de si. Helen e o irmão ouviram uma animada voz masculina perguntando se ela era a avó do Declan.

"Ah, meu Deus!", exclamou Declan.

"Quem é esse?", indagou Helen.

"É o Larry. Não imaginava que ele viesse hoje."

Helen lembrou-se de que Declan havia pedido que Paul explicasse a Larry como fazer para chegar à casa da avó e lhe dissesse para vir o quanto antes, mas, naquele momento, seu embaraço com a chegada do amigo era evidente. Indagou a si mesma se, uma vez instalado em Cush, ele não teria mudado de idéia, passando a achar que a companhia das três mulheres da família lhe bastavam, ou se seu constrangimento se devia à chegada de mais uma visita inesperada.

A avó adentrou a cozinha acompanhada de Larry, que imediatamente se pôs a tagarelar.

"Olhe só para você, Declan", disse ele. "Está com cara de quem não sai dessa cadeira desde que chegou. Aposto que esse mulherio está enchendo você de paparicos."

Helen notou que na mesma hora Declan ficou mais alegre.

"Puxa, custei a achar este lugar", prosseguiu Larry sem se interromper para tomar fôlego. "Andei por toda parte, mas ninguém conhecia nenhum Breen por aqui. Então me dei conta de que o sobrenome da sua avó não devia ser Breen."

"Minha avó está atrás de você", advertiu Declan.

"Vejam só esses gatinhos", disse Larry apontando para o alto do aparador. "Como é o nome deles?"

"Esse preto e gordo é o Garret, o outro se chama Charlie", respondeu a sra. Devereux.

"Está brincando!?", exclamou Larry.

"Não, Larry", volveu Declan secamente, "ela não está brincando."

"O magricela tem mesmo cara de Charlie", disse Larry. "São bárbaros esses nomes. E esta é a sua irmã?" Ele falava sem parar, sorrindo o tempo todo.

Larry era afável demais, pensou Helen, tinha maneiras demasiado descontraídas. No entanto, em comparação com a formalidade e a frieza excessivas de Paul, era um alívio que ele fosse assim.

"Não liguem para esse cara", disse Declan. "Quando fica nervoso, ele fala sem parar."

"Como assim?", questionou Larry. "Quem é que está nervoso aqui?"

"Ei, Larry", disse Declan, "feche essa matraca." O irmão de Helen sorriu para o amigo.

"Aceita uma xícara de chá, Larry?", ofereceu a sra. Devereux.

"Não, não, estou bem, obrigado", disse ele. "Puxa, mas os nomes desses gatos são mesmo bárbaros."

"Chega, Larry", ordenou Declan.

"Puxa, mas essa casa é muito bacana", disse Larry.

"Você trouxe a sua trena?", perguntou Declan. "Aposto que minha avó iria gostar de uma reforminha."

"Para ser sincero, trouxe sim", disse Larry. "Está no carro. Puxa, vocês não fazem idéia de como foi difícil achar este lugar."

"Se não calar a boca, a gente vai ter que afogar um desses gatinhos."

"Declan!", exclamou a avó.

"Vovó, se eu não disser alguma coisa drástica, esse sujeito não fica quieto."

"Tá bom, tá bom, eu paro", prometeu Larry. "Puxa, achei que não fosse chegar nunca."

"É melhor dar um fim nos dois", disse Declan enfaticamente. "Vamos afogar o Garret e o Charlie."

"Que história é essa de trena?", indagou a avó.

"O Larry", respondeu Declan, "é arquiteto."

Helen reparou que o irmão não tinha comido nada no almoço e, quando ela, Larry e sua avó cruzaram os talheres, ele reclinou o corpo na cadeira ao lado do fogão e fechou os olhos. Lá fora o dia estava mais claro, mas ainda ventava e não havia como saber se em breve o céu não tornaria a ficar nublado.

"Eu adoraria ir até a praia", disse Declan. "Estou com vontade de ficar um pouco lá embaixo, só por alguns instantes, antes que comece a chover de novo." Ele permanecia de olhos fechados.

"Claro, a gente vai com você", disse Larry.

Declan desceu toda a encosta do penhasco protegendo os olhos com as mãos. Disse que a luminosidade o incomodava. Helen notou como o irmão estava fraco: precisava apoiar-se neles a cada passo do caminho. Quando ela e Larry atravessaram correndo o último trecho do barranco e chegaram à praia, Declan ficou para trás, sem forças para acompanhá-los. Larry ofereceu-se para voltar e ajudá-lo, mas de repente ele se lançou numa corrida desabalada pela ladeira de areia fofa. Ao se aproximar deles, estava pálido e parecia exausto.

"Eu devia ter trazido uma sunga", disse Larry olhando para o mar. O vento produzia uma tênue névoa de areia ao longo da praia.

"Quero ficar um pouco sozinho", disse Declan. "Vou me sentar aqui, onde não está ventando tanto. Se quiserem voltar, encontro com vocês lá em cima mais tarde."

"Por que não damos uma caminhada antes?", sugeriu Larry.

"Não, prefiro ficar", volveu Declan.

"A gente não pode deixar você aqui", disse Helen.

"Não se preocupe, Hellie. Só quero olhar para o mar e pensar um pouco, depois eu subo."

Helen falou-lhe sobre a ravina que conduzia à casa de Mike Redmond, onde a subida era menos íngreme. Ela e Larry partiram naquela direção.

"Será que ele vai ficar bem?", perguntou Helen.

"Levei um baque quando o vi sentado na cozinha da sua avó", disse Larry. "Ele está com uma cara péssima, não acha?"

"Há quanto tempo vocês se conhecem?"

"Desde a época da faculdade."

"Acha que devíamos deixá-lo ali?"

"Ele é quem sabe."

"Às vezes a gente se esquece de que ele está doente, ou não se dá conta do quanto ele está doente."

"O problema é que ele também se esquece, ou tira isso da cabeça por um momento, e então se lembra. É muito duro."

Galgaram a ravina até chegar às ruínas da casa de Mike Redmond. Larry circundou-as, passando a mão pelas paredes e pela estrutura de alvenaria que envolvia a chaminé.

"Sua avó tem sorte de não morar tão perto do penhasco", comentou ele.

"Antigamente havia um grande jardim na frente desta casa", disse Helen.

"As fundações são estreitas demais e as paredes não são muito sólidas", disse Larry.

"Você trouxe a trena?", indagou Helen.

Ele a fitou com uma expressão séria. "Por quê?"

Helen riu e só então Larry percebeu que ela estava caçoando dele.

"Você é pior que o Declan", disse ele.

Tomaram o rumo de casa, caminhando em silêncio ao longo da borda do penhasco. Larry olhava para o mar e, de vez em quando, parava para admirar a costa lá embaixo. "Não sabia que ainda havia lugares como este em Wexford", disse ele.

Subiam pelo caminho de terra, quando viram o carro de Lily avançando em sua direção. Ela parou em frente ao portão da casa da mãe.

"O Declan está em casa?", perguntou-lhes.

"Mamãe, este é o Larry, um amigo do Declan", disse Helen.

"Olá", disse ela com frieza. "O Declan está em casa?", perguntou novamente.

"Não, ele ficou na praia", respondeu Helen.

"E quem é que está com ele?"

"Ninguém, ele está sozinho."

"Como assim, sozinho?"

"Ele pediu que o deixássemos lá. Disse que queria pensar um pouco."

"Mas que imprudência, Helen!", disse a mãe pondo-se a caminho do penhasco.

"Aonde você vai?"

"Vou buscá-lo."

"Ele quer ficar sozinho."

Sua mãe continuou se afastando em direção ao penhasco.

"Está cheio de barro", gritou Helen, mas sua mãe não se voltou. "Ela não vai conseguir descer o barranco com esses sapatos", disse Helen para Larry.

"O amor de uma mãe é uma bênção", volveu ele.

"Suponho que você esteja sendo sarcástico."

"Você achava que isso era exclusividade sua e do Declan?"

"Pensei que você fosse um rapaz puro e ingênuo."

"Acho que prefiro sua avó à sua mãe."

"Houve um tempo em que eu também preferia. É um equívoco."

Sentaram-se na cozinha e ficaram escutando a movimentação da avó de Helen no andar de cima. Os gatos haviam desaparecido de seu posto no alto do aparador. Quando a avó desceu a escada e entrou na cozinha, trazia um debaixo de cada braço.

"Estes dois senhores", disse ela, "estão nervosos com tantas visitas."

"A senhora tem uma vista maravilhosa daqui", disse Larry.

"Vista?", questionou ela. "Acredite em mim, chega um dia em que a gente se cansa de ficar olhando para o mar. Se eu pudesse, viraria a casa para o outro lado."

"Esta casa tem muita personalidade", disse Larry.

Os gatos saltaram dos braços da velha e se instalaram no alto do aparador, de onde passaram a lançar olhares mal-humorados para Helen e Larry.

"Minhas pernas já não são as mesmas", disse a sra. Devereux. "Adoraria me mudar para um dos quartos de baixo, mas o banheiro fica lá em cima. As coisas nunca são do jeito que deveriam ser." Ela se aproximou da janela e entreabriu as cortinas de renda. "Ah, a Lily chegou", disse.

Helen e Larry levantaram-se ao ouvir as vozes de Declan e Lily. Quando Helen abriu a porta da cozinha, notou que os sapatos de sua mãe estavam cobertos de marga e lama. Observou também que Declan estivera chorando. Em vez de entrar na cozinha, os dois foram para o quarto onde Declan dormira na noite anterior.

"Está tudo bem com ele?", perguntou a avó de Helen.

"Está, sim. Ele só vai deitar um pouco", respondeu Lily.

Quando Larry saiu e sentou-se em frente à casa, a avó de Helen fechou cuidadosamente a porta da cozinha e espiou pela janela para certificar-se de que ninguém se aproximava.

"Helen", inquiriu ela, "esse sujeito também vai ficar aqui?"

"Não sei, vovó."

"Será que eles vão querer dormir no mesmo quarto, Helen?"

"Não sei."

"Suponho que hoje em dia todo mundo seja moderno", disse a avó avizinhando-se novamente da janela, "e eu também até que sou bem moderna, mas gostaria de saber. Só isso."

"Como assim, vovó? A senhora quer saber se eles vivem juntos?"

"É, foi isso que eu quis dizer."

"Não, eles não vivem juntos."

"E onde é que está o namorado do Declan?"

"Ele não tem namorado."

"Quer dizer que ele não tem ninguém?"

"Ele tem a nós", disse Helen, "e aos amigos dele. Isso não é pouca coisa."

"Mas ele não tem ninguém que seja só dele", disse a avó num tom de voz entristecido. "Ninguém só dele, e foi por isso que veio para cá. Não tinha compreendido isso antes. Helen, precisamos fazer tudo o que pudermos por ele."

A avó mantinha os olhos fixos em algum ponto ao longe e não falou mais nada. Quando Larry entrou e as viu, fingiu procurar alguma coisa e saiu o mais rápido que pôde.

Helen foi para o quarto, deitou-se na cama e tentou dormir. Olhava fixamente para o teto, ciente de que sua mãe fazia companhia para Declan no quarto ao lado e surpresa com o fato de que a janela fosse somente uma pequena ranhura na parede, o que fazia do cômodo um espaço sombrio, cavernoso, repleto de odores úmidos. Não recordava que fosse assim.

Lembrou-se da ocasião, no ano anterior, em que viera visitar a avó acompanhada de Hugh, Cathal e Manus. A idéia da visita deixou os meninos excitados. Manus tinha um vídeo sobre galinhas e passou a viagem toda falando sobre as galinhas que veria em Cush. Nas semanas que antecederam o passeio, Cathal se interessou pelas noções de juventude e velhice. A avó que ele tinha em Donegal era velha; e a que vivia em Cush, também era velha?, indagou. Helen explicou que a avó dele morava em Wexford; quem vivia em Cush era sua bisavó, e, sim, ela era velha.

Os meninos colocaram sungas, baldinhos e pazinhas nas malas, embora fossem ficar apenas um dia. Helen falou-lhes sobre o penhasco.

"Mas tem areia na praia?", quis saber Cathal.

"Ah, o que não falta lá é areia", disse ela.

"E as pessoas falam inglês em Cush?", perguntou ele.

"O que não falta lá é gente que fala inglês", disse Hugh.

Ao sair do carro, os meninos pararam em frente à casa da bisavó e olharam desconfiadamente à sua volta. A casa parecia decrépita, a vidraça de uma das janelas do andar de cima estava quebrada. Quando sua avó surgiu à porta, Helen fitou-a como se a estivesse vendo com os olhos dos filhos. Havia algo de amedrontador em sua presença. Helen e Hugh caminharam em direção à velha, mas os meninos não os acompanharam. Helen receou que Manus corresse de volta para o carro, ou, pior ainda, que a chamasse de bruxa ou lhe atribuísse algum outro termo de seu vocabulário cada vez mais rico.

Os meninos não queriam entrar na casa. Quando Helen perguntou se Hugh poderia levar Manus para ver as galinhas dos Furlong, ele pareceu ficar agradecido demais por ela lhe proporcionar uma desculpa para sair.

Helen gesticulou para Cathal, convidando-o a entrar. Ele parou no meio da cozinha e pôs-se a inspecionar tudo com um olhar crítico, sem ligar a mínima para a impressão que pudesse causar.

"Puxa, Helen, mas ele é a cara do seu pai!", exclamou a sra. Devereux. "É o seu pai escarrado!" Cathal mirou-a com frieza.

Quando Hugh e Manus voltaram, parecia evidente que a expedição para ver as galinhas não fora bem-sucedida.

"Estavam todas imundas", queixou-se Manus.

"Ora, ora", disse a sra. Devereux, "a senhora Furlong lava essas galinhas com água e sabão toda segunda-feira. Vocês vieram no dia errado."

"Você mora aqui?", Manus perguntou a ela.

Hugh acomodou-se na cadeira ao lado do fogão. Helen, Manus e a sra. Devereux sentaram-se à mesa da cozinha. Cathal preferiu continuar em pé.

"Sua mãe deve estar para chegar", disse a avó para Helen.

"A mãe da mamãe também é sua mãe?", indagou Manus.

Helen respondeu pela avó: "Não, Manus, ela é minha mãe, mas é filha da minha avó. Essa é boa, não?".

O garoto fez uma careta, simulando repugnância. Detestava quando não entendia alguma coisa.

"Você morava aqui?", perguntou ele a Helen.

"Não, esta é a casa da minha avó", explicou ela.

"Tem um cheiro horrível", disse ele.

Manus pôs-se a examinar o mata-moscas que pendia do teto, próximo ao lustre. Chamou o irmão para ver.

"As moscas estão mortas", disse Cathal, "e estão grudadas no papel."

"Me levanta para eu ver?", pediu Manus para Hugh.

"Comporte-se, Manus", disse Helen. "Você está na casa da sua bisavó."

"Quero ver as moscas mortas", insistiu ele.

"O papel está todo grudento", disse Cathal.

"Está tudo sujo", acrescentou Manus.

Os gatos apareceram à janela e a avó de Helen saiu para buscá-los. Retornou à cozinha com um debaixo de cada braço. Assim que viram os visitantes, eles treparam no poleiro em cima do aparador. Manus queria que alguém o ajudasse a colocá-los no chão, para poder brincar com eles, porém a sra. Devereux explicou que os animais não gostavam de garotinhos.

"Então por que os trouxe para dentro?", interpelou ele agressivamente.

O dia estava agradável e ensolarado, e Helen achou que seria melhor para todos se Hugh levasse os meninos à praia. Ela os acompanharia até o penhasco.

Enquanto andavam pela estradinha de terra, ela e Hugh tomaram cuidado para não fazer nenhum comentário, fingindo tratar-se de um passeio normal com baldinhos e pazinhas. Quando estavam se aproximando do penhasco, Hugh pegou Manus no colo e Helen segurou Cathal pela mão. No exato instante em que chegaram à borda do barranco, o céu escureceu e os garotos olharam para baixo com assombro e inquietude.

"Esta é a praia?", perguntou Manus.

"É, e vocês têm que usar os degraus para descer", disse Helen.

"Que degraus?"

Ela indicou os degraus escavados no barranco.

"E precisam dar uma corrida para atravessar o último trecho."

"É horrível", disse Manus.

"Quando chegar lá embaixo você vai ver como é lindo. E a água é bem mais quente do que em Donegal."

"Está cheio de barro", disse ele.

"A gente tem mesmo que descer?", perguntou Cathal.

"Não", respondeu Helen, "se não quiserem, não precisam ir."

Ela se deu conta de que eles estavam habituados às praias compridas e arenosas de Donegal, e que a marga do penedo e a pequena extensão de praia lhes pareciam estranhas.

"Mas acho que vocês iriam gostar se fossem", acrescentou.

"Quanto tempo vamos ficar aqui?", indagou Cathal.

"Só hoje."

"A gente não vai dormir aqui, vai?"

"Não, vamos voltar para casa mais tarde."

Os meninos continuavam ali parados, sem ânimo.

"Manus, levo você de cavalinho se descer comigo agora", disse Hugh.

"Não, quero ir no seu cangote."

"Tudo bem."

"E não vou nadar se a água estiver fria."

Cathal balançou a cabeça para Helen, dando a entender que não queria descer o barranco.

"Se você quiser, pode voltar comigo", disse ela, "e ficar no carro lendo o seu gibi."

"Posso sentar na direção?", pediu Manus.

"Quando você voltar", respondeu ela.

Helen e a avó aguardavam a chegada de sua mãe enquanto Cathal lia o gibi no carro.

Quando Hugh e Manus voltaram, Lily ainda não aparecera. Então Helen foi buscar no carro os frios e os pães que trouxera de Dublin; colocou-os na mesa e todos se sentaram para lanchar. Sua avó preparara uma sopa e quis fritar algumas costeletas de porco, mas Helen insistiu em dizer que eles comeriam apenas o que ela havia trazido. Ao dirigir-se da mesa ao aparador, ela teve uma súbita lembrança de Declan recebendo um daqueles pratos que imitavam porcelana chinesa, nos quais eram servidas as cebolas e cenouras que ele se recusava a comer. Por um instante chegou a desejar que a avó pusesse na mesa alguma coisa de que os meninos não gostavam — queijo, por exemplo, ou repolho — para ver como eles se comportariam. Decerto reagiriam com desdém, e provavelmente se recusariam até mesmo a olhar para a comida.

Fizeram o lanche e depois tomaram chá, o tempo todo de ouvidos atentos a qualquer ruído que indicasse a aproximação do carro de Lily. Conversaram sobre os vizinhos que a sra. Devereux tinha em Cush, Hugh cortou um pedaço de papelão para colocar no lugar da vidraça quebrada do andar de cima, Cathal ficou lendo gibi e Manus tentou atrair os gatos para fora de seu refúgio. Helen fazia de tudo para não haver silêncios.

Quando levou Cathal ao banheiro, o garoto perguntou se podia dar uma olhada nos outros aposentos da casa e ela respondeu que sim. De volta ao andar de baixo, ele ficou interessado ao ouvir de Helen que ela e Declan haviam passado um tempo dormindo naqueles quartos. Mas quando o filho perguntou por que eles haviam ficado ali e não em sua própria casa, ela se esquivou com palavras vagas. Cathal insistiu e ela contou que fora porque seu pai havia morrido.

"E o seu pai era velho?", indagou ele.
"Não, Cathal, ele era jovem", disse ela.
"Então por que foi que ele morreu?"
"Isso às vezes acontece."
"A sua mãe é velha?"
"É mais velha do que eu, mas é mais nova do que a vovó."
"E ela ainda não morreu?"
"Não, nós vamos nos encontrar com ela."

Ele refletiu sobre o que ela havia dito, mas não pareceu satisfeito.

"O Declan era como o Manus quando era pequeno?"
"Era sim, Cathal, ele era exatamente como o Manus."
"Por que ela disse que eu sou a cara do seu pai?"
"Porque achou você parecido com ele."
"Mas ele está morto."
"Ela quis dizer que você se parece com o meu pai quando ele era vivo."
"Tiraram fotos dele?"

A mãe de Helen não chegava e a tarde estava acabando. Por fim resolveram ir embora. Hugh, Cathal e Manus entraram no carro.

"Adorei a visita de vocês", disse a avó para Helen. "Essa Lily não tem jeito mesmo."

"Diga a ela que estivemos aqui", pediu Helen.

"Pode deixar, vou passar um sabão nela", disse a avó, virando-se para o aparador como se à procura de algo.

Então, pela primeira vez houve um silêncio. Sua avó só se voltou quando Helen começou a falar.

"Todo mundo tem o seu fardo para carregar, Helen", interrompeu ela.

Helen ficou quieta.

"O que é que você ia dizer?", perguntou a avó.

"Ia agradecer pelo dia e dizer que a senhora precisa ir nos visitar uma hora dessas."

A avó fitou-a e disse num tom amargo, quase irritado: "Após esses anos todos, não deixa de ser bom ouvir isso de você".

Helen sorriu, virou-se e saiu. Ao entrar no carro, Hugh deu a partida. Ela baixou o vidro, todos acenaram para a sra. Devereux e Hugh buzinou com o carro já em movimento.

Foi só mais tarde, naquela noite, depois de ter bebido a maior parte de uma garrafa de vinho tinto, que Helen contou a Hugh o que a avó havia lhe dito.

"Então é melhor ficarmos longe dessas duas por um bom tempo", disse ele.

Agora Helen estava novamente sob o mesmo teto que elas. Levantou-se da cama e examinou-se no velho espelho. Podia ver como seus olhos estavam cansados. Deu um suspiro, abriu a porta e saiu para se reunir à mãe, ao irmão e ao amigo do irmão na casa da avó deles.

Mais tarde, quando Helen estava sentada na cozinha, ela e a avó ouviram outro carro se aproximando. A sra. Devereux espiou por entre as cortinas. "Oh, chegou mais um", disse ela.

"Quem é, vovó?", perguntou Helen.

"Veja você mesma", disse ela.

Helen viu que era Paul. Ele trazia uma mala de viagem. Observaram-no conversar com Larry.

"É melhor alguém ir recebê-lo, eu é que não vou", disse a avó.

Helen foi até a porta e trouxe Paul, seguido de Larry, para a cozinha. Apresentou-o para a avó, que lhe dirigiu um sorriso afável.

"Levei mais tempo do que imaginava", disse ele. "Custei a achar este lugar. Precisei parar para perguntar em quase todas as casas das redondezas."

"Ah, Senhor meu Pai! Agora é que essa gente não vai mais me dar sossego", disse a avó. "Vão ficar rodeando a minha casa feito um enxame de abelhas."

"O que a senhora quer dizer, vovó?", indagou Helen.

"A vizinhança vai sentir o cheiro de notícia", disse ela.

"Como ele está?", perguntou Paul.

"Foi deitar um pouco", respondeu Helen.

"E não comeu nada desde que chegou", acrescentou a avó.

"É, o apetite dele anda instável mesmo", disse Paul. "Trouxe roupas limpas para ele, alguns remédios que ele precisa tomar e um pouco de Complan."*

"Trouxe o Xanax?", indagou Larry.

"Usei aquela receita antiga e consegui uma caixa."

"O que é Xanax?", inquiriu Helen.

"É um comprimido que levanta o astral dele", explicou Larry.

"Levanta o astral dele", repetiu a avó. "Talvez todos nós devêssemos tomar."

* Marca de bebida fortificante. (N. T.)

A mãe de Helen apareceu na cozinha e fitou-os com um ar reprovador.

"O Declan quer um copo de leite. Vocês não podem mais deixá-lo sozinho do jeito que fizeram na praia. E ele quer saber se os amigos podem ficar no quarto de cima que está vazio."

"Esse rapaz que chegou agora precisa colocar o carro para dentro logo ou vai acabar caindo do penhasco", disse a avó.

"Paul", disse Helen, "o nome dele é Paul."

"Temos de pegar lençóis e cobertores para eles", disse a avó. "São só esses ou vem mais alguém?"

"Parece que há uma procissão a caminho", provocou Helen.

"Então é melhor pôr uma tabuleta aí fora avisando que a pousada está aberta", disse a avó.

Ao cair da tarde, quando Larry e Paul estavam no quarto com Declan e as três mulheres permaneciam na cozinha, vozes soaram do lado de fora e, em seguida, alguém bateu à porta da cozinha.

"Podem entrar", disse a avó de Helen.

Duas mulheres de meia-idade, Madge e Essie Kehoe, cuja aparência física, assim como as roupas que usavam, denotava claramente que eram irmãs, entraram na cozinha e, antes mesmo de abrir a boca, apanharam no ar o sentido de tudo aquilo.

"Dora, estávamos passando e vimos todos esses carros e nos perguntamos se teria acontecido alguma coisa com você."

Helen observou sua avó dirigir-se à porta da cozinha e fechá-la atrás das duas visitas. "Estou com saúde para dar e vender", disse ela.

"Parece que você tem muitas visitas, não é, Dora?", comentou Madge.

"É só a Helen que veio passar o dia em Cush com uns amigos."

"O marido dela não veio?"

"Não, ele está em Donegal."

"E os meninos?"

"Foram com o pai."

"Ah, sei, foram com o pai", repetiu Madge.

Helen saiu do cômodo e foi dizer ao irmão e a seus amigos que não fizessem nenhum barulho. Subiu a escada e deu a descarga estrondosamente.

"Quase toda semana lemos a seu respeito no jornal, Lily", dizia Essie quando Helen retornou à cozinha.

"Ah, a Lily agora anda toda importante", disse Madge para ninguém em particular. "Ela está na IDA."*

"O carro vermelho é seu?", indagou Essie a Helen.

"É, sim", respondeu Helen.

"Mas foi esse o carro que parou para nos perguntar onde era a casa da sua avó", disse Madge.

"O carro da Helen é o branco", interveio Lily com firmeza.

"Não é o vermelho?"

"Não."

"E de quem é o carro vermelho então?"

"É de uns amigos que dão aula na minha escola e estão hospedados em Curracloe. Eles saíram para dar uma volta", respondeu Helen.

"Bom, espero que não comece a chover", disse Madge. As duas aceitaram uma xícara de chá e puseram-se a olhar em volta. "E você vai dormir aqui hoje?"

"Não sei", volveu Helen.

"Faz tempo que você não passa a noite em Cush, Lily", disse Essie.

* Abreviação de Irish Development Authority, agência governamental de estímulo ao investimento estrangeiro na Irlanda. (N. T.)

"Pode ser que eu tenha chegado e ido embora quando você não estava olhando, Essie", retorquiu Lily.

"Ora, nesse caso a Madge teria visto você", disse a avó de Helen num tom frio. Em seguida, olhou para a porta.

"A última vez que você esteve aqui foi no ano passado, não foi, Helen?", indagou Essie ignorando o comentário da sra. Devereux.

"Foi."

"E o que achou das melhorias que ela fez na casa, Lily?", perguntou Madge apontando para os radiadores.

"Ficou tudo ótimo, muito bom mesmo."

Depois que elas saíram, a sra. Devereux pôs o dedo junto aos lábios e aproximou-se da janela. "Não falem nada! Elas estão inspecionando os carros!"

Helen e a mãe se acercaram da janela.

"Para trás, vocês duas!", ordenou a avó.

Quando as irmãs Kehoe finalmente foram embora, as três mulheres começaram a rir.

"Fui colega de escola da Essie", disse Lily. "Ela sempre foi uma abelhuda de marca maior."

"Se tivesse conhecido a mãe dela, você compreenderia que ela não podia ser diferente", disse a sra. Devereux.

"Como é que a senhora as suporta, vovó?", perguntou Helen.

"Eu não as suporto, Helen", respondeu a avó. "Não ouviu o que eu disse a elas? Devem ter ficado loucas da vida."

"O pai delas, o velho Crutch Kehoe, costumava bater nelas com ramos de urtiga", disse Lily.

"Bom, se isso era só o que ele fazia com essas duas, até que elas não são tão más", observou a sra. Devereux. "Agora vão sair por aí e fofocar com a primeira pessoa que encontrarem pelo caminho. Nossa sorte é que elas não têm telefone."

Quando ia entrar no quarto de Declan para contar a ele e a seus amigos o que havia acontecido, Helen percebeu que os três conversavam animadamente. Era a voz de Larry que ela ouvia. Ele contava uma história e era interrompido pelos outros dois, que riam e depois pediam que ele continuasse. Achou melhor não os perturbar e não entrou no quarto.

A sra. Devereux estava sentada junto à janela. Conforme a luz pálida que vinha do mar se esvaía e a escuridão aumentava, Helen passou a centrar toda a sua atenção nela, estudando-lhe os cabelos brancos e o rosto alongado e fino. Então, com um tom brusco e determinado, a velha disse para Paul: "Ah, quando vi você saindo do carro, pensei comigo mesma, esse é mais um deles".

"Como assim, vovó?", perguntou Helen.

"Acho que você sabe do que estou falando, Helen."

"Ela está se referindo a nós, homossexuais", disse Paul.

"Vovó, a senhora não pode falar das pessoas desse jeito."

"Quando vi esse rapaz saindo do carro", disse a velha como se estivesse falando consigo mesma, tentando se lembrar de algo, "foi sua maneira de andar, ou o modo como virou o corpo, e pensei com meus botões: mas que tipo de vida ele leva, que tipo de pessoa ele é?" Levantou a cabeça e lançou um olhar para o outro lado do aposento, na direção de Helen.

"Isso está sendo difícil para todos nós", disse Helen.

"Está sendo difícil para eles, Helen, e sempre será."

"Acho que ela está se referindo a nós, homossexuais, de novo", disse Paul.

"Bom, da minha parte, o que posso dizer é que eu sou feliz", interveio Larry. "Não estou feliz aqui, neste momento, mas estou feliz com a minha vida."

"'Feliz' é uma palavra idiota", retorquiu Paul.

Seguiu-se um momento de silêncio. Os quatro permaneciam sentados na penumbra e o farol começou a lampejar. A avó de Helen olhou pela janela, como se tivesse ouvido um som ou alguém se aproximando. Depois voltou novamente o olhar para o interior do cômodo. "Estou velha e posso falar o que eu bem entender, Helen."

Helen percebeu que ainda temia a avó, que não iria enfrentá-la nem desafiá-la. Olhou fixamente para ela, sabendo que a velha não poderia notar o ressentimento e a desafeição estampados em seu rosto. A avó se voltou para Paul e Larry, suas duas visitas.

"O Declan nunca nos contou nada sobre si mesmo. Sempre pensamos que ele levava uma vida maravilhosa em Dublin. Nenhuma de nós sabia que ele estava doente ou que era um de vocês."

Por alguns instantes ela não falou mais nada, porém era evidente que havia se interrompido apenas a fim de reunir forças para prosseguir.

"Mas tem uma coisa que eu sabia. Sei disso faz um ano, mas nunca contei nada para ninguém. O Declan esteve aqui no verão do ano passado. Estacionou em algum lugar mais afastado, por isso não ouvi nenhum barulho de carro. Mas por alguma razão resolvi ir até o portão e olhei para o penhasco e então o vi caminhando em minha direção. Deve ter passado às escondidas por aqui, ou talvez tenha descido pelo terreno do Mike Redmond e feito o caminho pela praia. Ele vinha na minha direção, mas não esperava dar de cara comigo, e fiquei com a impressão de que ele não queria me ver, de que teria passado por aqui sem entrar se eu não estivesse parada em frente ao portão. Eu não o via desde o Natal, acho que fazia mais de um ano que ele não vinha me visitar. E quando chegou mais perto, percebi que estivera chorando. Estava tão magro, tinha uma expressão tão estranha, como se não quisesse se encontrar comigo. Ele sempre foi muito afetuoso, mesmo quando era garotinho, e tentou consertar as coisas depois que entrou em casa. Sorria e fazia piadas, mas nunca vou me esquecer do aspecto que ele tinha quando o vi caminhando pela estrada. Tomamos chá juntos e havia algo no ar, era evidente que alguma coisa horrível tinha acontecido. Percebi que ele devia estar com um problema muito sério, mas Aids foi a última coisa que me passou pela cabeça, e olhem que não pensei em poucas coisas, não."

Helen conteve a respiração enquanto o feixe de luz do farol varava outra vez a penumbra. Indagou a si mesma por que sua avó não havia lhe contado isso antes.

"Eu soube que o Declan tinha vindo até aqui", disse Larry. "Ele costumava pegar o carro e sair de Dublin sozinho. Em geral ia para Wicklow, para as montanhas. Dirigia horas a fio por aquelas estradas. Foi a Wexford algumas vezes, passava pela casa da mãe, mas era sempre muito tarde e ele acabava não entrando. Acho que tinha a esperança de que ela o encontrasse por ali, como aconteceu com a senhora. Mas não chegou a vê-la em nenhuma das ocasiões em que esteve lá. Então voltava para Dublin."

"Eu sabia que alguma coisa estava prestes a acontecer e fiquei esperando", continuou a sra. Devereux, como se não houvesse prestado atenção no que Larry dissera.

Helen queria que sua avó parasse de falar. Endereçou uma pergunta a Larry e Paul: "Suas famílias sabem que vocês são gays?".

"Conte a sua história para ela", disse Paul a Larry.

"Ah, não. Já contei e recontei isso muitas vezes", volveu Larry.

"Convença-o a contar", disse Paul a Helen.

"Minha avó adoraria ouvir", instou Helen. Sabia que isso era o máximo de provocação de que seria capaz. "Vamos, Larry", pediu ela, "estamos curiosíssimas".

"Tudo bem", disse Larry. "Mas se começar a ficar chato, me peçam para parar. Depois que me formei, acabei me envolvendo com um grupo gay em Dublin. Organizávamos campanhas para levantar fundos, tínhamos um boletim informativo e fazíamos uma porção de encontros. Eu ajudava um pouquinho e estava sempre por ali, de modo que quando a Mary Robinson* convidou os gays e as lésbicas para uma reunião na Áras an Uachtaráin,** me colocaram na lista e eu não pude dizer não. Era uma oportunidade sensacional e adoramos nos preparar para o encontro. Sei que parece idiotice, mas achávamos que, como a lei ainda não tinha sido alterada, aquilo seria apenas uma visita reservada. Acontece que, quando chegamos, havia repórteres por todo lado, de todos os jornais, do rádio e da televisão. A Mary Holland estava lá e também um sujeito da RTÉ, não lembro o nome, não era o Charlie Bird, mas percebi que era alguém do noticiário das seis e que iriam nos filmar tomando chá com a presidente."

"Ah, a Mary Robinson é maravilhosa", interveio a sra. Devereux, "é uma mulher tão refinada. Não existem muitos políticos como ela por aí, não."

"É verdade, todos nós a adorávamos", prosseguiu Larry, "mas isso não me ajudava em nada. Pensei se não haveria uma maneira de sair de fininho. Falando sério. Cheguei a imaginar o que aconteceria se eu desse o fora. Me dei conta de que não poderia mais encarar nenhum dos meus amigos, mas seria um pequeno preço a pagar. Eu olhava à minha volta e me perguntava se alguém mais estaria sentindo o mesmo, mas acho que eu era o único ali que queria se esconder. Ficamos um ao lado do outro para sermos fotografados e filmados. Todos sorriam e pareciam muito à vontade. Talvez eu mesmo tenha sorrido, mas não estava nem um

---

* Presidente da Irlanda entre dezembro de 1990 e setembro de 1997. (N. T.)
** Residência oficial da Presidência da República da Irlanda. (N. T.)

pouco à vontade. Imaginem só, na minha família ninguém sabia de nada. Tive de voltar para o meu apartamento, ligar para o Paul, pegar o carro dele emprestado e ir direto para Tullamore. Cheguei pouco antes do noticiário das seis. Bati na porta e minha mãe veio atender; meu pai estava no hall. Eu havia ensaiado o que pretendia dizer, mas quando vi minha mãe não teve jeito, perdi a fala. Só consegui balbuciar: 'Vocês não podem assistir ao noticiário das seis'. Então fui para a sala e fiquei parado em frente à televisão feito um imbecil."

"E depois?", perguntou Helen.

Larry deu um suspiro e fez uma pausa.

"Quando conto essa história me sinto ainda pior do que quando a vivi."

"Não enrole, Larry", disse Paul.

"Pois bem, eu estava ali e a minha mãe não parava de perguntar qual era o problema, mas eu não conseguia falar. Meu pai tinha se sentado no sofá e olhava para mim como se eu fosse um doido varrido. Pensei que talvez fosse capaz de contar para a minha mãe, mas não teria coragem de contar para ele. Então disse que precisava ficar a sós com ela. Meu pai falou que ia dar uma volta, mas eu pedi para ele não ir. Tinha certeza de que ele acabaria encontrando alguém na rua e a pessoa lhe diria que havia me visto na televisão. Ou talvez ele fosse até o bar e visse por si mesmo."

"Quer dizer que o seu filho é uma mocinha?", caçoou Paul.

"Não enche, Paul", disse Larry.

"E o que aconteceu?", perguntou Helen.

"Ele foi para a cozinha, mas eu continuava sem conseguir abrir a boca. De repente minha mãe olhou para mim e disse: 'Filho, não me diga que você vai entrar para o IRA?'. Foi uma coisa surreal. Imaginem só, eu no IRA!? Nunca soube de ninguém em Tullamore que fosse do IRA. Estou para ver gente mais sacal que aquela. Não, eu disse, não é isso. E então contei."

"E o que foi que ela falou?", indagou Helen.

"Ela me disse que, fosse como fosse, eu seria sempre seu filho, mas que era melhor eu entrar no carro naquele minuto e voltar para Dublin. Prometeu falar com o meu pai e me ligar mais tarde, mas não via a hora de me pôr para fora de casa. Estava toda pálida, parecia aflitíssima. Acho que ela teria ficado mais feliz se eu tivesse dito que havia entrado para o IRA."

"Ah, deixe disso", protestou Helen. "Você está exagerando."

"Tá legal, estou sendo injusto com essa coisa do IRA. Acho que ela ficou chocada, só isso. A notícia a deixou atordoada. Sabe como é, na minha família, meus irmãos e irmãs — mesmo os que já estão casados — ainda não contaram para os meus pais que eles são heterossexuais. A gente não fala sobre sexo. Depois ela se acalmou e hoje nos damos bastante bem, mas o meu pai só me trata na base do resmungo, como sempre fez, aliás. Se eu estivesse no IRA, pelo menos teríamos sobre o que conversar. Seria uma coisa mais normal."

"E você e o Paul são namorados?", perguntou Helen.

"Namorar com esse aí? Está brincando?", disse Larry.

"Só um louco", interveio Paul.

"Como assim? Para ficar com ele ou com você?", perguntou Helen.

"Com ele", tornou Paul. "Ou talvez com nós dois."

"E você tem namorado, Larry?", perguntou Helen.

"Conte para elas, Larry", disse Paul.

"Tenho, sim, Helen. Mas não posso falar a vocês sobre isso."

"Deixe de enrolação, Larry", instou Paul.

"Acho que aí é demais para a senhora Devereux", replicou Larry.

"Ah, não se preocupe comigo", disse a velha. "Não me espanto com mais nada neste mundo. Quem viveu o tanto que eu vivi já ouviu praticamente de tudo."

"Que gozado, falar assim no escuro é mais fácil", comentou Larry. "É como ir ao confessionário. Só que no confessionário não tem um farol como esse."

"Estamos esperando, Larry", disse Paul.

"Depois é a sua vez", provocou Larry.

"Desembuche logo essa história", disse Paul.

"Me mandem parar se eu estiver me alongando demais", disse Larry. "Numa casa perto da nossa vive uma família numerosa. São cinco garotas e quatro rapazes. Meus pais têm amizade com os pais deles, que são bastante religiosos: o pai é vicentino e a mãe está sempre participando de novenas. Enfim, são pessoas simpáticas e bem normais. O filho mais novo mora em Dublin. E atualmente estamos juntos. Faz alguns meses. O único problema é que também já namorei com os outros três. Dois inclusive são casados, mas isso não parece ser empecilho para eles. É engraçado, são totalmente diferentes um do outro. E esse mais novo é um cara muito bacana."

Quando Larry terminou, sobreveio um momento de silêncio. Helen divisava vestígios de luz pela janela, mas no cômodo a escuridão era total.

"É uma família e tanto. Deve ser alguma coisa nos genes deles", disse Paul após alguns instantes.

"Está nos genes, sim", concordou Larry, "e também naquelas calças de poliéster que eles usam."

"Agora chega, já escutei o bastante", disse a sra. Devereux num tom ácido e mais alto do que o necessário, como se ela estivesse se dirigindo a algum poder superior. "Os quatro!? Mas que sem-vergonhas!"

"Imagino que por ora minha avó já tenha bastante no que pensar", comentou Helen.

"Eu bem que avisei que a senhora não ia querer ouvir essa história", disse Larry.

"Ah, guarde o seu coração, esse é o meu conselho, guarde o seu coração e se cuide."

Nesse exato momento alguém acendeu a luz. A mãe de Helen estava junto à porta. "O que vocês estão fazendo no escuro?", perguntou ela.

Helen piscou e protegeu os olhos contra a luz forte. Desejou que sua mãe tornasse a apagá-la.

"O Declan vomitou, mas não foi nada grave", disse a mãe. "Já limpei tudo, ele está bem e acho que agora talvez consiga dormir um pouco. Espero que ele durma mesmo. Não entendo o que vocês estavam fazendo no escuro."

"Estávamos conversando, Lily", disse a sra. Devereux, "e não reparamos que havia anoitecido."

"O que a senhora estava dizendo quando eu cheguei?", indagou a mãe de Helen.

"Estava dizendo para esses rapazes que este é um momento muito difícil para nós e que é bom poder contar com eles", respondeu a avó. Helen reparou que ela virara a cabeça na direção de Larry, como se o desafiando a contradizê-la. "Era isso o que eu estava dizendo, Lily."

A velha se levantou e olhou para a noite lá fora. Puxou a cadeira para abrir um pouco de espaço e começou a fechar as cortinas lentamente. Larry se aproximou para ajudá-la, mas ela ergueu a mão como se fosse lhe dar um tapa e ele se afastou rindo.

Fizeram as camas para Larry e Paul no pequeno quarto do andar de cima. Então Lily, explicando que não havia dormido nada na noite anterior e fazendo sua mãe prometer que deixaria o celular ligado, despediu-se deles. Disse que estaria de volta na manhã seguinte. Helen a acompanhou até o carro.

"Também não preguei o olho na minha primeira noite aqui", disse ela.

"Se acontecer alguma coisa, você promete que me liga?", pediu a mãe.

"É muito estranho estar aqui depois de todos esses anos", disse Helen.

Sua mãe ligou o carro e começou a dar marcha a ré no pátio. Helen se afastou para lhe dar passagem.

Mais tarde, ao regressar de Blackwater, onde fora telefonar para Hugh, deu com Declan ao lado do fogão, de pijama e chinelos. Paul, Larry e sua avó estavam sentados à mesa da cozinha, examinando um anúncio de página inteira que a empresa de Lily havia publicado no *Wexford People*.

"Sua mãe é importante, hein?", disse Paul.

"A Lily sempre soube o que quis", disse a avó de Helen. "Quando era bebê, não gostava que a gente a pegasse no colo, queria que a deixassem no chão para que pudesse engatinhar por conta própria, ou andar por aí, depois que aprendeu a andar. Não admitia que os outros lhe dissessem o que fazer. Não podíamos nem falar para ela levantar da cama de manhã. Ela acordava antes de todo mundo. Sempre foi trabalhadora e muito inteligente, ganhou uma bolsa para estudar na universidade. As freiras a adoravam. Quando comecei a alugar os quartos no verão, foi para poder mandá-la para o colégio interno da Faithful Companions of Jesus, em Bunclody, e por pouco ela não vira freira."

"Eu nunca soube disso", disse Helen.

"Ah, as freiras a adoravam", prosseguiu a avó, "e quando a Lily estava no último ano e fomos levá-la para a escola depois do feriado de Halloween, disseram que queriam conversar conosco. Nunca tinham dado a mínima para a gente. Eram de uma ordem francesa, vocês precisavam ver como elas se faziam de importantes. E a madre Emmanuelle, a mais pomposa de todas, disse que achava que a Lily tinha vocação para a vida religiosa. Sorri para ela e respondi que isso seria a melhor coisa que poderia nos acontecer. E continuei sorrindo, até que entrei no carro e disse para o seu avô que iria pedir a Deus que não deixasse a Lily entrar para o convento."

"A senhora não queria que ela virasse freira?", indagou Paul.

"A Lily? A nossa filha, aquela menina linda? Deixar que cortassem o cabelo dela? Abandoná-la com um véu na cabeça num convento velho e cheio de correntes de ar frio, tendo por companhia apenas umas freiras corocas? De jeito nenhum! Eu passava as noites acordada, pensando em como faria para impedir que isso acontecesse. Sabia que não podíamos dizer nada à Lily, tinha certeza de que falar com ela não faria a menor diferença. Seu avô, que era um homem muito bom e deve estar no céu agora, dizia que devíamos aceitar a vontade de Deus, mas eu não me conformava e retrucava que o fato de eu não querer que ela virasse freira também podia ser vontade de Deus."

"Boa, vovó", disse Declan.

"E o que a senhora fez?", indagou Helen.

A avó olhou para o chão e não respondeu. Os outros fitavam-na em silêncio, esperando que ela prosseguisse.

"Vou fazer um chá", disse ela. "Estou falando demais."

"Não está, não. A senhora tem que nos contar essa história", incentivou Declan.

"Pode deixar que eu faço o chá", disse Helen.

"Bom, fiquei remoendo a questão dias a fio", disse ela passando a língua pelos lábios. "Eu sabia que tinha até o final das férias de Natal para dar um fim naquilo. E aproveitei esse tempo para refletir sobre a Lily. Lembrei que, quando as outras meninas brincavam de enfermeira, ela dava tudo de si para ser a melhor enfermeira, e quando eu me punha a costurar, ela ficava até tarde da noite me falando sobre modelos e fazendas. Ela sempre fazia o que as pessoas à volta dela faziam, só que tratava de fazê-lo com mais aplicação. Nos estudos era a mesma coisa. Tinha de ser a melhor aluna e a mais entusiasmada. Convivia dia e noite com as freiras, portanto queria ser uma delas, claro. E quando me dei conta disso, soube imediatamente o que devia fazer. Foi pouco antes de irmos buscá-la para o Natal."

"O que a senhora fez, vovó?", perguntou Helen enquanto enchia o bule de chá.

"Eu precisava dar uma chacoalhada na cabeça da Lily, só isso. Minha irmã Statia morava em Bree, era casada com um dos Bolger de lá, tinha cinco filhos, mas nenhuma menina, e eles eram os garotos mais endiabrados de todo o condado de Wexford. Não que não fossem bons rapazes, mas a Statia tinha verdadeira adoração por eles e era uma mãe menos rigorosa do que eu. Deixava-os andar à toa pelas redondezas, dar festas quando ninguém mais estava dando festas, ir a bailes com o carro do pai e só voltar para o almoço do dia seguinte. E eles tinham primos do lado dos Bolger que eram quase tão impossíveis quanto eles. Só pensavam em hóquei, garotas e bailes. Três desses primos jogavam no time de Wexford.

"Fui até Bree. Deixei o seu avô esperando no carro e conversei com a Statia, e ela entendeu o problema e, mesmo que não tivesse entendido, teria feito tudo o que eu pedisse. Combinamos que a Lily passaria uns tempos na casa dela depois do Natal e que ela a deixaria à solta com os Bolger. No dia 26, dia de santo Estevão, nós a levamos para lá. Ela ficou um pouco surpresa, mas não desconfiou de nada, e só a buscamos na véspera do reinício das aulas. Então a Statia permitiu que ela fosse a todos os bailes e festas, deixou que saracoteasse pelos arredores em carros e peruas, usando roupas emprestadas de uma prima dos Bolger. E, pelo que minha irmã contou, a Lily ficou maluca com aquilo. Ela os fazia gargalhar com suas descrições dos fazendeiros coroas que apareciam nos bailes. Ninguém dançava como ela, não havia programa que recusasse. Seus primos conheciam quase todo mundo, e aqueles que os primos não conheciam eram conhecidos dos primos deles. Em pouco tempo a Lily também ficou amiga de todos. Aconteceu o mesmo que tinha acontecido com as freiras. Ela queria ser um deles, com a diferença de que isso significava ir a um baile em Ballindaggin ou a uma festa em Adamstown. Como ela não dava notícias, sabíamos que a coisa estava funcionando."

"Mas, vovó, a senhora não teve medo de que ela acabasse se metendo em alguma encrenca?", perguntou Declan.

"Eram outros tempos, Declan. Os primos cuidavam dela. E a Lily não era o tipo de garota de quem alguém pudesse se aproveitar."

"Aposto que não", disse Helen ao começar a servir o chá.

"Então ela voltou para o colégio e, a partir daí, vivia escrevendo cartas para os rapazes que tinha conhecido nas férias — mandava-as às escondidas pelas colegas semi-internas — e ficava até altas horas entretendo as garotas do dormitório com suas histórias. Deve ter continuado a se dedicar aos estudos, pois ganhou a bolsa, mas seus interesses agora eram outros e, antes de irmos buscá-la para a Páscoa, as freiras nos chamaram e disseram que ela estava se tornando um mau exemplo para as outras meninas, que estava completamente mudada. Que estranho, falei para a madre Emmanuelle, não notamos mudança nenhuma. Vai ver é alguma coisa no convento. Ah, vocês precisavam ver o jeito como ela me olhou, e eu olhei de volta. E ela percebeu que tinha encontrado uma adversária à sua altura. E foi assim que impedimos a Lily de virar freira."

"Puxa, que sorte a nossa, não?", disse Helen.

"Bom, pelo menos na época deve ter parecido assim", disse Declan.

6.

Na manhã seguinte Helen encontrou sua mãe no quarto de Declan, sustentando a cabeça do filho com a mão.

"Você deve ter chegado bem cedo", disse Helen e, assim que concluiu a frase, percebeu que ela soara como uma acusação. "Está com um ar cansado", acrescentou, tentando suavizar o tom de voz.

"O Declan passou mal de novo hoje de manhã", disse a mãe com frieza.

O irmão olhava fixamente para ela. A ferida de seu nariz estava mais escura, quase roxa, e parecia ter aumentado de tamanho. Todavia, notava-se uma estranha satisfação na maneira como ele permanecia ali deitado sem se mexer. Não parecia sentir dor alguma.

"Os rapazes já se levantaram?", perguntou Helen.

"Sua avó está servindo o café-da-manhã para eles", respondeu a mãe. "Ela acordou toda serelepe, pensa que está administrando uma pousada de novo. É um tal de 'hoje temos bacon e salsichas' para lá e 'como vai querer os seus ovos?' para cá."

"Se tivéssemos bacon", disse Declan com voz rouca, "podíamos comer ovos com bacon. O problema é que nem ovos temos."

"Você diz isso desde que tinha cinco anos", comentou Helen rindo, "e nunca achei engraçado."

"É melhor se apressar e ir tomar o seu café, ou eles acabam comendo tudo", disse a mãe.

Quando Helen entrou na cozinha, Larry falava com a sra. Devereux, que o escutava atentamente. Paul cumprimentou-a com um meneio de cabeça, mas os outros dois a ignoraram.

"Não, senhora Devereux", dizia Larry, "derrubar uma parede não custa nada e ampliar uma porta também não. Dá para fazer tudo isso por mil libras. Mas se eu fosse a senhora, aproveitaria para instalar um sistema de desumidificação e mandaria colocar um assoalho de carvalho, ou pelo menos de pinho..."

"Esse sujeito ainda não parou de falar?", perguntou Helen.

"Deixei o seu café-da-manhã em cima do fogão, Helen", disse a avó.

"Vovó, a senhora não está dando ouvidos a ele, está?"

"Mas onde é que ficaria a cozinha?", perguntou a avó para Larry.

"Não", disse Larry, "deixe a cozinha aqui mesmo, mas faça uma rampa com um parapeito."

"Estamos conversando sobre a eventualidade de eu levar um tombo, Helen", disse a avó. "Ou se eu tiver que ficar numa cadeira de rodas. E, de todo modo, não vou agüentar continuar subindo e descendo essa escada por muito tempo."

"Não", continuou Larry como se ninguém tivesse falado mais nada, "mude o seu quarto e o banheiro para os quartos onde a Helen e o Declan estão dormindo e abra uma porta bem ampla entre eles, mas aproveite um pedaço da sala de jantar para deixá-los maiores. Aposto que a senhora nunca usa essa sala."

"Você trouxe a trena, Larry?", indagou Helen ao se sentar.

Larry ignorou-a. "Já verifiquei as paredes", prosseguiu. "Deve levar meio dia para derrubá-las. Ficaria como uma casa nova. A senhora mesma não a reconheceria."

Quando Helen voltou do vilarejo, onde fora telefonar para Hugh e comprar o jornal e alguns mantimentos, Larry estava à mesa fazendo desenhos em escala num grande bloco de rascunho. A trena se achava a seu lado.

"Ninguém pode com esse cara", disse Paul. "É um maníaco."

A avó de Helen, que estava junto à pia lavando louça, virou-se e perguntou: "Mas onde ficaria a cama? Não quero que fique encostada à janela".

"É uma cama de casal ou de solteiro?", indagou Larry.

"Ah, essa é uma pergunta muito pessoal", disse Helen.

"Que tipo de cama você acha que seria melhor para mim?", perguntou a avó virando-se novamente para eles, as mãos cobertas de espuma.

"Bom, isso é com a senhora", respondeu Larry.

Assim que o sol conseguiu vencer as nuvens, Helen levou uma cadeira para a frente da casa e sentou-se para ler o *Irish Times*. Pensou em aguardar até que a mãe saísse do quarto de Declan para então tentar ficar um pouco sozinha com ele. Se Cathal ou Manus adoecessem daquela maneira, seu desejo seria fazer com eles o que sua mãe estava fazendo com Declan, mas não sabia se eles gostariam disso.

Paul veio até a frente da casa e sentou-se no chão a seu lado, apoiando as costas contra a parede.

"Você acha que está tudo bem com o Declan?", perguntou ela.

"Como assim?"

"Tenho a impressão de que minha mãe está com ele desde que amanheceu o dia."

"Não, ela chegou pouco antes de você se levantar. Mas parece que está montando guarda no quarto para mantê-lo afastado dos depravados dos amigos dele."

"E da depravada da irmã dele", disse Helen.

"E da depravada da avó dela", acrescentou Paul rindo.

"Não, eu não a chamaria de depravada. 'Má' é a palavra que eu usaria."

"Está com a língua afiada hoje, hein?"

"Muitos anos atrás", disse Helen, "quando éramos crianças, minha avó prendeu a mão na janela e não conseguia se soltar, e meus pais e meu avô não estavam em casa. Não sei que idade eu tinha, talvez seis ou sete, mas não importa, o fato é que ela diz, e adora contar isso, que eu aproveitei a ocasião para vasculhar todas as gavetas da casa, bisbilhotando tudo com a maior sem-cerimônia, enquanto o Declan permanecia ao lado dela, chorando e tentando consolá-la. Não me lembro de ter feito nada disso, é claro. E tenho certeza de que não me aproveitei da situação dessa maneira. Mas é isso que ela está fazendo agora, a mesma coisa que ela me acusou de ter feito quando eu tinha seis ou sete anos de idade: está vasculhando as gavetas da casa com o seu amigo Larry."

"Ah, pegue mais leve com ela", disse Paul. "Sua avó mora sozinha. Não é sempre que vê pela frente um arquiteto em carne e osso. E o Larry é incapaz de entrar na casa de uma pessoa sem sugerir alguma reforma estapafúrdia."

"Estão falando de mim, é?" Larry surgiu à porta da frente e saiu para ficar ao sol.

"Eu estava dizendo a Helen que o seu nome do meio é Frank Lloyd Wright."

"Sua avó acha que a gente devia ir dar um mergulho no mar.

Vejam só o que ela me emprestou", disse Larry exibindo dois calções de banho de náilon preto.

"Que horror", disse Paul, "não tenho coragem de usar um troço desses."

"Eu trouxe um maiô para mim", disse Helen.

"Onde ela arrumou isso?", perguntou Paul.

"'Um banhista esqueceu'", disse Helen imitando o linguajar da avó. "Ela chama as pessoas que não são daqui de 'banhistas'."

"Meu Deus, são minúsculos", comentou Larry ainda mostrando os calções de banho. "Eles deviam ter uns pingolins bem pequenos nos anos 40."

"Esses aí são dos anos 60", disse Paul, "quando os caras não se importavam de ficar com o pingolim todo espremido."

"Não é melhor ver se o Declan quer ir conosco?", indagou Larry.

"Vá lá e pergunte para ele", disse Helen.

Ela e Paul esperaram em silêncio.

"Ele está dormindo", disse Larry ao voltar. "Nem perguntei. Disse à sua mãe que levaria uma xícara de chá para ela."

"A gente espera", disse Helen. "Aproveite e pegue três toalhas."

Helen retirou seu maiô de uma sacola que havia deixado no porta-malas do carro de Declan e os três foram andando em direção ao penhasco. Se esses homens não fossem gays, pensou ela, teria inventado uma desculpa para não ir à praia com eles. Achava que o clima ficaria tenso demais e que haveria uma certa ambigüidade no ar. Não saberia como se comportar, a menos que Hugh também estivesse com eles e, nesse caso, trataria de se manter a seu lado. Foi só quando chegaram à praia e Paul tirou a camisa, revelando a pele clara e lisa de suas costas, que Helen se deu conta de como aquilo era estranho e novo para ela. Se Paul a visse se despindo, pensou, isso não significaria nada para ele. Talvez ficasse curioso, mas não sentiria o que ela sentiu ao vê-lo só com o calção de náilon preto.

"Quem chegar por último é uma bicha", gritou Larry e foi entrando destemidamente na água até que, de repente, parou e deu um pulo no ar, como se tivesse levado uma descarga elétrica. "Está gelada demais! Jesus do céu, estou congelando!", urrou ele.

Paul entrou despreocupadamente na água, mas logo parou também e abraçou a si mesmo, como se desejasse se proteger do frio. Ao passar por ele, Helen percebeu que teria de resistir à tentação de espirrar um pouco de água. Ele parecia sério e distante demais para ser provocado. Pensou em sussurrar a palavra "bicha" em seu ouvido, mas receou que isso o ofendesse.

"Vamos lá, Paul", disse ela, "você já é um marmanjo."

"Nem fale comigo", ele devolveu, tiritando. "Você não avisou que a água era fria desse jeito."

A essa altura Larry já nadava para longe da praia. Assim que chegou fundo o bastante, Helen reuniu o máximo de coragem e determinação de que foi capaz e mergulhou também. Ao vir à tona, ciente de que Paul a observava, tirou o excesso de água dos cabelos com um gesto indiferente.

Depois se secaram e deitaram nas toalhas sob o sol.

"Sua avó me contou", disse Larry, "que se ela quebrar uma perna ou ficar doente é capaz que a levem daqui e nunca mais a deixem voltar. Ela esteve uma vez no hospital, e na cama em frente à dela havia uma velha que pensava que todo mundo era padre, inclusive as enfermeiras, e era um tal de padre para cá, padre para lá, uma coisa medonha. E o pior é que começaram a tratá-la como se ela também não batesse bem da cabeça."

"Mas ela não bate bem mesmo", disse Helen.

"Ah, meu Deus, mas só de pensar parece horrível."

"Será que dá para você parar com essas besteiras, Larry?", disse Paul.

"Não, falando sério."

"Não me importo com a minha avó", disse Helen. "Quer dizer, é claro que me importo com ela, mas não nesse momento. O que eu queria agora era tirar o Declan daquele quarto."

"Acho que talvez ele esteja gostando de ficar lá com a sua mãe", observou Paul.

"Tem certeza?", questionou Helen.

"A impressão que eu tenho é de que ele estava com muito medo de que sua mãe se recusasse a vê-lo ou coisa assim", disse Paul. "Acho que ele queria desesperadamente que ela soubesse e o ajudasse, mas, apesar disso, não tinha coragem de contar para ela. E agora que contou, ela está lá, tentando ajudá-lo."

"Talvez fosse melhor se essa ajuda viesse em pequenas doses", disse Helen com secura.

"Mas também pode ser que ele esteja querendo exatamente isso", redargüiu Paul. "O Declan falava muito nisso."

"Imagine ficar trancado num quarto com a sua própria mãe", disse Larry. "Eu preferia ser seqüestrado pelo Hizbollah."

"Cale a boca, Larry. Ontem mesmo você contou como a sua mãe foi bacana com você", disse Paul.

"Acho que se eu estivesse doente as coisas seriam diferentes", replicou Larry.

"Pare de ficar mandando o Larry calar a boca", disse Helen.

Paul se levantou, caminhou até a beira do mar e entrou intrepidamente na água.

"Acho que agora ele vai esfriar um pouco a cabeça", disse Larry.

"O que é que deu nele?", indagou Helen.

"Ah, ele tem os problemas dele."

"Está doente?", perguntou Helen com hesitação.

"Não, não é isso. São problemas com o namorado. Você imagina como seria namorar com ele?"

"Ele parece ser um cara legal."
"Ah, esse Paul é uma peça rara. Vive lendo livros sobre relacionamentos."
"E isso é o fim da linha, suponho?"
"Bom, para mim seria, com certeza."
"É", suspirou Helen, "para mim também."

Algum tempo depois, Larry voltou para casa e Helen e Paul foram caminhar pela praia no sentido de Ballyconnigar e Ballyvaloo. O dia estava enevoado, mas o sol era forte e quente.
"Você mora sozinho?", perguntou Helen.
Paul fitou-a com um olhar cortante. Ambos sabiam que a pergunta havia sido ensaiada.
"Não, moro com o meu namorado em Bruxelas", respondeu ele num tom entediado.
"Desculpe, eu não devia me intrometer na vida dos outros."
"Não, não tem problema."
Andaram em silêncio até chegar à casa dos Keating, onde ela começou a explicar o processo de erosão. Ele pareceu interessar-se pelo assunto, indagou quem havia morado ali e quanto tempo levara para que aquela parte da casa caísse do penhasco.
Atravessaram o riacho em Ballyconnigar e seguiram em frente. Sem pensar, ela fez uma nova pergunta: "Seu namorado é irlandês?".
"Não, ele é francês, mas eu o conheci na Irlanda."
"E como foi que vocês se conheceram?"
Ela não sabia por que estava tão curiosa e prometeu a si mesma que, se ele a repelisse dessa vez, não perguntaria mais nada.
"Foi num intercâmbio que fizemos quando tínhamos quinze anos."

"E vocês...?" Helen hesitou e ele olhou para ela como se não tivesse compreendido ao que ela estava se referindo. "Vocês...?"

"Acho que entendi o que você quer saber", disse ele por fim. "Não, não, só quatro anos mais tarde."

"Mas vocês sabiam?"

"Eu sabia que era, mas não sabia que ele era, e vice-versa."

"E o que aconteceu?"

Helen e Paul sentaram-se numa das pequenas dunas de areia que havia por ali. Paul pôs os braços em volta dos joelhos e olhou para o mar. Então começou a contar: "Um grupo de estudantes franceses tinha chegado à cidade, e todos eles freqüentavam o clube de tênis, portanto não saíamos de lá. Participávamos de festas, torneios e todo tipo de evento. E a maneira como nós — quer dizer, os garotos irlandeses —, a maneira como nos relacionávamos uns com os outros deixava os franceses intrigados, se bem que eu só tenha me dado conta disso muito tempo depois. Ficávamos embasbacados quando víamos que se cumprimentavam com apertos de mão e beijos, ao passo que eles não entendiam por que passávamos o tempo todo nos insultando uns aos outros. Olhando em retrospectiva, acho que esse era o modo como nos comunicávamos. Se um de nós cortasse o cabelo, ou se fosse pego de mãos dadas com uma menina, ou se revelasse algum ponto fraco, podia ser qualquer coisa, os outros começavam a caçoar, a esculhambar, e isso era algo que podia se estender por vários dias".

"É o que você e o Declan fazem com o Larry", disse ela.

"Ah, mas ele merece."

"Desculpe, eu o interrompi."

"Você precisava conhecer o meu pai", prosseguiu Paul. "Ele é engenheiro, tem grande interesse por problemas matemáticos e também é muito bom em lógica. Todos os meus irmãos são engenheiros. Assim que aprendíamos a falar, ele nos punha para resolver problemas. Depois, quando ficamos mais velhos, se precisássemos tomar alguma decisão, como, por exemplo, de que maneira gastar o dinheiro que ganhávamos no dia da crisma, ou se devíamos estudar ou assistir televisão, ele nos fazia colocar o problema no papel, listar os prós e os contras e, por fim, redigir a decisão. Todos nós dispúnhamos de tirinhas de papel para isso e ele adorava quando lhe mostrávamos como havíamos solucionado determinada questão. Então, uns seis meses antes de o François vir para ficar conosco, escrevi num pedacinho de papel: 'Eu sou gay. Sinto pelos garotos da minha classe o que eles sentem pelas meninas'. E escondi esse papel. Li uma matéria no *Irish Times* sobre a história de um casal cujo marido era gay, mas que só tinha falado à mulher sobre isso depois que eles haviam tido dois filhos. A matéria dizia que eles tentariam continuar juntos, mas a mulher sabia que o marido não se sentia realmente atraído por ela.

"Eu costumava pegar aquele pedaço de papel e arrolar algumas opções: posso fazer de conta que não sou, posso tentar esquecer que sou. Algumas eram tão absurdas que não tenho coragem de contar. Certa noite escrevi que eu devia procurar alguém da minha idade que também fosse gay. Lembro que sublinhei essa opção duas vezes, porque era menos drástica do que algumas das outras.

"E logo apareceu alguém, ou pelo menos eu pensei que tivesse aparecido. Na época eu jogava rúgbi — ainda não tinha criado juízo —, mas o nosso clube era pequeno e não possuía um vestiário com chuveiros e coisas assim. A gente vestia a mesma roupa depois do jogo, voltava para casa e só então tomava banho e se trocava. Na primeira vez que fui disputar uma partida fora, havia um vestiário coletivo e todos nós reparamos quando um dos rapazes do nosso time — hoje em dia ele é um advogado importante — teve uma ereção no chuveiro. E o palerma aqui enfiou na cabeça que o sujeito era gay. Era um cara muito bonito, por isso fiquei de olho nele. Uma noite, depois de um debate, dei um jeito de voltar a pé para casa com ele, e não sei bem que palavras eu usei, mas o fato é que ele entendeu a minha insinuação e disse que estava interessado, mas não naquela noite. Ficamos assim e voltei para casa feliz da vida. Eu tinha encontrado alguém. Não precisava mais consultar o meu pedacinho de papel.

"O problema é que nunca mais consegui ficar a sós com ele de novo, pelo menos não de maneira propícia, nem durante o dia, e olhe que tentei de tudo: esperava por ele na saída da escola, tentava encontrá-lo na hora do recreio. Cheguei a ir à casa dele um dia, mas toda vez que eu estava prestes a tocar no assunto, ele dava um jeito de se esquivar, saía da sala, mudava a televisão de canal, não tinha jeito. O que eu não sabia era que ele havia contado para todo mundo. Só vim a saber disso quando o François chegou e passou a dividir o quarto comigo. Na época o inglês do François não era lá essas coisas. Uma noite estávamos todos no clube de tênis. Já tinha escurecido demais para continuarmos jogando, mas ainda era cedo para começar o baile, então ficamos por ali, fazendo as mesmas piadas de sempre, debochando uns dos outros como de costume, até que alguém disse que o François estava tentando ser transferido para outra casa e houve como que uma aclamação geral, inclusive por parte das meninas que estavam com a gente. 'Será que é a comida?', alguém perguntou em tom de chacota. 'Não', respondeu um outro. 'É a velha do Paul?' 'Não', respondeu outro. Parecia até que tinham planejado aquilo. 'O que é, então?', gritou alguém. 'É que o Paul é veado!', disse um deles, e todos caíram na gargalhada, gritando e dando vivas. E em seguida alguém perguntou para o François, que não estava entendendo bulhufas: 'Não é isso, François?'. E ele, como sempre muito educado, disse: 'Sim', num sotaque afrancesado que os fez morrer de rir.

"O sistema de lógica do meu pai não me valeu de nada naquela noite. Voltei para casa e já estava na cama quando o François entrou no quarto. 'Esses garotos não são seus amigos', ele falou. Tentou me explicar que não havia compreendido o sentido da pergunta, mas isso eu já sabia e foi o que lhe disse. Ele apagou a luz e se deitou. Eu comecei a chorar, ele se aproximou, sentou na minha cama e tentou me consolar. Depois se deitou ao meu lado e disse que era meu amigo e que não queria mais saber de ir àquele clube. Sentindo seu corpo colado ao meu, fui aos poucos me dando conta de que ele havia tido uma ereção. Então ele pôs a mão por dentro da camisa do meu pijama e me tocou no ombro. Mas eu já estava cheio de garotos com ereções, de modo que, mesmo quando ele me beijou, fiquei paralisado. Não aconteceu nada e ele não tomou nenhuma outra iniciativa. Passado algum tempo, ele voltou para a cama dele."

"E o que aconteceu depois?", indagou Helen.

"Ficamos muito próximos um do outro, especialmente quando fui passar um mês na casa dele, na França. Os pais do François eram jovens, ele era filho único e os dois nos tratavam como se fôssemos adultos. Passavam bastante tempo conosco e eram extremamente atenciosos. O François achava que o meu pai não tinha ido com a cara dele, pois vivia fazendo piadas a seu respeito. Já o pai do François sempre dizia o que estava pensando e isso em geral era algo muito gentil e franco. Eu adorava a franqueza deles. E o François também era assim, leal, sério, educado. Às vezes também era capaz de ser muito engraçado, não tinha nada de chato. E eu ficava encantado ao ver como ele era verdadeiro, como tomava cuidado com tudo o que fazia ou dizia. Sabia que ele também gostava de mim e isso era fantástico. Os pais dele tinham alugado uma casa à beira-mar na Normandia, e nós passávamos o dia inteiro nadando e jogando tênis. Nunca nos tocávamos, mas fazíamos certas coisas com uma intimidade que não tínhamos quando estávamos na Irlanda, como nos despir na frente um do outro; se bem que talvez o fizéssemos com mais freqüência do que seria necessário."

"Parece mesmo um caso de amor", comentou Helen.

"É verdade, a gente vivia num estado de pura felicidade", disse Paul, que fitou demoradamente o mar e fechou os olhos.

Helen teve vontade de perguntar o que havia acontecido depois, mas sentia que uma pergunta mal formulada poderia fazê-lo parar. E ela desejava desesperadamente que ele continuasse. Quando Paul ficou em silêncio, ela preferiu não o pressionar. Então ele recomeçou:

"O François veio novamente para a Irlanda no início do meu terceiro ano no Trinity. Estava muito diferente, mais alto, mais forte. Tinha um rosto mais fino. Seus gestos eram novos e ele estava mais engraçado. Havíamos trocado cartas ao longo dos anos, mas com o passar do tempo nossa correspondência se tornara menos intensa. Eu alugava um apartamento de um cômodo em Dun Laoghaire e ele tinha arrumado um quarto no campus do Trinity para passar o mês de setembro. Na primeira noite em que nos encontramos, perdemos a noção da hora e, quando fomos ver, estávamos na cidade e o último ônibus já havia partido. O quarto dele tinha duas camas e eu aceitei o convite para ir dormir lá. Foi como nos velhos tempos, com a diferença de que àquela altura estávamos ambos com quase vinte anos. Eu sabia que era gay, mas até então não tinha tomado nenhuma atitude a esse respeito, exceto, se me perdoa a expressão, bater punheta até não poder mais. Ele havia ficado com um cara, mas só uma vez. Seja como for, ao chegarmos ao Trinity, estávamos ambos meio altos e começamos a tirar a roupa e a andar pelo quarto pelados com boa dose de exibicionismo. Alguém precisava tomar a iniciativa, mas esse alguém não seria eu. Fazia algum tempo que estávamos deitados quando houve um silêncio e ele me perguntou em francês se poderia vir para a minha cama. Ainda me lembro exatamente das palavras que ele usou, e costumamos rir bastante disso. Mas eu fiquei muito nervoso. Estava acima das minhas forças, eu o desejava tanto, e aquilo era real demais para mim. Então eu disse não, mas também disse que ele podia vir no dia seguinte. Queria que ele entendesse que a minha resposta era sim, que eu não o estava rejeitando, e ele esticou o braço no escuro em minha direção e ficamos de mãos dadas por algum tempo. Na noite seguinte fomos pela primeira vez para a cama juntos."

"E estão juntos desde essa época?"

"Bom, passamos os dois anos seguintes nos encontrando sempre que podíamos. Depois que me formei, fiquei um ano em Paris, e então viemos os dois passar um ano aqui. Portanto faz oito ou nove anos que estamos juntos. Mas os dois últimos anos foram muito difíceis."

Helen e Paul se levantaram, espanaram a areia do corpo e começaram a andar de volta para Cush.

"Por que difíceis?"

"Quando começamos a namorar", retomou Paul, "os pais do François foram simplesmente incríveis. Compraram uma cama de casal enorme para nós e a colocaram no quarto dele. Acho que o François nunca teve problemas com os pais pelo fato de ser gay. E convivíamos bastante com eles, em geral passávamos o sábado à noite juntos, ou nos encontrávamos no domingo. Eram nossos melhores amigos. Há quase dois anos, porém, os dois morreram num acidente de automóvel — foi morte instantânea —, e não tinham nem cinqüenta anos. Estavam saindo de uma via de acesso, o carro que vinha atrás bateu neles, empurrou-os para o meio da estrada e eles foram pegos por um caminhão. Nosso mundo veio abaixo. O François não tinha parentes próximos, tanto seu pai como sua mãe eram filhos únicos, não havia primos, não havia tias, não havia ninguém a não ser eu. Mas, passado um tempo, o fato de ter a mim já não o sossegava, ele não conseguia lidar com a idéia de que um dia eu poderia abandoná-lo.

"Eu disse que não o abandonaria. Tentei tranqüilizá-lo em relação a isso e pensei que logo as coisas voltariam ao normal. Ele havia tirado uma licença no trabalho — o François é funcionário público — e eu achava que quando voltasse a trabalhar ele se recuperaria, mas isso não aconteceu, ele não estava suportando e acabou tendo de tirar uma licença prolongada. Botou na cabeça que eu ia deixá-lo e não havia meios de convencê-lo do contrário. O telefone tocava no meu escritório e, quando eu atendia, a pessoa desligava, e eu sabia que era ele querendo ter certeza de que eu estava mesmo lá. Ele parecia à beira de um colapso nervoso, chegou a se consultar com um assistente social e um terapeuta, mas não adiantou nada.

"Então precisei ir a Paris para uma conferência. Avisei-o da viagem com antecedência, eu não tinha como não ir. Era uma conferência de três dias sobre atividades pesqueiras. No último dia, eu estava na cabine dos intérpretes quando de repente o vi entrar no auditório. Tinha um ar desamparado e estranho, parecia alguém mentalmente perturbado. A única coisa que senti foi raiva. Saí correndo, agarrei-o, trouxe-o comigo para a cabine e mantive-o lá. Fiquei puto com ele e me dei conta de que estava chegando ao meu limite. De volta ao hotel, até gritei com ele, coisa que tenho a impressão de nunca ter feito com ninguém antes, e disse que ele precisava dar um jeito de parar com aquilo. Lembro que fomos para a cama sem nos falar. Pegamos o trem de volta para Bruxelas ainda sem trocar uma palavra e percebi que não havia mais esperança.

"Pensei que talvez devêssemos dar um tempo e fiquei com isso na cabeça por alguns dias. Mas era uma idéia idiota, só serviria para confirmar os temores dele, não o ajudaria em nada, e eu sabia que, se nos separássemos naquele momento, nunca mais ficaríamos juntos. Então lembro que uma noite, quando as coisas estavam realmente péssimas, perguntei se ele me amava e ele disse que sim. Eu disse que também o amava e sabia que ele tinha medo de ficar sozinho e afirmei que faria qualquer coisa para provar a ele que eu nunca o abandonaria. E disse que daria um jeito de mostrar que eu não estava falando por falar. E eu realmente não estava." Paul se interrompeu e enxugou os olhos com as mãos. Estacou e olhou para Helen.

"O que você fez?", indagou ela.

Ambos se sentaram na areia dura sob o penhasco de Cush e ficaram contemplando o suave quebrar das ondas, a névoa que cobria o horizonte, o céu pálido.

"Fiz duas coisas. Trouxe-o para cá e o apresentei novamente à minha família, inclusive aos meus irmãos, dizendo-lhes que o François era meu companheiro e namorado. Até então, só a minha irmã sabia que eu era gay e foi uma situação muito difícil e comovente. No final tudo ficou bem, principalmente graças ao meu pai, por incrível que pareça. Essa foi a primeira coisa que eu fiz."

"E a segunda?", quis saber Helen.

"Acho que estou aborrecendo você com essa história. Sou pior que o Larry."

"Não, continue."

"Bom, nós voltamos para Bruxelas e, toda vez que o François falava que eu o deixaria sozinho, eu simplesmente dizia: 'Sou capaz de qualquer coisa para provar a você que isso não é verdade'. Ele ainda não havia voltado a trabalhar e estava bastante deprimido, passava o dia inteiro na cama e andava tomando todo tipo de comprimido, mas eu insistia em dizer para mim mesmo que precisava tentar ajudá-lo. Mandamos ampliar e enquadrar uma foto dos pais dele, escolhemos uma lápide para o túmulo, cuidamos de todas as coisas deles. E o tempo todo eu repetia, como um mantra: 'Sou capaz de qualquer coisa para provar a você que não é verdade. Não vou te abandonar'.

"Nós dois fazíamos parte de um grupo de gays católicos em Bruxelas, um pessoal que se reunia todas as quartas-feiras à noite. O Declan morria de rir quando falávamos sobre isso, ainda mais quando eu mencionava algumas das coisas que eram ditas durante esses encontros. Ele costumava nos chamar de Namorados de Cristo, não entendia como éramos capazes de participar de um negócio desses. Mas o fato é que participávamos e fizemos bons amigos por lá e um dia perguntei a uns dois ou três — coisa que precisei fazer com muita discrição, pois certos membros do grupo tinham verdadeira aversão à Igreja — se eles conheciam algum padre em Bruxelas, ou em outro lugar qualquer, que pudesse nos abençoar. Um deles havia sido padre e disse que conhecia alguém. Prometeu sondá-lo e nos dar uma resposta. Então, algum tempo depois ele veio contar que o padre estava preocupado com a possibilidade de ser envolvido numa jogada para atrair a atenção da mídia e disse que era melhor eu ir conversar com ele e explicar que aquilo não tinha nada a ver com política, que seria uma coisa estritamente privada.

"O tal padre era um velhinho rabugento de barba malfeita, com caspa por todo lado e umas sobrancelhas enormes e cerradas. Morava num casarão caindo aos pedaços, numa parte de Bruxelas em que eu nunca havia estado antes. Me recebeu com um jeito hostil, mas eu sabia que não tinha sido mandado para lá à toa. Entre outras coisas, perguntou há quanto tempo eu não me confessava, e respondi que fazia muitos anos. Perguntou quando havia sido a última vez que eu tinha comungado, e respondi que fazia muito tempo. Então ele esbravejou comigo, disse que eu estava era querendo usar a Igreja. Eu não tinha a menor intenção de me desentender com ele e tratei de ficar na minha. Por fim ele disse que me telefonaria mais tarde e me pôs para fora.

"Duas ou três noites depois, ele ligou dizendo que queria nos ver em nosso apartamento. Veio, sentou-se e ficou olhando para nós. Não sorriu nem uma vez e não fez a menor questão de ser simpático. Perguntou algumas coisas em tom bastante ríspido. Então se levantou e disse que faria aquilo sob três condições: que nos confessássemos longamente antes da cerimônia, que nos comprometêssemos a ir à missa e comungar todos os domingos durante um ano e que não contássemos para ninguém. Dissemos que não podíamos aceitar a terceira condição, teríamos de contar para duas pessoas, mas prometemos que elas não falariam nada para mais ninguém — e, de fato, poucos dias depois havíamos dado a notícia para o Declan e para a minha irmã. Ele resmungou qualquer coisa e foi embora. Telefonou alguns dias mais tarde para nos informar a data e o horário.

"Veio ao nosso apartamento uma segunda vez e disse que tinha algo extremamente importante para nos comunicar. Com muita cautela, explicou que estava inclinado a nos casar, em vez de simplesmente nos abençoar. Ele disse: 'Estou disposto a realizar o sacramento do matrimônio, se é isso mesmo o que vocês querem'. E respondemos que sim, que era exatamente isso o que queríamos, mas não sabíamos que era possível. 'É possível, sim', ele falou, 'mas é um passo muito sério e se vocês estiverem em dúvida, precisam me dizer.' Asseguramos que era aquilo mesmo que gostaríamos de fazer. Passados alguns dias, ele ligou para perguntar se pretendíamos sair em lua-de-mel e dissemos que estávamos realmente pensando nisso. 'Então deixem algumas horas livres para depois da cerimônia', ele disse. A data marcada era um sábado. Reservamos um vôo para Barcelona, que sairia mais tarde naquele dia, e um hotel bem chique, onde passaríamos uma semana. Compramos ternos novos e cortamos nossos cabelos. Só faltavam o fotógrafo, o organista e os convidados. Na manhã da cerimônia, fizemos as malas e tomamos um táxi para a casa do padre. Enquanto esperávamos que alguém atendesse à porta, o François ria sem parar. Era a primeira vez que ele ria assim desde a morte dos pais e eu não conseguia tirar os olhos dele.

"O padre ouviu nossas confissões em separado, depois nos reuniu e tornou a perguntar se tínhamos certeza de que queríamos aquilo. Dissemos que estávamos cem por cento seguros. Ele então nos conduziu a uma capela por uma porta lateral, que em seguida trancou. A igrejinha era decorada com ornamentos dourados e, quando ele acendeu as luzes, ficou tudo suntuoso e reluzente. Ele colocou as vestes sacerdotais, celebrou a missa, nos deu a comunhão e nos casou. Usou a palavra 'esposos', em vez de marido e mulher. Tinha preparado tudo com antecedência. Agiu com muita solenidade e compostura. E sentimos a luz do Espírito Santo incidir sobre nós, ainda que o Declan ache isso a coisa mais absurda que ele já ouviu na vida e imagino que você também pense assim."

"Não penso isso, não, de jeito nenhum", disse Helen.

"Sentíamos que havíamos sido escolhidos para receber uma graça muito especial. Nós três nos ajoelhamos e ficamos rezando por um bom tempo."

"Por que o padre fez isso? Qual era a história dele?"

"Não perguntamos e nunca soubemos. Ele tinha uma empregada tão mal-humorada quanto ele e cuja aparência chegava a ser quase pior que a dele, mas estávamos tão felizes depois da cerimônia que não demos bola para isso. De todo modo, o fato é que ele nos convidou para almoçar e o que se seguiu foi uma verdadeira *Festa de Babette*. Você assistiu?"

"Não", disse ela.

"É um filme em que uma refeição simplesmente divina é servida para as pessoas mais insólitas. E aquela empregada trazia pratos e mais pratos; eram patês, lagostas, camarões, uma porção de coisas recheadas, e também merengues, queijos e vinhos maravilhosos — dos quais o padre havia retirado o rótulo, mas era evidente que deviam ser caríssimos — e champanhe. Nosso padre mal tocou na comida. Permaneceu reclinado na cadeira, as mãos na pança feito um velho Irmão Cristão e um esboço de sorriso no rosto. Comemos tudo o que pudemos. Ele adorava ouvir nossos gemidos de prazer a cada prato que chegava à mesa, embora a empregada que os havia preparado não tenha olhado para nós uma única vez. Quando terminamos, ele ergueu o copo e falou uma coisa extraordinária: 'Bem-vindos à Igreja Católica'. E nós então propusemos um brinde a ele e à empregada, mas ele falou que não devíamos agradecê-los, que era a Jesus Cristo que devíamos render graças. Mas pensamos que não seria apropriado propor um brinde a Jesus Cristo, achávamos que havíamos tirado a sorte grande e não queríamos pôr tudo a perder, de modo que concordamos com a cabeça e, em seguida, fomos para o aeroporto. Mais tarde, no hotel, ao deitarmos na cama, comentei com o François: 'Esta é a nossa primeira noite como marido e mulher'. E ele perguntou quem era o marido e quem era a mulher e eu disse: 'Apague a luz que eu te mostro', e então rolamos de rir e isso foi o início de uma vida nova para nós. Apesar de o François ainda ter seus maus momentos, aquilo marcou uma reviravolta em nossas vidas e hoje somos muito apegados um ao outro. Ele detesta quando estou longe, como agora, mas gosta muito do Declan e compreendeu que eu precisava vir."

Helen e Paul subiram o barranco pelo terreno de Mike Redmond e sentaram-se na borda do penhasco, tendo o mar vasto, calmo e azul debaixo deles.

"Você costumava ver bastante o Declan nessa época?", perguntou Helen.

"Ele não esteve em Bruxelas nos últimos dois anos porque

sabia dos nossos problemas e porque não estava bem, mas antes disso nos visitava com freqüência. Passava finais de semana prolongados conosco e nos fazia ir a bares e clubes com ele. A certa altura da noite nos abandonava e só voltava para casa de madrugada. Quando chegava, estava um trapo. A melhor lembrança que tenho do Declan é de quando ele se instalava no pé da nossa cama de manhã cedo. Parecia um garotinho. Ficava ali, falando, cochilando, brincando com os nossos pés. O François costumava dizer que a gente devia adotá-lo e, para caçoar dele, chegou a comprar um pijama infantil e deixá-lo dobrado em sua cama. O François adorava as visitas do Declan. Era comum o telefone tocar no sábado à tarde com alguém louco para falar com ele, alguém que ele tinha conhecido na sexta à noite — ou na quinta, se houvesse chegado um dia antes —, mas o Declan não dava a mínima para o sujeito. Ele passou em revista todos os nossos amigos do grupo de gays católicos e alguns ficaram completamente caídos por ele — todo mundo se apaixonava pelo Declan —, e então, por um ou dois finais de semana, ele andava para cima e para baixo com eles, mas, na vez seguinte, quando nos reencontrávamos, compreendíamos, por alguma coisa que ele fazia ou dizia, que não pretendia retornar as ligações de fulano ou sicrano, e acabamos chegando à conclusão que era melhor não avisar ninguém das visitas dele. Então a coisa toda recomeçava, ele próprio ria disso. O François costumava dizer que quando ele fosse para a escola e conhecesse as outras criancinhas, tudo ficaria bem, e o Declan adorava que nós lhe déssemos de comer, que cuidássemos dele, que escutássemos suas histórias e que o protegêssemos de seus ex-amantes. Ficava fascinado com o fato de que nunca tivéssemos transado com mais ninguém. Estava sempre mencionando nomes de atores e perguntando se dormiríamos com eles. 'Vamos lá', ele dizia, 'Paul Newman em *O indomável*?', e nós rejeitávamos com a cabeça; 'Marlon Brando em *Um bonde chamado desejo*?', e balançávamos negativamente a cabeça; 'Sidney Poitier em *Adivinhe quem vem para jantar?*' e continuávamos a balançar a cabeça. Então ele se enchia — o Declan ficava cheio com qualquer coisa — e começava a citar nomes como Albert Reynolds, Le Pen, Helmut Kohl."

Ao voltar para casa, Helen e Paul notaram que os carros de Larry e da mãe dela não estavam mais lá. Quando abriram a porta da cozinha, os dois gatos voltaram imediatamente ao seu posto de observação. Não havia ninguém em casa.

"Você acha que o Declan passou mal?", perguntou ela. "Será que precisaram levá-lo para o hospital?"

"Vou descobrir isso num instante", respondeu ele.

Paul entrou no quarto de Declan e abriu a gaveta do criado-mudo.

"Não, os remédios estão todos aqui. Ele não teria ido a lugar nenhum sem eles."

"Talvez tenham ido fazer compras."

Helen aqueceu a sopa que sua avó havia deixado numa panela ao lado do fogão a carvão, fez algumas torradas e preparou o chá. Colocou duas tigelas sobre a mesa e voltou para o fogo.

"Sabe aquele padre de Bruxelas?", perguntou a Paul no momento em que ele se sentava à mesa.

"O que é que tem?"

"Será que o papa sabe alguma coisa a respeito dele?"

Paul semicerrou os olhos e apontou para ela. "Esse é o tipo de coisa que o Declan diria e ele usaria exatamente o mesmo tom de voz, atirando a pedra e escondendo a mão."

"Foi só uma pergunta."

"E eu não vou aturar isso de mais um membro da sua família. Já estou arrependido de ter contado toda essa história para você. Não dá para acreditar que seja permitido a pessoas como você criar filhos", disse Paul com um sorriso amuado.

"Ah, não, Paul, por favor, me desculpe."

"Foi por isso que saí deste país, por causa de comentários como esse. Os franceses, e mesmo os belgas, nunca falam assim."

"Você é realmente um rapaz sensível."

"Pronto, lá vem você de novo."

"Agora, falando sério, imagine só se isso chega aos ouvidos do papa."

"Não estou escutando", disse Paul tampando os ouvidos com os dedos.

Algum tempo depois eles levaram duas espreguiçadeiras para um ponto em frente à casa onde ainda batia sol. Viam-se nuvens leitosas no céu e estava bem mais quente que nos dias anteriores.

"Este lugar é bonito", disse ele.

"Acho que sim", volveu ela, "para quem é de fora talvez seja. Mas eu só guardo más lembranças daqui."

"Você nunca se deu com a sua mãe e a sua avó?"

"Eu me dava bem com elas quando era criança e não tinha outra escolha."

"Quando foi o primeiro desentendimento?"

"Faz muitos anos."

"E qual foi o motivo?"

"Às vezes tenho a impressão de que não sei ao certo."

"Mas quando começaram as brigas?"

"Esta casa não lembra muito uma pousada", disse Helen, "mas antigamente os meus avós se mudavam para aquele barracão ali, onde havia dois quartos. E, como você sabe, além dos dois quartos de baixo, há três quartos e um quartinho no andar de cima.

Em cada um deles se instalava uma família, isto aqui ficava um caos, e era preciso servir refeições para eles de manhã, ao meio-dia e à noite. No verão do meu último ano no colégio trabalhei aqui durante um mês. Minha avó me pagava um salário, minha mãe e o Declan vinham aos domingos e tudo correu bem. Então concordei em vir trabalhar também no verão do ano seguinte, antes de ir para a faculdade. Acontece que, àquela altura, o meu avô já tinha morrido e a minha avó parecia outra pessoa. Assim que cheguei, ela cruzou os braços e se pôs a me dar ordens. Eu tinha de fazer tudo e ela não tirava os olhos de mim. Uma noite fui até Blackwater e me esqueci de arrumar a mesa para o café-da-manhã e, quando voltei, lá estava ela, esperando por mim com um sermão na ponta da língua, me acusando de não ter a menor consideração por ela. Sei que a morte do meu avô ainda era recente, mas ela não precisava ter agido daquele jeito. Eu não via a hora de o verão terminar e, quando terminou, eu estava exausta.

"Desde o momento em que pus os pés na UCD,* me apaixonei pela vida universitária. Conheci o Hugh no primeiro semestre e começamos a sair juntos. Foi maravilhoso, embora tivéssemos problemas, já que as moças católicas de Enniscorthy só topavam dormir com os rapazes de Donegal depois de muita conversa. O Hugh e uma turma de Donegal estavam planejando ir para os Estados Unidos no verão do ano seguinte e já tinham trabalho garantido por lá. Ele me convidou para ir com eles e eu disse que iria. Para o seu governo, Paul, àquela altura eu já estava tomando pílula. Nos feriados da Páscoa, quando contei a minha mãe sobre a viagem, ela ficou histérica e me perguntou como é que a minha avó faria sem mim. 'Ela ainda tem alguns meses para encontrar outra pessoa', eu disse. 'E quem seria essa pessoa?', ela perguntou. 'Seja quem for, tem que ser alguém bem idiota para agüentar o

* University College of Dublin. (N. T.)

gênio dela', eu disse. Você pode imaginar a gritaria e o berreiro, fora a torrente de cartas que me seguiu até Dublin para o caso de eu não ter compreendido bem a questão. Ela não ameaçou me impedir de ir e coisas desse tipo, mas ficou me atazanando com a história do meu pai e do meu avô, dizendo que agora que elas estavam sozinhas — ela e minha avó — e precisavam do amparo dos seus, tinham de enfrentar os insultos e o pouco-caso de uma das pessoas que mais amavam. Foi uma coisa doentia. E eu me rendi. Disse para o Hugh que não poderia ir e, quando cheguei aqui, essa bruxa velha não falava comigo. E o lugar abarrotado de hóspedes. Quando eu fazia uma pergunta, por mais simples que fosse, ela me ignorava. E no primeiro mês, a única comida que ela comprou foi pernil, que eu servia cozido, com batatas e repolho ao meio-dia de um mês de julho sufocante; e frio, com meio tomate e algumas folhas de alface, às seis da tarde. Os hóspedes — dentre os quais havia algumas das mais baixas formas de vida — costumavam gemer quando eu aparecia com a comida.

"Minha avó e eu começamos a deixar listas na mesa da cozinha a fim de alertar uma à outra de que estávamos sem ovos ou que não havia mais papel higiênico e coisas assim. Um dia, faltando cerca de uma semana para a temporada acabar, ela deixou uma barra de chocolate em cima do meu travesseiro. Era o sinal de que a guerra fria estava no fim. Nos últimos dias ela já me dirigia algumas palavras civilizadas. E o pior é que no ano seguinte vim de novo para cá.

"Pouco tempo depois de retornar à UCD, no fim daquele primeiro verão, eu estava descendo as escadas da cantina quando dei com o Hugh ali, sentado com um grupo de pessoas. Ele desviou o olhar e fingiu não me ver. Eu pensava que ele ao menos acenaria e viria falar comigo, e que tomaríamos um café juntos, embora ele só tivesse me mandado um único cartão-postal durante todo o verão. Todos os amigos dele tinham ido para os Estados Unidos.

Agora estavam com dinheiro no bolso e cheios de confiança, eram figuras que se destacavam no campus, ao passo que a cagona aqui enfiara o rabo entre as pernas diante da avó, não tinha roupas novas, estava de volta ao Loreto Hall, que era administrado por freiras, perdera o namorado e só tornaria a sair com ele três ou quatro anos mais tarde, embora houvesse se acostumado a lhe dirigir acenos discretos a caminho da biblioteca. Ele estava sempre indo para algum lugar. Eu mergulhei nos estudos."

"E você disse que voltou para cá no ano seguinte?", indagou Paul.

"Eu sabia que seria a última vez, porque no outono do outro ano eu faria os meus exames finais, mas isso não tornou as coisas mais fáceis, nem melhores. Nesse verão ela conversava comigo, claro, e se fizesse algo que me irritasse, eu falava com ela no mesmo tom muito claro e razoável que uso agora com os professores, e para ela era quase impossível lidar com isso."

"Posso imaginar, devia ser mesmo muito assustador", disse Paul, e os dois riram.

"Desperdicei uma grande chance. Eu teria adorado passar aqueles dois verões nos Estados Unidos, e não ganhei nada ficando aqui, exceto esse rancor horrível contra as duas, minha avó e minha mãe. Porém isso significou que, na vez seguinte, eu estava pronta para elas."

"E que vez seguinte foi essa?"

"Fiz o estágio de conclusão de curso na Christian Brothers School da Synge Street e os irmãos me ofereceram um emprego, que eu aceitei. Também tinha feito um curso de ensino de inglês para estrangeiros e arrumei um bico para dar aulas para estudantes espanhóis no verão. Dei a notícia com bastante antecedência para a minha mãe e para a minha avó — não sobre a história do emprego de tempo integral, só falei sobre as aulas que eu daria no verão. Assim, eu estava em Dublin, tinha dinheiro, trabalhava de manhã e alugava um quarto imundo, que eu amava, no último andar de um prédio na Baggot Street, com vista para a Pigeonhouse. Tenho boas lembranças desse verão, da liberdade em que eu vivia. Aquela área mudou bastante, mas até certa hora da noite você podia ir ao Pembroke, ou ao Doheny & Nesbitt's ou ao Toner's e ninguém te incomodava. Sabia que a minha mãe e a minha avó pensavam que eu iria voltar para casa para lecionar, e eu não ia, só que não tinha contado para elas.

"No início do ano minha mãe havia me dito que iria se informar sobre a existência de vagas em escolas de Wexford e em outros lugares das redondezas, inclusive Enniscorthy. Lembro que tomei muito cuidado para não dizer nada sobre os meus planos. Não queria ter uma discussão com ela naquela altura dos acontecimentos. Em nenhum momento falei sobre o emprego na Synge Street. Então, em julho, recebi uma carta em que ela dizia que tinha boas notícias, já havia acertado tudo e a madre Teresa me aguardava ansiosamente em setembro. Eu ainda teria de ir lá fazer uma entrevista formal, mas isso não seria problema."

"Como é que alguém pode distribuir empregos desse jeito?", perguntou Paul.

"Quando se é diretora de uma escola religiosa, a pessoa pode fazer o que bem entender. Então eu escrevi de volta e contei que já tinha um emprego, obrigada. E no dia seguinte as duas apareceram em Dublin. Quando cheguei do trabalho, encontrei-as esperando no carro em frente à porta do meu prédio; estavam ambas lívidas. Eu vinha andando tranqüilamente pela Baggot Street, desfrutando de um belo dia de verão, e de repente dou com aquelas duas loucas sentadas no carro, ocupando o disputadíssimo espaço de estacionamento. Não quiseram entrar. Me levaram para o Shelbourne Hotel e no caminho notei como elas haviam se empetecado para a ocasião. Me fizeram sentar e, nas palavras delas, tentaram enfiar algum juízo na minha cabeça.

Tendo passado dois verões numa labuta insana, eu estava pronta para enfrentá-las. Foi um tal de madre Teresa isso, madre Teresa aquilo. 'Não preciso de emprego', eu disse, 'já tenho um.' Minha avó retrucou: 'Você já ficou tempo demais em Dublin. Está formada e vai voltar para casa, como o seu pai e a sua mãe fizeram. Deus sabe o quanto a sua mãe merece descansar um pouco'. Compreendi então que o plano era que eu me matasse de trabalhar pela minha mãe, do mesmo jeito que tinha feito pela minha avó, talvez até revezando entre as duas. Elas haviam trazido um bloco de papel de carta e envelopes, queriam que eu escrevesse para a Synge Street, recusando o emprego, e para a madre Teresa, dizendo que estaria disponível para realizar a entrevista na data que melhor conviesse a ela.

"Eu disse às duas que não ia escrever carta nenhuma. Elas remexiam as xícaras de chá, pediam mais sanduíches, pareciam duas madames de nariz empinado. 'Vai ser bem melhor para você estar perto da sua família', minha avó disse. 'Eu quero é que vocês parem de ficar me dando ordens', eu falei para elas. 'Ninguém aqui está te dando ordens', minha mãe disse. 'Somos pessoas muito ocupadas e nos demos o trabalho de vir até aqui só para tentar enfiar algum juízo na sua cabeça.' Você precisava ouvir as duas, e tudo o que elas queriam, claro, era me ter debaixo das asas delas, para que eu pudesse levá-las de lá para cá, servir de garota de recados, cozinhar para elas. E onde é que andava o Declan esse tempo todo? Eram as primeiras férias de verão dele após o primeiro ano na faculdade de farmácia, e o que é que ele andava fazendo? Por acaso estava esfregando o chão da espelunca que a avó dele chamava de pousada? Não, senhor. Tinha arrumado um trabalho na bilheteria de um cinema na Leicester Square, em Londres, e estava, como ele pode contar melhor do que eu, se divertindo como nunca."

"É, eu conheço essa história", disse Paul.

"As duas disseram que não iriam me deixar jogar fora uma oportunidade como aquela. Escutei mais um pouco e então peguei a minha bolsa e o meu cardigã, e fui ao banheiro. Depois saí para a rua, comprei um jornal inglês e fui até o Sinnott's, na South King Street, onde me sentei num reservado, pedi um refrigerante de laranja e fiquei lendo o meu jornal. A certa altura elas devem ter voltado para casa. E foi assim que terminou."

"E quando foi que as viu novamente?", indagou Paul.

"Na verdade, desde então não as vi mais", respondeu Helen.

"Nem uma vez?"

"Nos encontramos no Natal do mesmo ano, mas só porque o Declan ligou para mim e me implorou para vir com ele. A recepção foi bem gelada. Quase cuspi quando elas tentaram dissuadir o Declan de me ajudar a lavar a louça. E vim também no Natal do ano seguinte. Me habituei a não conviver com as duas e descobri que na ausência delas eu me sentia muito mais feliz, e passei a me interessar pela minha própria felicidade.

"Não contei que ia casar e tampouco avisei quando os meninos nasceram. As pessoas da família do Hugh são loucas por casamentos e não acreditaram quando souberam que não haveria uma cerimônia. Nos casamos discretamente num cartório em Dublin, depois houve uma grande festa em Donegal."

"Por que você não quis que elas fossem ao seu casamento?"

"Eu odiaria que elas estivessem lá para olhar para mim. Só isso. Contei para o Declan e ele contou para elas. Falei para ele quando fiquei grávida e suponho que ele as tenha avisado disso também. Mas o fato é que a minha mãe não conhece o Hugh e os meninos."

"E há quanto tempo vocês são casados?"

"Sete anos."

"Eu sabia que fazia bastante tempo. Sete anos sem ver as pessoas próximas da gente é bastante tempo. Mas não aconteceu alguma coisa no verão do ano passado?"

"O Declan organizou uma grande reconciliação. Eu vim para passar uma noite aqui com o Hugh e os meninos, e a minha mãe ficou de vir de Wexford, mas acabou não aparecendo. Minha avó passou o tempo todo se desculpando por ela. E acho que devem tê-la recriminado tanto que ela por fim me ligou e nós duas nos encontramos num sábado em Dublin, na Brown Thomas. Chique, não? E ela ainda me comprou o casaco mais caro da loja. Também comprou presentes para os meninos e eles escreveram cartas de agradecimento para ela. E o plano era que viéssemos todos para cá no fim deste verão para uma reprise do ano passado, com a diferença de que desta vez ela também viria."

"Quer dizer que as coisas estão nesse pé há dez anos e tudo por causa daquela briga no Shelbourne?", indagou Paul.

"Isso mesmo", respondeu Helen em tom severo.

"Nunca passou pela sua cabeça que elas queriam que você voltasse para casa porque te amavam?"

"Não, nunca. Não era por isso que elas queriam que eu voltasse."

"Alguma vez você pensou que a sua mãe talvez tenha ficado preocupada com a idéia de você ir para os Estados Unidos com pessoas que ela não conhecia?"

"De que lado você está?"

"Não consigo entender por que você não quis que elas fossem ao seu casamento e não compreendo por que ficou tanto tempo sem vê-las. O que você me contou não é razão para isso."

"A razão do meu rancor contra elas é o que acabo de contar."

Ouviram o barulho de um carro na estrada. Helen consultou o relógio e viu que eram quase cinco da tarde. Larry e a sra. Devereux sorriram e acenaram ao entrar com o carro no pátio da frente, mas Paul não havia terminado.

"Elas só tentaram arrumar um emprego para você", prosseguiu ele. "Se você me dissesse que se afastou um pouco durante um ou dois anos, até daria para entender. Mas dez anos! E impedir os seus filhos de conhecer a avó e a bisavó! Uau, deve haver alguma coisa entre vocês três, alguma coisa..."

Paul se interrompeu quando viu Larry diante deles. A sra. Devereux estava tirando uma sacola do carro.

"Não sei do que ele está falando", disse Larry, "mas esse ar pedante eu conheço. Ele sempre fica com essa cara gozada quando dá uma de sabichão. Percebi isso lá do portão e, se eu fosse você, Helen, fugiria enquanto é tempo. Eu o distraio e você sai correndo. Sei de gente que foi parar no hospício só de ouvir a conversa-fiada desse cara. Olhe só o queixo de fariseu que ele tem. Meu Deus, que sorte a sua nós termos chegado a tempo!"

"Uma das coisas que me fizeram ir embora da Irlanda", disse Paul levantando-se, "foi essa estupidez ferina, sarcástica e barata."

Em seguida caminhou até o carro para ajudar a sra. Devereux a levar as compras para dentro de casa.

"Desculpe", disse Larry. "Não sei por quê, mas senti que precisava dizer isso. Foi mais forte do que eu."

"Onde vocês estavam?", indagou Helen.

"Demos um pulo em Wexford, olhamos alguns banheiros e, como todo bom casal, fomos parar no supermercado. Por falar nisso, o que é que ele estava dizendo para você?"

"Estava falando sobre o rancor e suas razões."

"Ah, ele é bom nisso. Sua mãe foi para Wexford?"

"Saiu com o Declan, mas não sei para onde eles foram. Pensamos que talvez vocês estivessem juntos."

"Não, eles estavam aqui quando saímos."

Helen tomou uma xícara de café forte na cozinha enquanto os outros moviam-se a esmo pelo aposento. Notou que Paul olhava para ela e desejou, mais do que em qualquer outro momento dos dias anteriores, ver-se livre de suas interrogações e ir para bem longe daquela casa. Sentia-se desconfortável com o que havia acontecido entre eles: Paul lhe contara a verdade sobre si mesmo, e, quando chegara a sua vez, ela fora evasiva. Agora havia algo que ela precisava colocar em palavras, algo que precisava ouvir de sua própria boca. Serviu-se de mais uma xícara de café e, quando Paul saiu da cozinha, foi atrás dele. Seu coração estava aos pulos. Deteve-o no pé da escada e disse: "Preciso falar com você". Com um gesto, pediu-lhe que a acompanhasse e se dirigiu ao quarto dos fundos. Assim que entraram, ela fechou a porta e sentou-se na cama. Paul permaneceu em pé junto à janela.

"Você me perguntou sobre a minha mãe e a minha avó e eu contei algumas coisas, mas deixei outras de fora, porque são mais difíceis de explicar. Me senti mal com isso, você foi tão aberto e franco comigo, e pensei que devia fazer uma nova tentativa."

"Eu sabia que devia haver outra coisa. Espero que não tenha ficado ofendida por eu ter dito isso."

"Não, não fiquei." Ela tomou seu café e começou.

"Há uns sete ou oito anos, eu trabalhava como orientadora vocacional num colégio novo na zona oeste de Dublin, e também era responsável pela comunicação entre a escola e os pais dos alunos. Havia uma garota, uma aluna, que costumava se cortar. Tinha cerca de quinze anos. Fazia cortes no corpo em lugares que as outras pessoas não podiam ver. Uma amiga dela me procurou e me contou. Fui falar com a garota e, depois de muito choro e muita resistência, ela disse que era verdade. Precisei cuidar do caso, embora não tivesse nenhuma experiência. Conversei com os pais dela, mas não adiantou nada. Havia uma atmosfera estranha na casa quando fui visitá-los. Era uma situação inusitada para a boa moça de classe média que eu era, havia um silêncio e um medo misturados com pobreza e uma espécie de desprezo por pessoas como eu. E a própria garota era um enigma. Os professores diziam que era uma aluna brilhante e, nas entrevistas que fiz com ela, também a achei muito equilibrada e inteligente.

"A única coisa que ela se recusava a fazer era falar sobre o que estava fazendo consigo mesma. Senti que ela precisava de mais ajuda e entrei em contato com um psiquiatra do sistema público de saúde. Pensei que talvez ela melhorasse se conversássemos e a fizéssemos perceber que tinha de parar antes que aquilo fosse longe demais. Sei que isso parece tolice. Na época os meus conhecimentos eram limitados e aprendi muito com o psiquiatra, um cinqüentão barbudo que estava sempre descalço. Ele disse que a ajuda levaria tempo para surtir efeito, pois estávamos lidando com algo fundamental, algo que não viria à tona facilmente.

"Eu levava a garota para as sessões e a trazia de volta, e falava com ela sobre o que estava acontecendo, e conversava com o psiquiatra. E isso tudo me fez refletir sobre mim mesma, sobre o porquê de eu não querer me reconciliar com a minha mãe e a minha avó, sobre o fato de eu ter repudiado e deixado apodrecer partes minhas que estavam esfaceladas. Quando o meu pai morreu, metade do meu mundo veio abaixo, mas eu não tinha consciência disso. Era como se metade do meu rosto houvesse ido pelos ares e eu continuasse a falar e a sorrir, imaginando que aquilo não tinha acontecido, ou que ele iria se recompor por conta própria. Quando o meu pai morreu, eu me senti abandonada por minha mãe e minha avó. Sei que elas tinham seus próprios problemas e que talvez não houvesse nada que pudessem fazer para me ajudar, é possível até que o estrago já estivesse feito, mas o fato é que elas não estavam lá para me amparar e consolar. E essas duas mulheres são as partes que eu tratei de enterrar em mim, é isso que elas são para mim, tanto uma como a outra, e é por isso que ainda hoje insisto em manter distância delas."

Helen falava com azedume, em voz baixa. Sua mão tremia.

"Por sempre ter estado na iminência de me privar do seu

amor, minha mãe me ensinou a jamais confiar no amor de ninguém. E eu passei a associar o amor à perda. E a única maneira que encontrei para conseguir viver com o Hugh e criar os meus filhos foi manter minha mãe e minha avó longe de mim.

"Eu sabia que isso não estava certo, sabia que não podia deixar as coisas eternamente desse jeito, mas não tinha coragem de enfrentar as duas, nem sequer ousava me encontrar com elas. E agora estamos todos aqui e, se você prestar atenção, verá como elas tentam me puxar de volta. Ou seja, o que há entre mim e elas não tem a ver com a maneira como passei as minhas férias de verão quando estava na faculdade, nem com o emprego que arrumei ao me formar.

"Só estou contando isso porque você pediu. Mas não quero que tente me ajudar e dispenso a sua compaixão, porque isso é o que o Declan precisa de todos nós. Outras pessoas, no meu lugar, teriam posto panos quentes nessa história, mas eu não. Temos que aturar essas duas e ser educadas com elas porque o Declan está aqui. E por isso é melhor a gente voltar para a cozinha e ver se ele já chegou."

Quando terminou de falar, Helen estava pálida. Paul abraçou-a e a manteve junto de si até ela se acalmar.

"Fico dividida entre o desejo de me reconciliar com elas e a vontade de fugir delas", disse Helen. "Mas, na verdade, o que eu realmente gostaria de fazer, se é que você quer ouvir isso...". Ela sorriu.

"Quero, sim", disse ele em tom pesaroso.

"O que eu gostaria de fazer era pegar um carro e passar por cima da minha mãe, é isso o que eu realmente gostaria de fazer." Ela deu uma risada amarga e abriu a porta.

Declan e sua mãe chegaram por volta das oito da noite. Da janela da sala de jantar, Helen pôde vê-la ajudando-o a descer do carro. Ela e Paul foram até a porta da frente.

"Ele precisa ir ao banheiro", disse a mãe de Helen.

"Algum problema?", perguntou Paul.

"Só quando estávamos voltando. Ele passou mal e vomitou no carro."

"Pode deixar que eu limpo", disse Paul.

"Desculpe por isso, Paul", lamentou-se Declan, que já subia a escada para ir ao banheiro.

"Foi um dia muito triste, Helen", disse sua mãe. "Ficamos conversando sobre a minha casa e o meu jardim, e isso era algo que eu sempre havia desejado, que ele viesse me visitar nos finais de semana e se interessasse pelo lugar. Ele só havia estado lá uma vez antes. Mas hoje viu tudo e foi muito gentil. Depois o levei até a minha empresa. Ele não tinha visto o prédio depois da reforma e eu precisava deixar algumas instruções para a semana que vem."

Declan gritou do alto da escada, queria uma cueca e roupas limpas. Lily foi buscá-las e Helen ficou ali, atônita, quase chocada com o tom que sua mãe usara para falar com ela, um tom que desde o primeiro instante parecera confidente e íntimo. Foi como experimentar o sabor de uma coisa que ela não provava desde a infância, ou como aspirar o aroma de algo que não encontrava havia vinte anos. E a sensação era a um só tempo inquietante e reconfortante.

Na cozinha, sua avó estava sentada à janela, com os dois gatos no colo, olhando para fora. Eles saltaram para o chão e treparam no aparador assim que Helen entrou, embora Larry já estivesse lá havia um bom tempo.

"Algumas pessoas gostam de gatos e os gatos gostam de algumas pessoas, mas nem sempre essas pessoas são as mesmas", disse a avó.

"Quer dizer que a senhora fez compras em Wexford?", indagou Helen.

"Ah, comprei uma porção de coisas fresquinhas, pão fresco,

ovos frescos, peixe fresco, carne fresca. E é tudo do supermercado. 'Até parece', eu disse para o Larry quando estávamos voltando, 'que a gente vive numa fazenda à beira-mar'."

Paul apareceu no vão da porta. "O Declan quer dar uma volta em Ballyconnigar. Ele acha que, andando um pouco, a sensação de enjôo que sentiu no carro talvez passe. A mãe dele vai com a gente."

Larry e Helen disseram que também iriam.

"Avisem que eu vou ficar", disse a sra. Devereux, "e perguntem se eles querem salmão ou costeleta de porco para o jantar. Contem como está tudo fresquinho."

Declan disse que não achava que fosse comer muito, mas que preferia o salmão. A velha foi até a porta da frente e os observou entrar nos carros — Declan, Helen e sua mãe no carro de Declan, Larry e Paul no carro de Larry. Acenou para eles enquanto manobravam no pátio.

"Helen", disse a mãe no banco de trás, "gostaria que você falasse com a sua avó e a convencesse de que ela precisa tomar mais cuidado consigo mesma. Nem que seja instalando um telefone decente, qualquer coisinha já seria um grande avanço."

"O meu marido diz que nunca viu gente mais cabeça-dura que as mulheres da nossa família", retrucou Helen.

"Mas ele nem nos conhece", disse a mãe.

"Contei a ele sobre vocês."

Subitamente, Helen ergueu a cabeça e divisou o rosto da mãe no espelho retrovisor: seus olhos pareciam dilatados, indefesos, vulneráveis, e fitavam-na com uma expressão aflita. Por um segundo sentiu-se tentada a diminuir a velocidade e virar para trás para ver se era o espelho que deixava os olhos de sua mãe assim ou se eles teriam o mesmo aspecto se vistos diretamente. Quando tornou a olhar o retrovisor, a mãe tinha baixado os olhos.

Pararam no estacionamento do Keatings, em Ballyconnigar.

Larry e Paul ocuparam a vaga atrás da deles. Desceram dos carros, atravessaram a pequena ponte de madeira e andaram em sentido sul sob a luz esmaecida do crepúsculo. O farol de Tuskar já estava aceso e eles interromperam a caminhada para observar o raio de luz varrendo o espaço em sua direção.

"Antigamente havia dois faróis aqui", disse a mãe de Helen. "Não sei por que precisavam do outro, mas a navegação no mar da Irlanda devia ser intensa e talvez houvesse alguns lugares perigosos. Ficava bem ali, não, um pouco mais para o norte, no sentido de Cush e da casa da sua avó. Lembra-se dele, Helen?"

"Lembro, sim, mamãe, mas só de quando éramos crianças."

"A Irish Lights o desativou. Não sei bem em que ano foi isso", disse a mãe.

"Como era o nome desse farol?", indagou Paul.

"Chamavam-no de a barca-farol de Blackwater. Tinha um facho mais fraco do que o de Tuskar. Acho que o de Tuskar foi feito para durar, por isso o construíram na rocha. De todo modo, eu gostava que houvesse dois. Suponho que tenham aperfeiçoado a tecnologia e talvez o tráfego marítimo já não seja tão vigoroso. A barca-farol de Blackwater. Eu pensava que ela nunca sairia de lá."

A passos vagarosos, caminharam na direção de Ballyvaloo. Helen deixou-se ficar para trás com a mãe. Os outros três seguiam à frente, Larry e Paul com Declan entre eles, protegendo-o discretamente. Helen reparou que o raio do farol não luzia no momento em que, segundo seus cálculos, deveria luzir. Toda vez esperava que ele viesse cedo demais.

"Quando eu era menina e vivia na casa da sua avó", disse a mãe de Helen, "costumava ficar na cama, imaginando que o farol de Tuskar era um homem e a barca-farol de Blackwater uma mulher, e pensava que eles enviavam sinais um para o outro e para outros faróis, como chamados de acasalamento. Ele era enérgico e forte. Ela era mais fraca porém mais constante e, às vezes, começava a brilhar antes do cair da noite. Eu pensava que eles chamavam um ao outro, e era muito agradável imaginá-los assim, ele forte e ela fiel. Dá para acreditar, Helen, uma garotinha deitada na cama pensando essas coisas? E no fim das contas nada disso era verdade. Sabe, eu achava que o seu pai fosse viver para sempre. E acabei aprendendo as coisas de um jeito muito duro." Helen baixou os olhos e viu que sua mãe tinha os punhos cerrados. "Se houvesse um meio de eu me encontrar com o seu pai agora, se ele aparecesse aqui, por um minuto que fosse, nem que o deixassem apenas passar por nós na praia, aqui, agora, nesse anoitecer, mesmo que ele não pudesse falar, que só ficasse olhando para nós, mas que pelo menos soubesse, ou visse, ou desse a entender com um brilho nos olhos que percebe a provação por que estamos passando. Ah, que coisa mais mórbida, Helen! Não ligue para mim, mas é isso que me vem à cabeça quando olho para o farol de Tuskar.

"É melhor voltarmos para casa", prosseguiu ela, "tenho certeza de que todos estão com fome. Tivemos um dia muito cansativo, eu e o Declan, e imagino que vocês também."

Os cinco deram meia-volta e caminharam em direção ao riacho que todos os anos alterava seu curso pela areia. Àquela altura não se via mais ninguém por ali, já era muito tarde para nadar ou andar pela praia, e no estacionamento só havia os carros de Declan e Larry. Helen foi pega de surpresa quando o irmão entrou no carro de seus amigos e a deixou sozinha com Lily. Ele provavelmente conversara com sua mãe sobre ela, pensou Helen, devia estar tentando promover uma reaproximação entre as duas. Estavam juntas agora e era constrangedor. Ela deu a partida no carro e aguardou que Larry fizesse o mesmo. Seguiu em baixa velocidade atrás dele, os faróis acesos, e eles retornaram a Cush em meio ao cair da noite.

Tão logo pôs os pés em casa, Helen foi tomada por uma inquietação que a fez se indagar se não seria capaz de arrumar uma desculpa para voltar imediatamente a Dublin. Era impossível resistir à ternura que a mãe lhe dirigia. Sentia que ela estava apenas aguardando o momento de aproximar-se novamente com aquela voz apaziguadora e aquele tom de intimidade despreocupada. Não podia suportar isso. Pegou as chaves do carro de Declan e saiu furtivamente rumo a Blackwater.

Discou o número de Hugh na cabine telefônica do vilarejo. Quando a mãe dele atendeu, Helen pediu para falar com o marido num tom tão urgente que ela o chamou imediatamente e nem ao menos tentou puxar conversa.

"Está tudo bem?", indagou Hugh.

"Não, não está. Não vejo a hora de ir embora daqui."

"E o Declan?"

"Continua na mesma."

"Os meninos já foram dormir."

"Que loucura a minha não ter ido com vocês. Não vou mais fazer isso. Acho que nunca mais conseguirei ficar longe deles desse jeito."

"É só por alguns dias, Helen."

"Como é que você sabe se eles estão mesmo bem?"

"É claro que eu sei", retorquiu Hugh. "Eles estão bem, sim. Estão de férias. E sabem que verão você em breve."

"Quando o meu pai ficou doente, todo mundo achava que não haveria problema nenhum em ficarmos aqui."

"Mas isso é completamente diferente", argumentou Hugh. "Eu sou o pai deles e estou aqui com eles. Você fala como se eu não existisse. Estou o tempo todo de olho neles."

Helen escutou e não disse nada.

"O que você precisa fazer", prosseguiu Hugh, "é imaginar como teria sido se naquele tempo o seu pai tivesse ficado aí com vocês. E, quando falar com os meninos, não deixe que percebam que você está aflita, do contrário vai passar isso para eles. Até agora eles só têm pensado em se divertir. E se houver algum problema, eu aviso."

"Acho que talvez eu esteja preocupada comigo mesma. E talvez esteja com medo de dizer isso para você."

"Eu estou aqui e, quando quiser, vou na mesma hora me encontrar com você, nem que seja por um dia."

"O pior é que a minha mãe agora deu para ficar toda carinhosa comigo."

"Isso parece ser uma boa notícia."

"Pare de dizer que tudo parece bom."

"O que você pretende fazer? Vai ficar aí?"

"Vou esperar mais um dia", disse ela. "Ligo de novo amanhã cedo. É bom falar com você."

7.

Nessa noite, antes de se deitar, Declan pediu que colocassem mais uma cama em seu quarto. Larry e Paul encontraram uma cama dobrável no andar de cima, que desarmaram, levaram para baixo e instalaram ao lado da cama dele. Helen entrou no quarto, sentou-se numa cadeira e ficou observando a arrumação da cama.

"Quer que eu durma aqui com você?", perguntou a Declan.

"Talvez. Não sei. Às vezes eu acordo e não é fácil."

"É só me chamar. Estou no quarto ao lado."

"Se eu chamar vou acordar todo mundo, ou é capaz de você pensar que estou com algum problema."

"Não se preocupe. Se precisar de companhia, me chame. O Cathal e o Manus vivem me acordando de noite."

"Eles nunca chamam o pai?"

"Às vezes chamam", disse ela sorrindo, "mas o pai deles costuma dormir como uma pedra."

"Bom, esta noite vou tomar um Xanax, então acho que vou ficar bem. Se eu tiver algum problema, Paul ou Larry podem dormir aqui."

"A mamãe não está sufocando você com tanta atenção?"

"As coisas não estão fáceis para ela. Ela ficou enciumada de eu não querer ir para Wexford. Me levou até lá hoje para mostrar o quarto em que eu dormiria e como ela faria para acomodar os meus amigos. Não tocou no seu nome. Mas não demora muito, arranja um lugar para você também. Tenho uma palavra nova para ela, um termo que tomei emprestado do Paul."

"Qual é?"

"'Carente'. Ela está carente e nunca foi assim antes. Quer dizer, acho que ela se tornou uma pessoa carente nos últimos anos."

"Quando estávamos andando na praia", disse Helen, "ela parecia diferente, estava mais meiga, meio triste, e agora tenho a impressão de que ela quer me abraçar, e só de pensar nisso eu me encolho toda. Mas com o Paul e o Larry ela tem sido horrorosa."

"É, eles estão bestas com ela. Mas a vovó até que compensa as grosserias dela, não é mesmo?"

"A vovó tem sido um charme só."

Larry acordou Helen no meio da noite para dizer que Declan precisava de companhia. Por alguns segundos ela teve a impressão de recuar vinte anos no tempo: viu-se pular da cama e correr para o quarto dele. Apesar de momentânea, a sensação pareceu real, quase perfeita. Admirou-se de ter se abalado tão pouco com a lembrança, de como a associação lhe pareceu natural.

Vestiu um pulôver e foi sentar-se ao lado da cama de Declan.

"Agora parece que acordei a casa inteira", disse ele. "O efeito do Xanax passou e não adianta tomar mais um."

Até então, Larry estivera dormindo na cama dobrável. Agora ele e Declan estavam em suas respectivas camas, ambos com as mãos atrás da cabeça, ao passo que Helen se achava sentada na beira do leito do irmão. Ouviam o rugido do mar ao longe e as frágeis asas das mariposas batendo contra o vidro da janela, porém mantinham-se em silêncio. Helen sentia-se cansada e tentou imaginar qual seria a reação deles se ela dissesse que gostaria de voltar a dormir.

"Eu queria muito ter uma casa para onde eu pudesse ir", disse Declan. "Sabem como é, uma casa que fosse realmente minha. Um lugar claro e limpo."

"Mesmo que fosse um apartamento?", indagou Helen.

"Mesmo um apartamento", volveu Declan.

"Que tal se a gente procurasse um na semana que vem?", perguntou Helen.

"Não, estou falando de um lugar que fosse realmente meu, que eu mesmo tivesse pintado e mobiliado."

"Mas a gente faz isso", disse Helen. "Pintamos e mobiliamos, e vai ficar tudo muito claro e limpo."

"Pode ser", disse Declan. "O que acha, Larry?"

"Eu topo."

Helen foi preparar um chá na cozinha, onde foi abordada por Lily, que queria saber se Declan estava passando bem. Helen ofereceu-lhe uma xícara de chá e disse que o irmão estava quase pegando no sono e que seria melhor não o incomodar. Depois de tomar seu chá, Helen sentiu-se ainda mais sonolenta.

"Vou deitar um pouco", disse para Declan. "Me acorde se precisar de mim. E se você se animar com a idéia, estou pronta para ir a Dublin alugar um apartamento para você. Deixe tudo comigo, eu arrumo os móveis e cuido da decoração. Acho que você devia pensar nisso."

Helen só acordou às nove horas da manhã seguinte. Desejou que houvesse uma porta nos fundos da casa por onde pudesse sair às escondidas, pegar o carro e ir para Blackwater fazer seu telefonema e comprar o jornal sem ter que dar satisfação a ninguém. Em vez disso, seria obrigada a ir à cozinha e enfrentar aquela gente toda. Por um momento ocorreu-lhe como, em comparação com essas pessoas, Hugh, Cathal e Manus eram simples, como sua maneira de se relacionar com os outros era tranqüila, como suas necessidades eram modestas e fáceis de ser atendidas. Estava certa de que naquele exato momento, enquanto se levantava para ir ao banheiro na ponta dos pés, a cozinha servia de palco às manobras de facções rivais, com estranhas exigências e alianças, energias inescrutáveis pairando no ar. Pensou que em breve estaria longe dali, nem que fosse por um ou dois dias, e, assim que se pôs a imaginar uma possível fuga, sentiu-se mais calma e confiante.

Era sábado. Declan já havia se levantado e estava tomando seus remédios sentado na cadeira ao lado do fogão. Larry lavava a louça e os demais permaneciam sentados à mesa da cozinha.

"Vou dar um pulo em Blackwater para comprar o jornal", disse Helen.

"Já recebemos o jornal, obrigada", disse sua avó.

"Preciso ligar para o Hugh."

"Você ligou para ele ontem à noite", disse sua mãe.

"Eu vou para Blackwater", insistiu Helen com firmeza.

"Quando a Helen põe uma coisa na cabeça, não há Cristo que a faça mudar de idéia", comentou a avó.

"Eu vou com você", disse Larry, as mãos cobertas de espuma.

"Não, já estou de saída, vou sozinha e não demoro", disse Helen fechando a porta da cozinha atrás de si.

Ela sabia que Declan havia entregado as chaves de seu apartamento em Dublin, mas até então não tinha se dado conta de que isso o deixara à mercê de todos. Decerto que podiam alugar um apartamento confortável para ele em algum lugar de Dublin, com um jardim e janelas amplas. Sabia que seria melhor se sua mãe pensasse nisso e cuidasse de todos os detalhes. Quando voltasse, tentaria incutir a idéia na cabeça dela.

Hugh ainda estava na cama quando ela ligou, mas os meninos já haviam se levantado. Ela pediu à sogra para falar com eles.

Cathal veio ao telefone primeiro.

"Está tudo bem com você?", perguntou ela.

"Tudo", disse ele placidamente.

"Vocês foram dormir cedo ontem."

"Acho que sim."

"Estão se divertindo?"

"Estamos." Seu tom de voz não era muito animado.

"Sua cama é confortável?"

"É."

"Logo vou estar com vocês e você vai poder me mostrar todos os lugares bacanas que tem por aí."

"Quer falar com o Manus? Ele está tentando arrancar o telefone de mim."

"Tudo bem. Diga para o seu pai que eu liguei."

Manus apoderou-se do fone. "Estamos indo pescar", disse ele.

"Pescar o quê?"

"A manhã inteira."

"Seu pai está dormindo?"

"Ele não vai. Vamos com o tio Joe."

"Você tem vara de pescar?"

"Vamos usar as que tem aqui. Mas precisamos ir."

"Você parece muito apressado", disse ela.

"Você liga mais tarde?", perguntou ele. Estava tentando falar como um adulto.

"Ligo, sim", respondeu ela rindo. "Eu ligo mais tarde."

Manus desligou.

Helen comprou o jornal, sentou-se no carro sobre a ponte e

pôs-se a ler os títulos das matérias, virando as páginas. Passou os olhos pela seção "Apartamentos para alugar" e pensou que sua mãe adoraria se encarregar dessa tarefa, lidar com proprietários, discutir os valores do aluguel.

De volta a Cush, Helen deu com a mãe na estradinha de terra. Ao vê-la, Lily fez um sinal com a mão para que ela parasse. Helen deixou o carro deslizar pela colina até onde estava a mãe.

"O Declan ficou cego de um olho", disse Lily.

Helen estacionou o carro e entrou em casa acompanhada pela mãe. Declan continuava sentado na cozinha, no mesmo lugar em que estava quando ela partira.

"O que aconteceu?", indagou Helen.

"Fazia algum tempo que eu sentia que estava perdendo a visão deste olho e agora a perdi de vez. Sabia que, mais dia, menos dia, isso ia acontecer. Mas o outro está bom, esse outro foi medicado. Já expliquei isso."

"Helen, diga para ele que é melhor a gente ligar para a médica", instou a mãe.

"Declan, é melhor a gente ligar para a médica", disse Helen.

"Não há nada que ela possa fazer", replicou Declan. "Pergunte ao Paul, ele é o especialista."

"O Paul não é médico", disse a mãe.

"Ele leu um livro enorme e sabe tudo sobre os novos tratamentos. Pergunte a ele", disse Declan.

Paul estava sentado à mesa da cozinha.

"Tenho alguns livros no carro. Se quiser, posso mostrá-los à senhora, mas o que o Declan disse é a pura verdade."

"Ele está calmo", disse a avó. "Olhem para ele. No lugar dele eu estaria arrancando os cabelos."

"Já fiz isso", contestou Declan. "E não estou calmo, não. Só estou parecendo calmo."

"Tem um oculista muito bom em Waterford", disse a avó.

"Isso não é o fim do mundo", redargüiu Declan. "Fiquei com um olho só, mas continuo enxergando bem. Por acaso o esquerdo está com um jeito meio estranho?"

"Não, parece perfeitamente normal", respondeu Helen.

"Bom, vou voltar para a cama e consultar o travesseiro. Se eu perder o nariz, ou a boca, ou um dos dedos do pé, aviso vocês."

"Já tomou todos os seus remédios?", perguntou a mãe.

Declan estacou e olhou para ela.

"Você parece mesmo minha mãe", disse ele.

"Isso é sério?", indagou Lily a Paul depois que Declan saiu.

"Não, ele tem razão, faz algum tempo que esse olho dava sinais de que não iria durar muito. É o fim de uma coisa, não o começo. Agora eles examinarão mais minuciosamente o outro olho, mas só poderão fazer isso na semana que vem."

"Será que não devíamos ao menos avisar a médica?", indagou Lily.

"Numa manhã de sábado? Não, é melhor deixá-la em paz."

"Fiquei apavorada quando ele contou", disse a avó. "Se tem uma coisa que me dá medo é isso. Os olhos são o bem mais precioso que a gente tem. E o Declan tem olhos tão lindos. Os olhos do pai dele, que Deus o tenha, também eram muito bonitos. A Lily não se cansava de falar nos olhos dele."

"Vamos ter que enterrar o Declan ao lado do pai", disse Lily.

"Acho que o Declan quer ser cremado", disse Larry.

"Ah, meu filho, nessa família nunca ninguém foi cremado", retrucou a sra. Devereux.

"Bom, ele diz que quer ser cremado", insistiu Larry.

"Nada disso, ele vai ser enterrado como todos os outros", disse a sra. Devereux. "Gostaria de saber de onde ele tirou essa idéia de cremação."

Ninguém disse mais nada, até que uma porta bateu no andar de cima.

"Ah, meu Deus, escutem isso! Meu Senhor Jesus Cristo, escutem só!", exclamou a sra. Devereux levantando-se da cadeira.

"O que foi, mamãe? Qual é o problema?", indagou Lily.

"Você não lembra, Lily? Minha mãe e minha irmã acreditavam muito nisso. E quando ouvi essa porta bater, lembrei na mesma hora. Se uma porta batesse duas vezes, era sinal de que alguém na família ia morrer. Escutei nitidamente as batidas na noite anterior à morte da Statia. E acordei o seu pai e falei que a gente devia se levantar e ir para Bree, porque aquilo era o chamado para a Statia. Também escutei esse aviso antes de minha mãe morrer, que Deus a tenha, todas nós o recebemos."

"A senhora recebeu um aviso desses quando o meu pai morreu?", perguntou Helen.

"Não, eu estava mesmo pensando que no caso do seu pai não recebi aviso nenhum. Ah, mas é uma coisa antiga, hoje em dia ninguém mais fala nisso, nem as minhas vizinhas. Naquela época era muito comum, havia outras famílias que também recebiam um aviso especial quando alguém estava morrendo. Acho que era uma espécie de dom, mas já se foi o tempo em que as pessoas acreditavam nisso."

"E a senhora acreditava?", perguntou Paul.

"Acreditava, sim", respondeu a sra. Devereux. "E ainda acredito. Tenho certeza de que escutei quando a minha mãe estava morrendo e escutei também quando foi a vez da Statia, mas acho que desde então não escutei mais. Não sei o que isso quer dizer agora, mas, seja o que for, não deve ter o mesmo significado. Não faço idéia do que seja."

"A senhora acha que essa porta que bateu lá em cima foi uma espécie de aviso?", indagou Helen.

"Quando ouvi o barulho me lembrei dessa história, só isso",

disse a sra. Devereux aproximando-se da janela e espiando por entre as cortinas.

Helen reparou que sua mãe permanecia calada e tinha uma expressão inquieta. Teve vontade de perguntar se ela também ouvira esse som no passado, mas achou melhor não dizer nada.

"Um dos problemas de quem tem filhos", disse a mãe como se não houvesse escutado o que eles diziam, como se estivesse envolvida em outro diálogo, "é que a gente se aflige demais com eles. Sempre tive a sensação de que o Declan era um menino muito frágil. Ele acordava à noite por qualquer coisa, chorava por qualquer motivo, tinha medo de ir para a escola, vivia doente. E quando eu o via ir a algum lugar sozinho, sentia que ele precisava ser mais forte do que realmente era, ou que precisava ter alguém por perto para cuidar dele. Essa sensação nunca me abandonou. A Helen sempre era a líder quando estava com outras crianças, a gente não precisava se preocupar com ela. Mas com o Declan, sim, eu estava sempre aflita com ele."

"Ele vai dormir um pouco agora, Lily", disse a sra. Devereux. "Acho que não dormiu muito bem à noite."

"Onde o Declan fica quando está em Dublin?", indagou Helen.

"Ele fica com o Larry, ou com uma amiga nossa, a Georgina, que tem uma casa espaçosa", respondeu Paul.

"Isso é algo que podíamos fazer por ele, não é, mamãe?", disse Helen. "Podíamos arrumar um apartamento para ele."

Sua mãe assentiu distraidamente com a cabeça. Era evidente que desejava continuar falando sobre a infância de Declan ou, pelo menos, evitar a conversa sobre as portas que batiam para avisar quando alguém ia morrer. Helen percebeu que havia escolhido a hora errada para tocar no assunto e agora seria difícil trazê-lo novamente à baila.

* * *

Declan dormiu durante parte da manhã e acordou se queixando de dor de estômago. Enquanto Helen e Larry trocavam os lençóis e a fronha da cama dele, começou a chuviscar lá fora. Com tremores no corpo, ele aguardou sentado na cadeira que havia no quarto.

"Declan, se quiser que a gente alugue um apartamento ou uma casinha em Dublin para você, é só dizer; fale na frente da mamãe e damos um jeito nisso ainda nesta semana."

"Obrigado, Hellie", disse Declan. "Vou pensar no assunto."

Ele tornou a se deitar, afundando na cama com um gemido. A ferida em volta do nariz parecia cada dia maior. "Agora saiam", disse ele. "Vou ver se durmo mais um pouco."

"Não", disse Helen, "você devia tentar ficar acordado, senão não vai conseguir dormir à noite. Deixe a gente ficar mais um pouco."

"Tá bom, mandona", disse ele rindo, "mas sou capaz de pegar no sono assim mesmo."

Larry trouxe o *Irish Times* para ele. Declan folheou-o e depois o deixou de lado. Sentado no pé da cama, Larry lhes falou sobre seus planos para tornar a casa mais confortável para a avó deles.

No início da tarde, Declan começou a ir ao banheiro a intervalos de quinze minutos. Quando voltava, parecia extenuado e dizia que o estômago continuava a incomodá-lo. Helen e Larry ainda estavam com ele. Paul andava de lá para cá na sala, Lily e a sra. Devereux permaneciam na cozinha.

"É gozado esse negócio do olho", disse Declan. "É um alívio que tenha acabado. Eu costumava ver uma porção de coisas passando na frente dele e agora não vejo mais nada. Não deixa de ser um incômodo a menos."

Os outros dois concordaram com a cabeça. Era difícil pensar

em alguma resposta. Pouco depois Helen foi à cozinha, cedendo seu lugar a Paul.

Quando abriu a porta, sua mãe estava no meio de uma frase. Ela se interrompeu e apoiou a xícara no pires.

"Fale para ela", instigou a sra. Devereux. "Fale."

"Falar o quê?", interrogou Helen.

"Nada, Helen, só estava dizendo para a sua avó que eu gostaria muito de ter uma filha que se interessasse por roupas, móveis, combinações de cores, esse tipo de coisa. Anteontem, quando você esteve na minha casa, eu teria gostado de ouvir a sua opinião sobre a cor das paredes, teria apreciado uma sugestão sobre onde colocar um objeto ou outro. E teria adorado que você tivesse entrado no meu quarto para bisbilhotar o guarda-roupa, pegado um vestido, um conjunto, uma jaqueta, uma roupa qualquer das que nunca uso e dito que a achava bonita."

"Então é melhor arrumar outra filha", volveu Helen. "Com todo o dinheiro que você tem, por que não compra uma?"

"Ah, Helen, não fale assim com a sua mãe", disse a avó. "Ela só estava comentando que você não liga muito para roupas."

"Eu gostaria que você fosse o tipo de filha que se interessa pelas coisas da mãe, adoraria que você viesse me visitar e ficasse me dando palpites sobre a casa, sobre o jardim, sobre as minhas roupas."

"A sua casa é muito bacana", disse Helen friamente.

"Ontem o Declan ficou entusiasmado com o jardim e pensou em várias coisas que eu podia fazer para deixá-lo mais bonito", disse Lily.

"É uma pena que eu não seja o Declan", disse Helen.

"E como é que ele está?", indagou a avó.

"Parece que está com um princípio de diarréia", respondeu Helen.

"Meu Deus, coitado desse menino", disse a avó. "Querem

saber de uma coisa? Devíamos nos ajoelhar e rezar uma dezena do rosário por ele."

"Se a senhora não se importa, vovó, prefiro não me envolver com isso", tornou Helen.

"Mais tarde eu rezo o rosário com a senhora, mamãe", disse Lily.

"Ah, podem deixar que eu rezo sozinha. Não sei o que deu em vocês duas."

"Mamãe", disse Helen, "eu adoraria que um dos meus filhos tivesse talento para música — o pai deles também ficaria muito contente —, mas eles não têm, nenhum dos dois, e nós os amamos do jeito que eles são. Acho que eu gostaria que um deles fosse uma menina, seria bom ter uma filha, mas não fico pensando nisso. Teria me feito bem se, em algum momento, você houvesse demonstrado estar feliz comigo, embora eu não fosse como você desejava que eu fosse. Ajudaria muito se você parasse de querer que eu seja outra pessoa."

"Helen, sempre aceitei você do jeito que você é", defendeu-se a mãe.

"Que bom, 'aceitar' é mesmo uma palavra adorável", ironizou Helen.

"Helen e Lily, parem já com isso e tratem de fazer as pazes", disse a sra. Devereux.

Algum tempo depois, Paul entrou na cozinha com uma expressão preocupada.

"Quando essas diarréias começam, é duro acabar com elas", comentou. "Ele tomou algumas coisas para prender o intestino, mas não parecem estar tendo efeito."

"E o que é que a gente faz?", indagou Helen.

"Por enquanto vamos torcer para que ele melhore. Mas se

amanhã ainda estiver assim, ele vai ter que voltar para o Saint James."

"Será que foi alguma coisa que ele comeu?", perguntou a sra. Devereux.

"Não, faz um ano que ele vem tendo esse problema", explicou Paul, que em seguida retornou ao quarto de Declan, deixando as três mulheres sentadas à mesa da cozinha.

"Esse sujeitinho tem resposta para tudo", disse Lily.

"Acho que ele passou por muito mais coisas com o Declan do que nós", disse Helen.

"Mas não há nada que substitua a família da gente", replicou Lily.

Helen indagou a si mesma se tudo o que sua mãe dizia teria por intuito irritá-la e provocá-la.

"O Declan tem tido muita sorte com esses amigos dele", disse Helen.

"Mas não tanta com os outros", objetou Lily.

"Como assim?", indagou Helen.

"Ora, deve ter havido pessoas que o levaram para o mau caminho. Fico me perguntando por onde é que elas andam agora."

"Acho que ele não precisou de ninguém para ajudá-lo a escolher esse caminho", disse Helen.

"Quando saiu de casa, o Declan era um rapaz de quem qualquer um se orgulharia", disse Lily.

"E também era gay", insistiu Helen.

"Acho que vou ter que separar vocês duas", disse a sra. Devereux.

"Mas não é estranho que os amigos estejam bem de saúde e ele doente? Agora é fácil para eles ficar aí cuidando dele", comentou Lily.

"Não entendo aonde você quer chegar", disse Helen.

"Sua avó me contou que um deles fez um relato bastante vulgar sobre si mesmo. Sorte dele eu não estar presente. Teria posto ele para correr. E vocês rindo e o incentivando a continuar!"

"Inclusive a vovó."

"Ah, Helen, depois fiquei pensando nisso e imaginei o seu avô e as coisas que foram ditas nessa sala", disse a avó.

Helen endereçou-se à mãe: "Foi engraçado mesmo, você não sabe o que perdeu, e não tem o menor cabimento ficar fazendo comentários moralistas sobre isso".

"Pronto, agora a professora entrou em sala de aula", disse Lily.

"Você devia era aprender a ser mais tolerante com as pessoas", retrucou Helen. "E me parece realmente inusitado que você se sinta à vontade para falar, na minha frente, sobre o tipo de filha que gostaria de ter tido."

"Preferia que eu falasse nas suas costas?", indagou Lily.

"Para ser sincera, preferia, sim", respondeu Helen.

"Eu só gostaria que você se interessasse por mim e pela minha vida", disse Lily.

Helen notou uma mudança na fisionomia da mãe, semelhante à que ocorrera no entardecer do dia anterior. De repente ela pareceu vulnerável, desconsolada, como se à espera de um comentário ao qual não tivesse como responder. Seus olhos se encheram de lágrimas.

"Mamãe, prometo que farei isso", disse Helen. "Quando essa história toda chegar ao fim, farei isso, mas você precisa parar de querer que eu seja outra pessoa."

"E eu adoraria conhecer os seus filhos e o Hugh", disse Lily.

"O mais novo é uma pestinha", comentou a avó.

"Tenho certeza de que eles gostarão de você, mamãe."

"Será, Helen? Acho que não vão gostar, não." Lily começou a chorar. A sra. Devereux acercou-se dela e envolveu seus ombros.

"Tenho certeza de que gostarão, sim", repetiu Helen.

Lily enxugou as lágrimas e, com a ajuda de um espelhinho, pôs-se a reaplicar a maquiagem nos olhos. Helen percebeu que ela estava se preparando para retomar a palavra. "O fato de você não ter nos convidado para o seu casamento", recomeçou Lily, "não foi uma coisa à toa, não significou simplesmente termos ficado de fora de algumas horas da sua vida. Não pudemos ver você feliz, sorrindo, realizando algo que você desejava ao lado da pessoa que você amava e que amava você. Não vimos nem fotos do casamento, se é que há fotos para ver. E tampouco vimos você com os seus filhos quando eles nasceram. Você nos deixou de fora de tudo isso."

O choro e o compadecimento, notava Helen, haviam imbuído sua mãe de força e coragem. Ela falava como se acreditasse que ninguém a contradiria, como se suas palavras não fossem objetáveis. Helen reclinou o corpo na cadeira e sorriu antes de falar.

"Eu não queria você no meu casamento. Era importante para mim que você não estivesse lá para me apadrinhar e colher os méritos de algo que não tinha nada a ver com você. Mamãe, você teve a minha vida inteira para me ver sorrindo e feliz, mas como não ligava a mínima para mim em particular, eu não ia deixar você se pavonear de mim em público. Mas concordo que isso não foi uma coisa à toa."

"Já chega", disse a sra. Devereux. "Helen, eu nunca soube de criança que tenha sido tão amada como você foi pelo seu pai e sua mãe. Eles a levavam para toda parte, lhe davam de tudo e, quando vinham para cá aos domingos, o maior orgulho deles era contar que você tinha dado os seus primeiros passos, ou que você tinha aprendido uma palavra, ou que os seus dentes tinham começado a nascer. Eu nunca soube de criança que recebesse tanta atenção como você."

"Desculpe, vovó. Sei que o Declan está doente e que parece petulante e mimado da minha parte ficar me queixando."

"Do que é que você está se queixando?", perguntou a mãe.

"Estou me queixando de que você não me ama como eu sou, quer que eu seja diferente. No fundo, a minha queixa é que você não gosta de mim."

"Helen, você acha que se você tivesse um problema, eu não largaria tudo para ajudar você, acredita mesmo que eu não viria em seu auxílio?"

"Mas não é isso que eu quero. Você acaba de inventar uma pessoa que está precisando desesperadamente de ajuda. Acontece que eu não sou essa pessoa. Pare de idealizar e projetar coisas em mim."

"Você é uma pessoa muito fria, Helen", disse a mãe.

"Diga o que quiser a meu respeito, sempre vai parecer verdade", disse Helen.

"O fato é que depois que o seu pai morreu nunca mais consegui que você se aproximasse de mim. Voltei de Dublin e percebi isso já no enterro, notei que você evitava o meu olhar. E quando nós três nos instalamos de novo em casa, você estava distante, me tratava sem a menor afeição, não me contava nada, não trazia suas amigas para casa, nunca mais presenciei aquelas cenas em que vocês ficavam cochichando ou assistindo televisão juntas. Eu só a via estudando, ou indo para a cama na hora certa, ou andando pela casa feito uma assombração, olhando para nós com aquele seu ar recriminador." O olhar da mãe era mordaz, sua voz estava carregada de desprezo.

"Eu nunca entendi", disse Helen, "como você foi capaz de nos deixar aqui durante a doença do meu pai e ficar tanto tempo longe, sem nos visitar uma única vez."

"Será que vocês precisam ficar revirando o passado desse jeito?", questionou a avó.

"Você não sabe o que aconteceu com o seu pai", disse Lily. "Não faz idéia de como ele estava amedrontado, de como ele se sentia solitário e desamparado no hospital, embora eu estivesse lá todos os dias. Não tive escolha. Por acaso é isso que vem te consumindo esses anos todos?"

"O Declan e eu nos sentimos abandonados quando você nos deixou aqui. Apesar de a vovó e o vovô terem sido muito bons conosco, nós nos sentimos abandonados, sim, se é o que você quer saber. E acho que é verdade que isso tem me consumido ao longo de todos esses anos, como você diz. Foi algo que me marcou muito." Helen estava quase chorando.

"E até hoje fica remoendo essa história", acrescentou a mãe.

"Nunca mais confiei em você, só isso. E não é verdade o que você diz, que eu estava distante e não deixava você se aproximar de mim. Você nunca estava do meu lado."

"Eu fiz o que pude por você", disse a mãe, "e você nunca cedeu um milímetro. Lembro que quando chegaram os resultados das suas provas finais, você se limitou a olhar para eles, nem um sorriso você deu. Mas isso tudo já faz muito tempo. Eu adoraria poder ir à sua casa para ver se lá você é diferente."

"Me lembro de um daqueles verões", disse Helen, "quando fui morar sozinha no apartamento da Baggot Street depois de ter me formado. Eu tinha comprado um livro de culinária e, dobrando a esquina, bem ao lado do Pembroke, havia uma quitanda sensacional, tudo lá era fresquinho, e eles tinham ervas, condimentos e até algumas verduras que eu nunca havia visto antes. Eu costumava dar um pulo nessa quitanda e depois ia até o Stephen's Green Park, eu acordava de manhã e tinha o dia todo para mim mesma, podia caminhar ao sol, cozinhar alguma coisa, ler o jornal, ler um livro. Eu amava aquele lugar, a liberdade, a tranqüilidade, e pensava comigo mesma que se nada acontecesse na minha vida, como me casar ou ter grandes amizades, eu pelo menos havia conseguido fazer aquilo. Eu tinha fugido. Ainda sinto isso e não faz sentido negá-lo. Sinto que consegui fugir."

"Fugir do quê?", perguntou a mãe.

"De você."

"Que mal eu te fiz?"

"Não sei, mas como você mesma disse sobre o meu casamento, não foi uma coisa à toa."

"Então por que quer que os seus filhos me conheçam?"

"Porque a gente não pode continuar desse jeito."

Helen se levantou e foi até a janela.

Pouco antes sua avó havia preparado alguns sanduíches, que agora se achavam empilhados num prato. Ela se dirigiu ao quarto de Declan para avisar que os sanduíches e a sopa estavam prontos.

Declan pediu que dois deles comessem em seu quarto. Não queria ser deixado sozinho. Helen e Larry ficaram com ele.

"Acabo de ter uma briga com a mamãe", disse Helen.

"Uma das coisas que reparei a respeito das mulheres da sua família", disse Larry a Declan, "é que elas falam como se mandassem em todo mundo."

"E elas mandam mesmo", disse Declan. "Mas você nunca as viu com homens por perto. Quer dizer, homens de verdade, não uns maricas como nós. Quando tem um homem de verdade por perto, elas ficam quietinhas e tratam de fazer o chá."

"Deixe de bobagem, Declan", disse Helen rindo. "A mamãe não fica quieta na frente de ninguém e, para a vovó, fazer o chá é uma espécie de jogo de poder."

Declan saiu para ir ao banheiro e lhes pediu que não continuassem a conversa enquanto ele não voltasse. Não queria perder nada. Larry e Helen comeram em silêncio.

Quando Declan voltou, Larry recomeçou: "Tenho a impressão de que, mesmo com homens por perto, elas não mudariam muito. Acho que continuariam do mesmo jeito".

"Sempre brigando umas com as outras", disse Declan. "E qual foi o motivo da briga?"

"Estávamos discutindo o porquê de ela não ter sido convidada para o meu casamento."

"Ah, sei, já ouvi falar muito nessa história", disse Declan.

"Sua avó diz que vocês duas são iguaizinhas", comentou Larry.

"Isso é besteira", volveu Helen. "Não sou nada parecida com ela."

Helen e Larry permaneceram uma hora no quarto com Declan. Nesse entretempo ele foi cinco ou seis vezes ao banheiro, e sempre retornava com uma expressão extenuada e abatida, deitava-se encolhido na cama e fechava os olhos. Já não chuviscava lá fora e o céu estava mais aberto, embora o chão continuasse molhado. Quando colocou a mão no corpo do irmão, Helen percebeu que ele estava com febre. O quarto, pensou ela, estava quente e abafado demais. Levantou-se e abriu a janela.

Na cozinha, avisou Paul que Declan estava piorando.

"Cedo ou tarde", disse Paul, "ele vai ter que voltar para o hospital. O caso é que nos finais de semana não acontece nada nos hospitais, então não há razão para levá-lo para lá antes de segunda-feira."

Helen olhou para a mãe, que desviou os olhos. Percebeu que ela estava decidida a não lhe dirigir a palavra.

Helen disse que iria dar uma volta sozinha, pretendia caminhar pela praia até Ballyconnigar e depois pegar a estrada para Blackwater. Pediu que Paul a apanhasse no vilarejo dali a uma hora e meia. Foi até seu quarto, trocou os sapatos e vestiu um suéter.

"Veja se aproveita para pensar um pouco nas coisas que eu falei para você", disse sua mãe quando ela voltou à cozinha.

Helen saiu sem responder.

Enquanto descia o barranco ensopado pela chuva, ela se deu conta de que, a certa altura daquela tarde, tivera a oportunidade, e a deixara passar, de colocar os braços em volta da mãe, chorar a seu lado, perdoá-la por tudo e comprometer-se a reatar com ela em novas bases. Sentiu um arrepio pelo corpo. A maioria das pessoas, pensou, teria ficado tentada a isso e se arrependeria de não haver feito algum movimento em direção a uma grande reconciliação. Esse pensamento, vindo-lhe à mente no momento em que ela punha os pés na areia úmida da praia, fez com que sentisse um novo arrepio.

Em toda aquela conversa sobre o passado, havia uma cena em especial que a obsedava, uma cena que permanecia estranhamente além de sua compreensão. Não conseguiria explicar à mãe como, no dia em que ela retornara de Dublin com o corpo do marido e Helen a vira na primeira fileira da catedral, como, naquele primeiro encontro entre as duas depois de tantos meses, ela lhe parecera uma figura régia, remota, a última pessoa no mundo que uma garotinha teria vontade de abraçar ou junto à qual pensaria buscar conforto. Helen olhava para ela naquele fim de tarde com o mesmo fascínio que devotava à congregação e ao próprio caixão. Ela estava completamente transformada e Helen compreendeu, ainda de joelhos na igreja, por que haviam mantido Declan longe daquilo: sua mãe não teria sido capaz de sustentar aquela pose, aquela postura pública, altiva, com um garotinho agarrado à barra da saia. Era muito mais fácil controlar uma menina mais velha. Sua avó e as irmãs de seu pai podiam tomar conta dela.

Helen recordou como a casa se enchera de gente naquela noite, lembrou-se das xícaras de chá e dos sanduíches sendo servidos e das pessoas que não paravam de chegar. Ficou o tempo todo junto da avó e tratou de assegurar-se de que em seu quarto quem dormiria seria ela e mais ninguém. Odiava sobretudo a intimidade com que as pessoas a tratavam: desconhecidos a chamavam pelo nome e, porque seu pai acabara de morrer, insistiam em lhe fazer ver que estavam cheias de comiseração por ela. Apontavam para ela e a apresentavam a outras pessoas, e Helen desejava, tão logo as via, que fossem todas embora. Sua mãe fazia as honras da casa.

    Os dias que se seguiram à morte de seu pai foram como um sonho, lembravam uma sucessão de acontecimentos registrados num filme mal revelado. E naqueles primeiros dias, os primeiros longos dias que o corpo de seu pai passou no túmulo, longe de todos que o amavam, sua mãe permaneceu o tempo inteiro no centro daquela estranheza, absolutamente plácida, lindamente vestida, recebendo as pessoas, conversando calmamente com elas. Helen a observava do pé da escada, ou a via de relance cada vez que a porta se abria, pensando com mau humor: quando todas essas pessoas se forem, você terá apenas a mim, apesar de ainda não saber disso. E uma ou duas semanas mais tarde, mas em especial após o início do semestre letivo, foi o que aconteceu. De noite, quando não iam para Cush e depois que Declan havia se deitado, Helen sentava-se junto à lareira para relaxar e assistir a alguma coisa na televisão na meia hora que lhe restava antes de subir para o quarto. A mãe sentava-se à sua frente sem saber como puxar conversa com ela, sem saber como aproximar-se dela, excluída do companheirismo aconchegante que Helen forjara com a avó. E Helen não vinha em seu socorro. Desligava a televisão, olhava para o fogo e se espreguiçava. Sem sequer tentar, estava criando uma barreira que agora seria difícil romper. A mãe sorria e perguntava se ela estava cansada. Helen respondia que sim com a cabeça, arrumava seus livros para o dia seguinte, bocejava e ia para o quarto, recolhendo-se aos seus próprios domínios, onde se deitava na cama e punha-se a pensar na presença incômoda que deixara no andar de baixo. Já nessa altura sonhava em fugir.

Helen caminhava perto de onde as ondas quebravam, recuavam e tornavam a quebrar. Não havia mais ninguém na praia. Pôs-se a pensar de onde viriam as pedrinhas que salpicavam a costa desde aquele ponto até Ballyconnigar. Seriam provenientes da terra ou do mar? Permaneceriam profundamente incrustadas no barro e na marga que formavam a face do penedo? E então, com a queda de uma fatia ou um grande calhau do penhasco, seriam lavadas pelo mar e depositadas ali?

Escutou uma onda quebrar — o que fez com que as pedrinhas se chocassem umas contra as outras, como dentes rangendo — e depois recuar. Na época em que eles vinham para Cush após a morte de seu pai, quando o mundaréu de gente que comparecera ao enterro e os comedores de sanduíches haviam se ido e restavam somente Lily, Helen, Declan e os avós, sua mãe sentava-se à mesa da cozinha e, de maneira inocente, punha-se a falar sem parar: todos os seus pesares e esperanças eram exteriorizados. Helen não suportava ouvir aquilo. Guardava lembranças vívidas de descer até essa praia cuja paisagem ia sendo aos poucos devorada e desejar que o mar se aproximasse mais rapidamente deles, levando consigo a casa e os campos, removendo todos os traços do lugar onde viviam seus avós. Imaginava o mar, revolto e implacável, movendo-se vagarosamente em direção à cidade, tudo se dissolvendo, lentamente desaparecendo, os mortos sendo subtraídos de seus túmulos pelas águas, casas ruindo e desabando, automóveis sendo arrastados para o oceano indomável até que não sobrasse mais nada a não ser esse vasto caos.

Visualizou sua mãe sentada à mesa da cozinha, recebendo mais uma xícara de chá. Refletiu que, a certa altura, quando ainda era pequena, Lily devia ter descoberto um modo de fazer tudo o que lhe aprouvesse, de gostar e desgostar de pessoas e coisas a seu bel-prazer, e de ser sempre apoiada em suas vontades. Durante muitos anos ninguém discutira com ela, ninguém havia lhe pedido para parar, e agora fazia três dias que ela tratava os amigos de Declan de maneira explicitamente afrontosa, expressamente hostil. A primeira coisa que faria ao voltar, pensou Helen, seria dar um tranco nela, obrigá-la a ser gentil com Paul e Larry, forçá-la a tratá-los como pessoas que haviam estado ao lado de Declan num período em que ele não tinha mais ninguém por perto. Contudo, sabia que pretender mudar Lily era tolice; por mais que alguém gritasse com ela ou a expusesse a constrangimentos, isso não faria a menor diferença. A melhor maneira de enfrentar sua mãe era deixá-la sozinha, tolerando-a e mantendo-a sob controle, pois nada poderia mudá-la, nada poderia torná-la uma pessoa melhor. Era tarde demais.

 Helen examinou as ruínas da casa dos Keating. Parou mais uma vez para observar os fragmentos do papel de parede, as tábuas do assoalho, os aposentos semidestruídos que se abriam para o vento e para o mar. Desejou poder rezar por algo, pedir para que Declan melhorasse ou, pelo menos, não piorasse. Mas, ao atravessar o estacionamento e avançar pelos campos, percebeu que não seria capaz de fazê-lo. Poderia apenas desejar e, caminhando pela estrada em direção ao vilarejo, desejou fervorosamente que o que estava por vir pudesse ser postergado, ou mesmo evitado.

 Enquanto andava — ainda pensando na mãe — ocorreu-lhe que a visão que tivera de Lily nos quatro ou cinco dias anteriores confirmava todos os seus preconceitos. Era aquela incorrigível mistura de busca por compadecimento e necessidade de atenção, uma pessoa capaz de alternar a ternura mais calorosa com a mais gélida indiferença, inundando os outros de afeto para no momento seguinte lhes virar as costas porque estava ocupada. Ao passar pela caieira, veio-lhe a imagem da cabeça de Lily despontando em meio à multidão no enterro, depois tornou a visualizá-la sentada à mesa em Cush, e em ambas as versões do rosto materno Helen notava uma aflição, um desamparo e acima de tudo um medo do qual sua mãe nunca mais poderia se livrar.

Helen se deu conta de que jamais viria a experimentar esse medo, essa aflição, esse desamparo que vira estampados no rosto da mãe. Não muito tempo após a morte do pai, ela havia treinado a si mesma para se equiparar às coisas, fossem elas como fossem. E era a isso que agora resistia, a algo que havia suprimido dentro de si e que, em sua mãe, tornava a sobressair, revelando-se em sua forma mais pura e desavergonhada. Aquelas emoções cruas que Helen vira a mãe expor a todo mundo, exceto a ela, sua filha, emoções que haviam sido ostentadas em público mas raramente reveladas na intimidade do lar, estavam novamente em cena na mesa da cozinha em Cush. E ainda queriam que ela fizesse as pazes com sua apregoadora.

Hugh sorriria e diria que ela estava sendo muito dura com a mãe. Tudo acabaria se ajeitando, essa era a sua opinião. Ele queria que ela voltasse a se relacionar com a mãe e a avó, mas não admitia que isso a obrigaria a abrir mão de algo em sua própria natureza. "Converse com ela, não há mais nada que você possa fazer", dizia ele.

Fazia mais de ano que eles estavam casados quando o pai de Hugh morreu. Helen desenvolvera uma grande afeição pelo sogro no curto período de tempo em que havia convivido com ele e lamentou profundamente — estava grávida de Cathal na época — que seus filhos não viessem a conhecê-lo. Lembrou-se daquele homem grande, sorridente, afável, jazendo no interior do caixão ainda aberto no hall da casa da família de Hugh. Tinha uma expressão calma e satisfeita. Sua sogra permanecia sentada junto ao caixão e por vezes se virava para olhar para ele ou tocar seu rosto, como se admirando-o ou certificando-se de que ele não estava passando por nenhuma grande transformação. E os irmãos e irmãs de Hugh entravam e saíam do hall, parando por alguns instantes para tocar o caixão ou a mão do pai. Todos eles, em diferentes momentos, choraram. E todos se revezaram para ocupar a cadeira junto ao caixão onde o corpo do pai repousava, iluminado apenas por velas, sua pele lustrosa sob a luz bruxuleante, sua presença cada vez mais irreal e distante.

Ninguém na família de Hugh compartilhava com Helen a sua maneira de encarar as coisas. Ela procurou entrever algum sobrinho ou sobrinha, algum primo ou tia, algum irmão ou irmã que assistisse a tudo como se aquilo não estivesse acontecendo consigo. Mas não havia ninguém naquele funeral que se comportasse assim, exceto a própria Helen; estavam todos concentrados em ser eles próprios e isso a deixou surpresa e admirada. Desejou ter agido assim no enterro de seu pai, em vez de ficar observando as outras pessoas, em vez de ficar olhando para sua mãe como se se tratasse de alguém que ela nunca havia visto antes. E, ao passar pelo campo de boliche a caminho de Blackwater, indagou a si mesma que tipo de pessoa ela seria agora se, nos dias seguintes à morte de seu pai, houvesse chorado abertamente por ele. Seria hoje mais feliz?

Chegando ao vilarejo, encontrou Paul em frente ao bar Etchingham's. O amigo de Declan parecia agitado.

"Achei melhor telefonar para o hospital", disse ele, "mas não havia ninguém por lá com quem eu pudesse conversar. Então liguei para a Louise, mas ela não está em casa. Disseram que ela não deve demorar, mas que em seguida vai sair de novo, por isso preciso continuar tentando. Sua avó vai ter que dar um jeito de colocar aquele telefone celular para funcionar, nem que seja por uma ou duas noites."

"O Declan está muito mal?", perguntou Helen.

"Ainda é cedo e ele não está bom, não. Se continuar assim, é bem provável que a diarréia piore e que ele tenha febre alta e dores de cabeça durante a noite."

"Ele está com dor de cabeça?"

"Um pouco."

"Tem febre?"

"Está com quase trinta e nove, o que é muito alto se a gente pensar que ainda nem anoiteceu. E há também o risco de ele ficar desidratado."

"E o que eles poderiam fazer?"

"Se a dor de cabeça piorar, poderiam usar uma morfina de liberação prolongada e há também uma injeção, mas teríamos de arrumar um médico que nos fornecesse a receita ou aplicasse a injeção."

"Você fala como um médico."

"Já passei por isso algumas vezes com o Declan e conheço a Louise."

Algum tempo depois, Paul conseguiu entrar em contato com Louise. Helen observou-o enquanto conversavam, viu-o franzir a testa, escutar e depois tornar a falar. Por fim ele pôs o fone no gancho. "Ela vai estar em casa às dez horas", disse ele, "e falou para ligarmos novamente se as coisas piorarem. Temos de manter o corpo dele frio. Ela ficou preocupada com a diarréia e sabe como essas dores de cabeça costumam ser violentas. Portanto, se for preciso, ligaremos para ela depois das dez."

Retornaram a Cush em silêncio. Assim que entraram em casa, escutaram vozes no quarto de Declan. Pressentindo que havia algo de errado, Paul adiantou-se a Helen.

"Está tudo bem, não é nada", dizia Declan para a mãe e a avó, que se debruçavam sobre a cama.

"Ele teve um pequeno acidente", disse Larry depois de fazer um sinal para que Paul saísse do quarto com ele. "Acho que defecou e vomitou na cama."

Paul voltou para o quarto. "Seria melhor se todo mundo saísse", disse ele. Voltou-se para a sra. Devereux e indagou: "Será que a senhora poderia arrumar lençóis limpos?". Depois se virou para Lily e pediu que ela ligasse o chuveiro e regulasse a temperatura da água para que ficasse quente o bastante. A Larry pediu uma bacia com água e sabão. Seu tom de voz era brusco, quase autoritário. "Vocês não querem ir lá para fora? Está muito abafado aqui dentro."

Vendo que Lily não se mexia, ele gesticulou para que ela saísse. "Estou falando sério, precisamos de um pouco de privacidade", disse.

"Posso falar com você lá fora um minuto?", indagou ela.

Helen acompanhou os dois até a cozinha.

"Não daria para deixarmos isso para depois?", perguntou Paul.

"Não se atreva a falar comigo nesse tom!", trovejou Lily.

"Acho melhor conversarmos mais tarde", disse Paul calmamente. "Tenho coisas mais importantes a fazer."

Ele retornou ao quarto de Declan, onde Larry o aguardava com a bacia de água. A sra. Devereux já havia trazido os lençóis limpos. Larry foi ao banheiro para ligar o chuveiro. Helen permaneceu na cozinha olhando pela janela.

"Quem esse sujeito pensa que é?", indagou sua mãe.

Helen deu um suspiro.

Sua avó entrou na cozinha e sentou-se. "Colocamos os lençóis sujos num balde aí fora. O Paul pediu para deixá-los de molho e disse que depois os lavará. Ele é muito prestativo, não é mesmo?"

Helen teve a impressão de que a avó estava provocando sua mãe intencionalmente.

"Teria sido mais prático colocá-los no porta-malas do meu carro. Quando eu chegasse em casa bastaria enfiá-los na lavadora."

"Bem, é uma pena que você esteja dizendo isso só agora, em vez de tê-lo feito na hora", disse a sra. Devereux.

Paul reapareceu na cozinha e Helen reparou no ódio mudo que tomou conta da mãe quando ela o viu.

"A dor de cabeça está ficando mais forte", disse Paul. "E ele precisa tomar bastante líquido, se não vai ficar desidratado. Eu devia ter comprado algumas 7-Ups em Blackwater."

"Como é que você teve a ousadia de falar comigo daquele jeito!?" Lily levantou-se e o encarou. "Acho que você não está muito bem informado de qual é o seu lugar aqui."

"A senhora me desculpe", disse Paul, "mas assim que entrei no quarto percebi que o Declan estava se sentindo humilhado e achei que ele precisava de privacidade e não o ouvi dizer que queria que vocês voltassem depois que saíram."

"No que nos concerne, você não deveria estar aqui."

Helen tentou interrompê-la, porém Lily prosseguiu: "Talvez esteja na hora de você e o seu amigo arrumarem as malas e irem embora".

"A senhora quer dizer agora, neste exato momento?", indagou Paul pacientemente. "Só porque é essa a sua vontade?"

"Isso mesmo, quanto antes melhor", disse Lily.

"E só porque é essa a sua vontade?", tornou a indagar Paul.

"Bom, quem mora aqui sou eu", disse Lily.

"Não é, não", interveio Helen.

"Esta é a casa da minha mãe", disse Lily.

"O Declan pediu que eu e o Larry viéssemos para cá", disse Paul. "Nós dois — o Larry mais do que eu — estivemos ao lado do Declan durante períodos muito difíceis, períodos em que não me lembro de ter visto a família dele por perto."

"Não estávamos por perto porque não fomos avisadas", disse Lily.

"E por que será que não foram avisadas? Talvez a senhora devesse refletir sobre isso em vez de ficar atrapalhando e provocando discussões sem sentido", disse Paul.

Helen achou que ele havia ido longe demais, mas o amigo de

Declan permanecia calmo e sob controle, pesando cada palavra que dizia.

"Eu não estava atrapalhando", disse Lily.

"Bom, eu achei que estava", replicou Paul.

"Eu sou a mãe dele!", bramiu Lily.

Paul deu de ombros. "Ele já é adulto, está com uma dor de cabeça terrível, precisa beber alguma coisa e eu não tenho tempo para esse tipo de histeria."

"Quer dizer que vocês vão embora?", indagou Lily.

"Escute, senhora Breen", disse Paul, "enquanto o Declan estiver aqui, eu não arredo o pé desta casa, tome nota disso. Se estou aqui é porque ele me pediu para vir para cá e, quando me pediu isso, o seu filho usou palavras, expressões e frases não muito edificantes a respeito da senhora, as quais prefiro não repetir. É claro que ele se preocupa com a senhora, ama a senhora e quer ter a sua aprovação. Mas também está muito doente. Por isso, é melhor a senhora parar de sentir pena de si mesma. Enquanto o Declan estiver aqui, eu não saio e o Larry também não. Quando um de nós for embora, os outros também irão, e se não acredita em mim, pergunte ao Declan."

"O que você quer dizer com 'palavras não muito edificantes'?", perguntou Lily.

"Ele está com quase trinta anos, meu Deus, e tem medo de falar certas coisas à senhora", disse Paul. "Bolas, não tenho tempo para isso. Larry, você não quer tentar ligar o celular? Será que dá para recarregar a bateria?"

Chorando, Lily foi se refugiar no andar de cima. Helen dirigiu-se ao quarto de Declan e sentou-se na beira da cama.

"O que aconteceu?", indagou ele.

"A mamãe discutiu com o Paul", respondeu Helen.

"Ela não devia ter feito isso. Ele é imbatível em discussões, sempre adivinha o que a pessoa vai dizer em seguida." Declan tampou os olhos com as mãos e estremeceu. "A dor vem em ondas", disse ele e levantou-se para ir novamente ao banheiro. "Estou me sentindo mal de novo."

Helen encontrou sua avó no pé da escada.
"O clima ficou um pouco pesado", disse Helen.
"Ah, ela está bem", disse a avó. "É bom que ela chore um pouco para desabafar. Naquela casa maravilhosa de Wexford, a Lily pode fazer o que bem entender, inclusive pôr as pessoas para fora. Aqui, não. Esses meninos ficarão o tempo que quiserem."
As duas voltaram para a cozinha, onde Larry tentava recarregar a bateria do celular.
"Me desculpem se pareci agressivo", disse Paul.
"Coitada da Lily", disse a sra. Devereux, "mas, como dizia um sujeito de Ballyvalden, ela não tinha nada que se meter a cantar de galo em terreiro alheio."
"Alguém tem uma chave de fenda ou um canivete?", indagou Larry. "Preciso abrir este plugue para ver se ele está funcionando."
"Eu tenho uma faca aqui." A sra. Devereux enfiou a mão no bolso do avental.
"Mas, vovó, isso é um canivete automático!", exclamou Helen.
A sra. Devereux apertou o botão e a lâmina se projetou para fora. Parecia perigoso. Entregou-o a Larry.
"Vovó, para que a senhora precisa de um canivete desses?"
"Helen, não sei se você assistiu àqueles programas sobre pessoas idosas que são atacadas, gente velha que vive sozinha. Ah, por aqui não se falava em outra coisa. As duas Kehoe por pouco não cavaram um fosso em volta da casa delas e os policiais de Blackwater quase enlouqueceram com tanto desatino. As pessoas fica-

vam me perguntando como eu faria para me proteger. Não me davam sossego e, como você pode imaginar, a Lily aparecia aqui dia e noite com uma porção de manuais de sistemas de alarme. Era uma loucura. Mas eu tinha visto essa coisa" — a velha apontou para o canivete — "na televisão e achei que era ainda melhor que um revólver. Então fui a Wexford e pedi um ao senhor Parle, da Parle's Hardware, mas ele disse que não tinha esses canivetes em estoque, eram perigosos demais, falou que ninguém em Wexford trabalhava com esse tipo de coisa. Aí expliquei por que estava querendo comprar um. Acho que ele tinha pensado que eu pretendia dar de presente para algum neto ou sobrinho. Mas quando contei a minha idéia, ele se animou todo e disse que iria encomendar um para mim e ficamos conversando sobre os vários tipos e tamanhos. Ele disse que eu tinha toda razão em querer me proteger, falou que hoje em dia as pessoas têm mais é que fazer justiça com as próprias mãos. Parecia saber tudo sobre canivetes automáticos. Algumas semanas mais tarde, fui até a Parle's e lá estava o meu canivete, novinho em folha."

"Mas, vovó", indagou Helen, "a senhora sabe como usar esse troço?"

"Se eu sei, Helen? Ora, é só apertar o botão."

"E o que a senhora faria se alguém entrasse aqui?", perguntou Helen.

"Eu espetaria o sujeito, Helen. Deixaria-o todo desfigurado", disse a avó.

"Puxa, a senhora parece que leva essa coisa a sério mesmo", comentou Larry.

"A senhora é um exemplo para todos nós", disse Paul. "Ainda bem que não tentei entrar na sua casa às escondidas."

"O Declan sabe sobre esse canivete?", indagou Larry.

"Não", respondeu a sra. Devereux.

"Então preciso contar para ele. Daqui a meia hora essa bateria deve estar carregada", disse Larry.

Larry trombou com Lily na porta da cozinha. Ela foi até Paul, que se encontrava do outro lado do aposento.

"O Declan me disse que você é o melhor amigo dele e me pediu para não destratá-lo. Então eu prometi a ele que não criaria mais confusão."

"Na verdade o melhor amigo dele sou eu", interveio Larry.

"Você não passa de um pelintra, isso sim", disse a sra. Devereux sorrindo para ele.

"Tudo bem, não tem problema. E me desculpe se fui um pouco duro", disse Paul a Lily.

"O Declan está vomitando sem parar naquela bacia", advertiu Lily. "Ele diz que a dor de cabeça está piorando e foi de novo ao banheiro."

"Que horas são?", indagou Paul.

"Nove horas", respondeu Helen.

"Quando forem dez, a gente tenta ligar para a Louise do celular", disse Paul.

Enquanto jantavam, todos se revezaram para fazer companhia a Declan, que passava a maior parte do tempo no banheiro.

Às quinze para as dez, Paul achou que o celular já devia estar funcionando. Pediu à sra. Devereux o nome e o telefone do médico dela em Blackwater, a fim de que Louise pudesse ligar para ele se achasse necessário.

"Ah, não. Eu faço tudo o que vocês quiserem, mas isso não", disse a sra. Devereux. "O velho doutor French cuida de mim há anos, e agora que voltou para cá, o filho dele também tem me atendido. Acontece que eles sabem de tudo a meu respeito, me conhecem melhor do que eu mesma, e são tão mexeriqueiros, que Deus os abençoe, quanto as duas Kehoe. E não quero que saibam mais nada sobre mim."

"Está certo", disse Paul, "mas a questão é que a senhora não tem nenhuma lista telefônica onde a gente possa achar outro médico."

Então ele ligou para o serviço de auxílio à lista e conseguiu o número do posto policial de Kilmuckridge, um vilarejo ao norte de Blackwater. O policial que atendeu à ligação forneceu o número de telefone de dois clínicos gerais, um dos quais estava de plantão nessa noite.

"Paul, você é a eficiência em pessoa", disse Helen.

Ele telefonou para Louise e deixou um recado, pedindo que ela ligasse para o número do celular quando chegasse em casa. Enquanto a sra. Devereux servia chá para todos, Helen notou que sua mãe tentava sorrir para Paul.

Quando soou o primeiro toque agudo da campainha do celular, os dois gatos saltaram de seu poleiro, derrubando das prateleiras mais altas do aparador pratos e tigelas que se espatifaram ao cair no chão. Os gatos se esquivaram por entre os móveis do cômodo e, aos sons dos gritos da sra. Devereux, fugiram em disparada pela porta da cozinha. "Vocês vão me destruir a casa!", exclamou ela.

Lily tentou acalmá-la enquanto Paul saía com o telefone em direção ao hall. Helen pôs-se a recolher os pedaços de louça e faiança.

"Normalmente esses gatos levam uma vida tão tranqüila", disse a sra. Devereux depois de Lily fazer com que ela se sentasse. "Isso deve ter sido a gota d'água. Foi a mesma coisa quando comprei a batedeira. Deram um pulo de quase dois metros no ar, mas daquela vez não quebraram nada. E ficaram dois dias sem voltar para casa."

Já haviam recolhido e varrido a maior parte dos cacos espalhados pelo chão da cozinha quando Paul apareceu para dizer que um certo dr. Kirwan, de Kilmuckridge, viria atender Declan em Cush, que Louise havia conversado com ele, que ele saberia exatamente o que fazer e que alguém precisava ir a Wexford para comprar morfina de liberação prolongada na farmácia de plantão.

Quando Larry voltou do quarto de Declan, Paul contou-lhe o que havia acontecido.

"Um desses pratos fazia parte de um aparelho de jantar que eu ganhei no meu casamento, há quase sessenta anos", lamentou-se a sra. Devereux.

"Que animais imprestáveis!", exclamou Larry. "Se os encontrarmos por aí, daremos um jeito de afogá-los."

"Um pelintra, é o que você tem sido o dia inteiro", volveu a sra. Devereux.

"Mas a senhora há de convir que não era uma boa idéia deixar dois gatos em cima de um aparador desse jeito", disse Larry. "Mais dia, menos dia, eles acabariam quebrando tudo."

"Pois eu diria que eles têm uma opinião bastante desfavorável sobre vocês todos", disse a sra. Devereux. "E se essa porcaria de telefone tocar de novo, não sei o que acontecerá."

"Dois gatos escaldados, Garret e Charlie", disse Larry. "Não acredito que perdi isso."

Quando o médico chegou, Declan estava no banheiro. Ele desceu a escada devagar. Trajava uma cueca samba-canção e uma camiseta, e pareceu a Helen assustadoramente magro. O médico entrou no quarto com ele, os demais se dividiram entre a sala de jantar e a cozinha. Helen notou que a mãe havia trocado de roupa. Sua avó não fora à porta da frente para receber o médico, preferindo aguardar nervosamente na cozinha, e Helen compreendeu que ela não queria ser vista ou reconhecida por ele.

Tendo terminado a consulta com Declan, o médico parou em pé junto à mesa da sala de jantar e escreveu uma receita. Helen observou que o cabelo dele, pendendo em fios soltos em torno da cabeça, tinha um corte muito malfeito. Era como se alguém houvesse colocado uma tigela sobre sua cabeça, utilizando-a como molde para cortar. Reparou que Paul também o observava.

"Apliquei uma injeção que vai manter o intestino dele preso por algum tempo", disse o médico. "Ele precisa ingerir bastante líquido. Esta é a receita para a morfina. Vou telefonar para o farmacêutico quando chegar em casa e pedir que ele a deixe preparada para vocês. A farmácia fica no cais de Wexford, perto do Bank of Ireland."

Então, ao ser pago por Lily, ele comentou: "Este lugar é bem afastado".

"Muito obrigada por ter vindo", disse ela.

Assim que o médico deu a partida no carro, Larry e Paul foram até o quarto de Declan tecer comentários sobre o cabelo dele.

"Com o dinheirão que deve ganhar, ele bem que podia pagar um corte decente", disse Larry. "Se eu saísse por aí com um cabelo desses, todo mundo riria de mim, mas como ele é médico, ninguém fala nada."

A sra. Devereux entrou no quarto.

"Eu conhecia o pai dele, o velho Breezy Kirwan", disse ela. "É um ótimo rapaz e a mãe dele também é muito simpática. A família dela, os Gething, são de Oulart. Não sabia que ele estava de volta a estas bandas."

"E o pai dele tinha um cabelo assim também?", indagou Larry, que em seguida fez uma descrição do cabelo do médico à sra. Devereux.

"Ora, deixem o cabelo dele em paz. Aposto que ele está guardando dinheiro para se casar, dando bom exemplo, coisa que não posso dizer de certas pessoas."

Declan havia se aquietado. Larry e Paul foram buscar os comprimidos de morfina em Wexford. A sra. Devereux permanecia em frente à casa, chamando os gatos com cicios. Lily e Helen estavam no quarto de Declan, Lily segurando um pacote de ervilhas congeladas contra a testa do filho. "Por ora isso vai diminuir a dor", disse ela, ajeitando o travesseiro dele e alisando seus cabelos.

Helen sentia-se desconfortável naquele quarto. Sua mãe continuava não lhe dirigindo a palavra e pôs-se a falar com Declan como se ela não estivesse presente.

"A Helen me disse que eu abandonei vocês dois quando o seu pai ficou doente." Lily falava num tom de voz meigo e suave, como se eles ainda fossem crianças e ela estivesse lhes contando uma história reconfortante na hora de dormir. "Eu escrevia o tempo todo", prosseguiu ela, "e a sua avó me dizia que, se eu viesse visitá-los, isso só serviria para deixar vocês intranqüilos. Ela me garantiu que vocês estavam bem e que seria melhor não os tirar da rotina, do contrário ela teria um trabalhão para readaptá-los à vida aqui em Cush, longe de mim e do seu pai. E foi por isso que eu não os visitei nenhuma vez. Pode perguntar à sua avó, pergunte a ela se isso não é verdade. Eu queria vir, o seu pai também queria que eu viesse, nem que fosse apenas por um dia, mas a sua avó dizia que seria demais para vocês me reencontrar e depois me ver partir novamente. Ela achava que vocês ficariam muito abalados."

Lily estava quase chorando, porém Helen notou que Declan a observava com uma expressão severa. Indagou a si mesma se ele havia acreditado na mãe. Ela não acreditara.

"Por que você me deixou na casa dos Byrne durante o enterro e não foi me ver?", inquiriu Declan.

"Foi o conselho que todos me deram na época. Todo mundo dizia que você era pequeno demais para compreender a morte do seu pai e que a visão do caixão e do túmulo o deixaria muito impressionado. E eu teria ficado arrasada se visse você naqueles dias, Declan, teria ficado completamente arrasada." Agora Lily estava aos prantos. Declan rendeu-se e segurou a mão dela. "Declan, Helen, eu não podia ter agido de outro modo", disse Lily. Seu choro tornara-se ainda mais intenso.

Helen não percebeu que sua avó havia entrado no quarto. Quando a viu, ela já estava abraçada à filha e a embalava para a frente e para trás.

"É um vale de lágrimas, Lily", sussurrou ela. "É um vale de lágrimas e não há nada que a gente possa fazer."

Os comprimidos não tiveram efeito imediato. Entre uma e duas da manhã as dores de Declan tornaram-se quase insuportáveis. Helen, Lily, Paul e Larry revezavam-se para lhe fazer companhia no escuro, mas não podiam tocá-lo nem falar com ele.

As dores começaram a diminuir a partir das três horas. Declan tomou um comprimido para dormir e um Xanax, e disse que, com um pouco de sorte, conseguiria pegar no sono e dormir até de manhã.

Ao deitar-se na cama, Helen pensou em Hugh, nos meninos e nas palavras tranquilizadoras que haviam vindo de Donegal. Cathal e Manus estavam bem. Não sentiam sua falta e estavam se divertindo. No entanto, ruminou ali deitada, como poderia saber se um deles, ou ambos, não havia aprendido a disfarçar suas emoções e, apesar de infeliz e saudoso, não estaria evitando se queixar? Manus saberia como reclamar, mas Cathal não. Ele não diria nada, tal qual fizera ao falar com ela pelo telefone naquela manhã. Pensou em Hugh, em como ele era uma pessoa serena e digna de confiança, no quanto ela e os meninos o amavam. Por um momento, ali deitada no meio da noite, sentiu a força do seu amor por ela e apaziguou-se com o pensamento de que nada do que havia lhe acontecido estava sendo transmitido para seus filhos. Decidiu manter-se mais concentrada e atenta, para Cathal e Manus se sentirem mais seguros no mundo e não serem alvo de nenhuma das correntes que agora circulavam pela casa de sua avó a qualquer hora do dia. Contudo, ao se virar na cama e tentar dormir, pensou que qualquer pessoa que lhe fosse mais próxima deveria ter há muito tempo aprendido a conviver e lidar com essa teia de vínculos irresolvidos. Cerrou os punhos e jurou dar o melhor de si para protegê-los.

8.

Já passava das nove quando Helen acordou ao som de gritos e risadas. Ela apurou os ouvidos, escutou o ronco do motor de um carro e, a seguir, mais vozes. Ouviu sua mãe descer a escada e gritar alguma coisa. Pensou que talvez os gatos houvessem regressado, ou que a luz da manhã os tivesse desvelado no teto de um dos anexos da casa. O motor do carro tornou a roncar, dando a impressão de que alguém estava com problemas para colocá-lo em funcionamento.

Ao levantar-se, deu uma espiada no quarto de Declan, mas a cama estava vazia. Perscrutando pela janela da sala de jantar, pôde ver o que se passava em frente à casa: sua avó tentava dirigir o carro de Larry, que, sentado no banco do passageiro, ministrava-lhe aulas de direção. Ela dava a partida, acelerava, engatava a marcha, punha o carro em movimento com um solavanco e o motor morria.

Sentados sob o sol matinal, Declan e Paul assistiam à cena, rindo e aplaudindo. Lily estava à porta da frente e Helen juntou-se a ela.

"Sua avó vai acabar dando um jeito de bater o carro e pôr a culpa em outra pessoa", disse Lily.

"Ela não tem como ir muito longe", disse Helen.

Por fim a sra. Devereux conseguiu fazer com que o carro se aproximasse lentamente do portão antes de o motor morrer. Em seguida baixou o vidro e gritou: "Lily, Paul, Helen, vocês precisam levar os carros de vocês para a estrada. Isto aqui está muito apertado".

"Estamos com medo de chegar perto. É capaz de a senhora nos matar", disse Lily.

"Vamos, Helen, mexa-se!", demandou a avó, e pôs-se a escutar atentamente as explicações que Larry mais uma vez lhe dava sobre a troca de marchas.

Helen manobrou o carro de Declan sob o olhar impaciente da avó. Depois foi a vez de Lily e, a seguir, a de Paul.

"Helen, os meus sapatos sem salto!", gritou a avó quando Helen retornava para a casa. "Estão no hall."

Helen achou o par de sapatos sem salto e levou-os para o pátio. A avó, que já a aguardava descalça, entregou-lhe com um gesto imperioso o outro par e voltou-se imediatamente para falar com Larry sobre uma dúvida a respeito da alavanca de câmbio.

"Vamos lá, vovó!", incentivou Declan, que tinha as pernas finas cruzadas uma sobre a outra.

Sob o olhar atento de todos, a sra. Devereux tornou a dar a partida. Engatou a marcha e tirou o pé do freio, movendo o carro para a frente. Quando começaram os sacolejos, gritou para Larry: "O que é que eu faço agora?".

"O pisca-pisca, vovó, ligue o pisca-pisca", berrou Declan.

O motor morreu. A velha franziu os lábios e olhou para a frente. Depois abriu a porta do carro e virou-se para os espectadores. "Já para dentro, todos vocês! Não vou conseguir aprender a dirigir se ficarem aí olhando e rindo de mim. Ninguém consegue aprender desse jeito."

"Parece que ela está levando a sério essa história de aprender a dirigir", disse Helen. "Pensei que fosse só brincadeira."

"Desde que pôs a mão no dinheiro da venda dos terrenos, ela perdeu completamente o juízo", disse Lily. "Endoidou de vez! E espere só até o inverno chegar e ela ficar deprimida e não falar com mais ninguém e o padre O'Brien me ligar, como fez no ano passado, para dizer que ela foi vista chegando a Blackwater pela segunda vez no mesmo dia, carregando uma sacola, e que ela não trocava uma palavra com quem quer que encontrasse pelo caminho."

"Está falando sério?", indagou Helen.

"Endoidou de vez", repetiu Lily. "E ela tinha uma irmã chamada Statia, você era muito pequena, não deve se lembrar. Pois num Natal sua avó me mandou para a casa dela em Bree. Ah, foi uma experiência terrível! Essa Statia também era doida de pedra. Só tinha loucos naquela família. Por isso não comece agora a me culpar por abandoná-la aqui sozinha. Não há nada que eu possa fazer."

"Não estou culpando você", disse Helen.

"Ah, não? E aquela cena ontem foi o quê?", perguntou a mãe.

Declan havia retornado para a cama. Paul, Lily e Helen tomaram o café-da-manhã juntos enquanto Larry e a sra. Devereux continuavam a aula de direção.

"Eu falei para o Declan", disse Paul, "que ele devia voltar hoje para o Saint James, mas ele disse que se continuar se sentindo bem, prefere ficar. A Louise está preocupada com o estômago dele: o que aconteceu ontem pode ter sido causado por várias coisas e precisa ser tratado, mas isso só poderá ser feito depois que ele for submetido a uma batelada de exames."

"E esses exames seriam feitos ainda hoje?", indagou Lily num tom diplomático.

"Não, mas poderiam começar na segunda bem cedo. A Louise não quer mais mascarar os sintomas, de modo que não vai dar mais nada para ele enquanto não souber do que se trata."

"Quer dizer que não vai medicá-lo?", perguntou Lily.

"Isso mesmo", respondeu Paul.

Paul e Lily se entreolharam por cima da mesa e menearam gravemente a cabeça. Helen fez mais chá enquanto eles continuavam a conversar. Algum tempo depois, Larry e a sra. Devereux entraram na cozinha.

"É aquela primeira marcha que me atrapalha", disse a sra. Devereux.

"E imagino que a segunda e a terceira também", provocou Lily.

"Não, senhora Breen, ela tem muito potencial", disse Larry. "A minha mãe só aprendeu a dirigir no ano passado, graças a umas aulas que o meu pai deu para ela."

"A senhora vai ter que tirar uma licença provisória, vovó", advertiu Helen.

"Ah, isso não será problema, Helen. Não contei para você o que aquela minha conhecida que mora em The Ballagh, a Kitty Walsh, fez no ano passado? Ela é tão cega que não enxerga um palmo diante do nariz. Pois um dia antes da consulta para tirar a carteira, ela foi ao oculista e disse que estava interessada numas armações de óculos — foi a irmã dela, a Winnie, que me contou isso —, e não é que, enquanto a porta estava aberta, ela não aproveitou para dar uma boa espiada nas letras, aquelas letras que eles fazem a gente ler? Anotou tudo num pedaço de papel, foi para casa e decorou aquilo. E no dia seguinte o oculista disse que a vista dela estava ótima, embora ela mal soubesse dizer qual era cor do dinheiro com que pagou a consulta. E agora ela anda com um

Mazda por aí feito uma louca. Se vocês calharem de cruzar com ela pelo caminho, é melhor saírem para o acostamento. É um Mazda vermelho."

"Alguém devia denunciá-la", disse Lily.

"Foi a Winnie que me contou isso e ela também acha um absurdo, mas não adianta falar com a Kitty. A mãe delas era uma velha insuportável, tinha mais de noventa anos quando morreu. A Kitty comeu o pão que o diabo amassou com ela e, depois que a mãe bateu as botas, não havia Cristo que tirasse essa história de carro da cabeça dela. Portanto, tomem cuidado se a virem pela frente!"

Às quinze para as onze, a sra. Devereux, Helen, Lily e Paul saíram para assistir à missa das onze em Blackwater.

"Tratem de voltar direto para o carro depois da missa", disse a sra. Devereux. "Não me inventem de fazer hora em frente à banca de jornal e não ousem conversar com ninguém."

Helen não ia à missa em Blackwater havia bem mais de dez anos, desde o último verão em que trabalhara na pousada da avó. Esquecera-se da cena que tomava conta da igreja durante a missa das onze: as mulheres de um lado, com lenços, mantilhas, ou chapéus elegantes na cabeça; os homens do outro, todos de terno, inclusive os meninos; e a expressão reverente e inquieta estampada no rosto de cada um deles, o silêncio, a atenção, o suave e antiquado ardor em relação a tudo. A compostura e o clima de submissão só eram rompidos por visitantes ocasionais, pessoas de Dublin ou de outras cidades que entravam na igreja e sentavam-se todas juntas, em família, trajando roupas de verão.

Helen estava ao lado de Paul e, durante a missa, escutou-o rezar e proferir as respostas em alto e bom som. Sua avó, sua mãe e Paul foram se comungar, mas ela sentou-se e ficou observando os comungantes que caminhavam em direção ao altar de cabeça baixa, concentrados em suas orações. Notou que Paul usava roupas conservadoras e podia muito bem passar por um filho de fazendeiro das redondezas, um sólido pilar daquela comunidade.

Tão logo terminou a missa, sua avó cutucou-a. "Rápido, Helen, vamos sair antes que essa turma comece a se aglomerar aí fora."

Pessoas que conheciam Helen de vista a cumprimentavam com sorrisos ao entrar na fila para sair da igreja. Ela desejou ter vindo com um lenço ou uma mantilha na cabeça, como sua mãe e sua avó. Tinha a incômoda sensação de atrair a atenção de todos, como se o fato de ter vindo à missa de cabeça descoberta e não se comungar fosse uma espécie de manifesto. Quando alcançaram o pórtico da igreja, sua avó pegou-a pelo pulso e pôs-se a falar animadamente com ela, de maneira a impedir que outras pessoas tentassem abordá-la. Lily caminhava mais à frente, Paul vinha logo atrás.

"Ah, tem gente que não vai se conformar de termos escapado desse jeito", disse a sra. Devereux depois de entrar no carro, "pessoas que passam o ano inteiro sem olhar para mim, mas que hoje teriam feito de tudo para puxar conversa, só porque estou com a Helen e a Lily. E vão pensar que o Paul é seu marido, Helen. Vão dizer que você arrumou um homem muito decente. Já sobre você, Lily, não sei o que dirão."

"Pouco importa", disse Lily. "O que eu sei é que esse padre me deixou exausta. Que homem maçante!"

"Dê a partida", disse a sra. Devereux para Paul, "e vá saindo. Alguém vai ter que nos dar passagem."

"Vovó, quando tiver o seu próprio carro, a senhora vai aprender tudo sobre esse negócio de dar passagem", disse Helen.

"Ah, vou precisar treinar muito antes", volveu a sra. Devereux.

Quando chegaram em casa, Declan e Larry aguardavam-nos com tudo pronto para irem à praia. A sra. Devereux, porém, declinou o convite, alegando que fazia anos que não descia o penhasco e que, se descesse agora, jamais conseguiria voltar. "Além disso", disse ela, "a gente nunca sabe quem pode encontrar por lá e eu não tenho paciência para ficar escutando a conversa-fiada desse povo."

Trajando shorts, sandálias e camiseta, Declan parecia frágil e pálido. Lily levou uma cesta com uma garrafa de chá, sanduíches e biscoitos. Chegando à estradinha de terra, ouviram os sussurros que a sra. Devereux emitia, chamando os gatos por seus nomes, tentando atraí-los de volta para casa, mas os animais não davam sinal de vida.

Nos dias anteriores, alguns matacães de barro e marga salpicados de pedras haviam se desprendido do penedo e caído na praia. Em breve, quando a maré subisse e os cobrisse de água, eles se desintegrariam e, após alguns dias, restariam somente as pedras, até que elas também, ou pelo menos parte delas, no inverno e na primavera, fossem arrastadas pelo mar ou soterradas pela areia da praia.

Lily refugiou-se atrás de um dos matacães para vestir um maiô antiquado que provavelmente encontrara em algum lugar na casa da mãe. Viam-se algumas famílias em pontos mais afastados da praia, mas perto de onde eles estavam não havia ninguém. Helen estendeu uma toalha de praia na areia e Declan deitou-se nela, mas tornou a sentar-se para observar a mãe, que atravessou a estreita faixa de areia a passos largos, persignou-se ao entrar na água e mergulhou sem a menor hesitação.

"A sua mãe é uma mulher corajosa", disse Larry.

"É, mas o Paul tem se revelado um páreo duro para ela", disse Declan. "Ele mete medo na mãe de qualquer um."

"Querem fazer o favor de largar do meu pé?", queixou-se Paul. "O Declan é mesmo um sacana, Helen. Sabe o que ele me disse? Que eu passei a noite toda acordado pensando em você." Sorriu para Declan.

"Se a Helen não estivesse aqui nós te cobriríamos de cócegas", disse Declan. "Esse Paul vira outra pessoa quando a gente faz cócegas nele."

"Não tem coisa que eu gostaria mais de ver do que o Paul sofrendo um ataque de cócegas", disse Helen. "Mas talvez seja melhor esperarmos a mamãe voltar."

Paul, que já havia vestido a sunga, levantou-se e correu pela areia em direção ao mar. No entanto, assim que a água fria atingiu suas coxas, estacou e começou a dar pulinhos para esquivar-se das ondas. Por fim, aos gritos de vivas de Larry e Declan, mergulhou e saiu nadando. Helen juntou-se a ele e, uma vez dentro da água, sentindo o corpo relativamente aquecido desde que não ficasse parada, notou que Declan, ainda de shorts e com Larry a seu lado, caminhava com passos claudicantes pela praia. Sabia que o irmão não podia nadar por causa do cateter que os médicos haviam colocado em seu peito.

Mais tarde, quando o sol já se encontrava mais baixo e a praia ficara na sombra, Larry, Paul e Declan voltaram para casa, deixando Helen e a mãe sozinhas. Ainda fazia calor e o céu continuava aberto, salvo por algumas nuvens que se estendiam no horizonte. Tendo tirado os maiôs e vestido suas roupas, as duas se deitaram na toalha de praia, a princípio em silêncio. Então, quando Helen estava quase cochilando, Lily começou a falar.

"Tenho a impressão de que o Declan não vai durar muito tempo. É estranho como absorvemos rápido o choque e nos habituamos a vê-lo nesse estado. Parece que isso já faz parte das nossas vidas. Às vezes ele assume uma expressão no rosto ou vira o corpo de uma maneira que me faz lembrar do seu pai."

"O meu pai ficou assim magro antes de morrer?", indagou Helen.

"Não tanto quanto o Declan, era uma coisa menos evidente. Mas ele tinha esse mesmo jeito do Declan de se sentar na cama e ficar rindo, quer dizer, não rindo muito, mas conversando. Por outro lado, ele não sabia que estava tão doente."

"E você sabia?"

"Não, a questão é que eu também não sabia. Todos achavam que tinham me avisado, mas o fato é que ninguém me disse nada. Depois da operação o cirurgião pediu para falar comigo, mas ele nunca estava no consultório, eu não o achava em lugar nenhum. Então deixei por isso mesmo. E o seu pai mudou bastante no hospital. Ficou muito parecido com os homens daqui, não falava muito, deixava que os outros falassem por ele, mas adorava que lhe fizessem companhia, ficava ouvindo e nunca estava sozinho. Ele se sentia muito solitário, mas parecia ter descoberto um mundo novo no hospital. Reparava em tudo, se lembrava de todos e, quando eu chegava, me contava tintim por tintim o que havia acontecido durante a noite. E, como eu estava hospedada com o meu primo Pat Bolger e a casa dele era bastante agitada, também tinha as minhas novidades para contar. Depois líamos o jornal e ficávamos conversando horas a fio. Na cama em frente à dele havia um homem que dizia nunca ter visto duas pessoas que gostassem tanto de conversar. E também fazíamos planos, falávamos sobre o que faríamos quando ele saísse de lá.

"Pretendíamos ter mais um filho", prosseguiu, "quem sabe até dois, como uma segunda família, seria uma maneira de agradecer a Deus pela recuperação dele. Pensávamos em ter mais um menino e depois uma menina, ou vice-versa. Planejávamos tudo nos mínimos detalhes, e o seu pai me contou muitas coisas sobre a vida dele que eu não sabia, embora estivéssemos casados havia tantos anos. Era como se tivéssemos criado um mundinho todo nosso lá dentro. A cama dele ficava num canto do quarto, perto de uma janela, e as enfermeiras iam e vinham, os médicos iam e vinham, e eu nunca perguntava nada a eles. Talvez eu soubesse que o caso dele era grave e não quisesse encarar isso, mas o fato é que eu realmente não sabia. Então, um dia, quando eu estava andando de lá para cá no corredor, esperando que as enfermeiras terminassem de cuidar dele, uma das freiras se aproximou de mim e perguntou se eu não queria descer com ela até a capela para rezarmos juntas. Ela acendeu algumas velas e nós nos ajoelhamos.

'"Roguemos a Nossa Senhora', ela disse, 'para que ele tenha uma morte feliz e tranqüila'. Bom, eu rezei com ela, até ficamos de mãos dadas, mas pensei que a freira tinha me confundido com outra pessoa. Era uma mulher muito calma e ponderada, eu havia reparado nela desde o primeiro dia no hospital, ela também tinha reparado em mim, e eu sabia que ela não havia se enganado, mas mesmo assim perguntei. Ela me levou até o oncologista, que era um homem arrogante e grosseiro, e ele deixou bem claro que não tinha tempo a perder comigo. Então precisei voltar para perto do seu pai e fingir que não havia acontecido nada. Tinham aplicado uma injeção nele, que o deixou muito fraco, e dali a dois dias ele estava morto. Se aquela freira não estivesse por lá após a morte dele, não sei o que teria sido de mim.

"Eu não conseguia me separar do seu pai. Queria que fechassem as cortinas e me deixassem a sós com ele, mas eles insistiam em dizer que eu precisava ir embora. Eu sabia que nunca mais o veria. Então a freira me levou de novo para a capela e eu rezei por ele, mas isso não fez a menor diferença para mim. Eu não sabia que podia existir tamanha escuridão como a que eu senti naquele dia."

"Antes disso você disse à vovó que ele estava muito doente?"
"Ela sabia que ele estava doente."
"Mas você a avisou de que ele estava para morrer?"
"Como é que eu poderia avisá-la se nem eu mesma sabia? Se soubesse, teria avisado no mesmo dia ou, no máximo, no dia seguinte. Deixei essas coisas todas para o Pat Bolger. Mas o seu pai

morreu dali a um ou dois dias. Ele era tão jovem, estava pronto para começar uma vida nova, não via a hora de voltar para casa. Ele era o centro da minha vida e amava muito vocês. Não queria que você e o Declan saíssem de perto dele. E agora eu tinha diante de mim aquele corpo frio, como se ele não fosse mais nada.

"E naquele dia, depois que o levaram embora da enfermaria e eu desci para a capela, fiz uma promessa: prometi que daria o melhor de mim por você e pelo Declan, tentaria cuidar de vocês tão bem quanto nós dois o teríamos feito. Prometi dar tudo de mim, mas, olhando agora, acho que não me saí muito bem."

A mãe de Helen olhava para o mar, as mãos tremiam. Suas últimas palavras haviam soado de maneira tão desapaixonada, seu tom de voz fora tão factual e melancólico que Helen sentiu que não valia a pena retrucar. Permaneceram sentadas, em silêncio, ouvindo o rumor das ondas que varriam a praia.

Por fim Helen disse: "Eu estava aqui pensando que um dos meus filhos às vezes me lembra o meu pai, exatamente como você disse a respeito do Declan, quando ele vira a cabeça".

"Qual deles?", indagou a mãe.

"O Cathal, o mais velho. Ele é muito quieto, é como os homens daqui, gosta de não ter que falar. E o engraçado é que o outro é o inverso dele."

"Quando vocês eram pequenos, o Declan também era o inverso de você. Seu pai adorava que vocês viessem para a nossa cama nas manhãs de sábado e domingo. Eu era contra, mas assim que vocês faziam algum ruído, ele os trazia para a cama e, se você viesse, o Declan vinha atrás. Você ficava quietinha no seu canto, chupando o dedo. Já o Declan trepava em cima da gente, puxava as orelhas do seu pai, fazia cócegas nos pés dele. E você detestava aquele barulho todo, mas o Declan ia ficando cada vez mais endiabrado e não sossegava enquanto não levantássemos."

"Eu sempre quis ser filha única, especialmente quando tinha mais ou menos essa idade."

"E eu sempre quis ter uma irmã. Sua avó bem que tentou adotar uma criança. Ela havia preparado tudo, mas um dia uma mulher de tailleur de tweed apareceu aqui — não sei quem era, provavelmente alguma inspetora — e perguntou onde é que a criança iria viver quando a casa caísse no mar. Quis saber se tínhamos um seguro e é claro que não tínhamos. Minha mãe ficou furibunda. 'A senhora não tem como criar uma criança aqui', a mulher disse para ela. E a nossa proposta de adoção foi recusada. Sua avó ficou péssima, passou o inverno todo sem conversar conosco, não falava nem comigo nem com o seu avô."

"Uma irmã teria feito muita diferença, não teria?", indagou Helen.

"É, teria sim", disse a mãe num tom pensativo, pesaroso. Ficou em silêncio por alguns instantes e então balançou a cabeça e franziu o cenho.

"O que foi?", inquiriu Helen.

"Há uma coisa a respeito do enterro do seu pai de que eu nunca me esquecerei", disse a mãe. "É difícil falar sobre isso. Quando cheguei de Dublin daquela maneira, tendo perdido o seu pai tão jovem, e vi aquela gente toda diante de mim, senti uma espécie de vergonha. Parece loucura, não é? Sei que parece, mas foi assim que me senti, completamente exposta, se bem que vergonha talvez não seja a palavra mais adequada. De todo modo, foi essa a sensação que tomou conta de mim naqueles dias após a morte do seu pai, quando voltamos para casa, uma sensação de vergonha."

"Mas você não dava a impressão de estar se sentindo assim", disse Helen.

"Não sei qual era a impressão que eu dava para os outros. Naqueles dias eu só pensava em como fazer o tempo voltar para trás. Talvez quisesse também que o tempo parasse, pois sabia que quando tudo aquilo terminasse e aquelas pessoas todas fossem embora, eu ficaria sozinha, teria de dormir sozinha, passaria sozinha as noites e precisaria me encarregar sozinha de você e do Declan. E isso estava acima das minhas forças, você sabe como isso estava acima das minhas forças. Mas não entendo por que dei para pensar nessas coisas agora. Imagino que seja por causa do Declan."

A tarde caía e começava a esfriar. Helen e sua mãe dobraram a toalha de praia, pegaram os maiôs e as toalhas que haviam deixado em cima do matacão para secar e caminharam em direção à ravina que levava à casa de Mike Redmond, por onde galgaram o barranco até o topo do penhasco.

Voltavam para casa caminhando ao longo das estradinhas de terra, quando Helen estacou e disse: "Tem uma coisa de que eu nunca havia me dado conta antes, é algo que só me ocorreu agora. O fato é que sempre achei que você tinha levado o meu pai embora e não o trouxe mais de volta. Sei que é irracional, mas era assim que eu sentia. Pensava que você o havia trancado em algum lugar, que você sabia onde ele estava, que era tudo culpa sua. Em alguma parte de mim eu acreditava piamente nisso".

Lily estremeceu.

"Eu não tranquei ninguém em lugar nenhum, Helen", disse ela com um tom de voz cansado. "O seu pai morreu nos meus braços. Eu vi quando ele se foi. Sei que voltei para casa sem ele, mas não havia nada que eu pudesse fazer."

"Eu sei, mamãe, eu sei", disse Helen dando o braço para ela e retomando a caminhada.

Ao atingir o ponto mais alto da estrada, elas avistaram Madge e Essie Kehoe caminhando em sua direção.

"Não dê trela para essas duas", disse Lily.

"Ora, vejam só", disse Madge Kehoe ao chegar mais perto, "acabamos de passar pela casa da Dora e estávamos justamente nos perguntando onde andariam vocês."

"A Dora vai acabar matando alguém", interveio Essie. "Vocês precisam fazê-la parar com essa loucura. Por pouco ela não deixa o carro cair na valeta."

"Ah, mas antigamente ela guiava muito bem", disse Lily. "Vai reaprender num instante."

Helen sabia que o que sua mãe havia dito era mentira e ficou com a impressão de que as irmãs Kehoe também sabiam disso.

"Vocês souberam o que a Kitty Walsh fez quando a coitada da mãe dela mal tinha acabado de ser enterrada?", indagou Madge, falando rápido, sem tomar fôlego.

"Devia existir uma lei para impedir esse tipo de coisa", disse Essie. Estavam ambas excitadas com o que haviam acabado de presenciar.

"A lei existe", volveu Madge. "O problema é que os policiais não estão nem aí e não a fazem parar."

"Ela é cega demais para vê-los. Mesmo que a mandassem parar, ela seguiria em frente", disse Essie. "E agora a Dora também resolveu guiar."

"Ah, mas ainda vai levar um tempo até ela pegar a estrada", disse Lily num tom que pareceu a Helen desdenhoso, quase pernóstico.

Os olhos das irmãs Kehoe dardejavam de Helen para sua mãe. "E o seu marido, continua em Donegal?", inquiriu Essie.

Helen fez que sim com a cabeça.

"Vocês não acham que o Declan está um pouco magro demais?", disse Madge. "Ele precisa engordar um pouquinho. Desse jeito não vai encontrar nenhuma mulher que queira casar com ele."

"Pois eu aposto que tem muitas garotas esperando que ele tome uma decisão", disse Essie com um sorriso cáustico.

Lily e Helen não responderam aos comentários. As duas irmãs pareceram se dar conta de que haviam falado demais e por um ou dois segundos não disseram mais nada. Então, quando ficou claro que Lily e Helen preparavam-se para se despedir, Madge quebrou o silêncio.

"Só Deus sabe quem será o próximo candidato a ás do volante. Do jeito que as coisas vão, não ficarei surpresa se o velho Art Murphy e a Kate Pender também quiserem aprender a dirigir."

"Acho que esses dois levarão algum tempo para tirar a licença provisória", disse Lily rindo.

"E o juiz daqui dirige feito um doido", acrescentou Madge.

"Bom, então é melhor a gente tomar cuidado", disse Helen fazendo menção de ir embora.

"E quem é aquele outro sujeito que está no carro ensinando a Dora?", indagou Essie.

"É um amigo do Declan", disse Helen.

"Ah, é?", volveu Essie. "E ele dá aulas na sua escola?"

Helen não respondeu.

"Meu Deus, a Dora está mesmo com muitas visitas", continuou Essie.

As irmãs Kehoe observaram Helen e Lily, tentando verificar se não havia mais nenhuma informação que pudessem extrair delas.

"É melhor a gente ir", disse Lily.

"Dêem um pulo lá em casa antes de irem embora", disse Madge.

"É, venham tomar um chá conosco", acrescentou Essie.

"São loucas, sempre foram completamente loucas", disse Lily assim que as Kehoe saíram do alcance da voz. "Você devia se ajoelhar e agradecer a Deus, Helen, por não ter precisado ir à escola com pessoas assim. Uma vez eu dei um beliscão tão forte na Essie que o pai dela veio à nossa casa se queixar. Ah, naquele tempo eu só pensava em fugir deste lugar. Me sinto envelhecida só de ver essas duas pela frente."

    A aula de direção acabara de terminar quando Lily e Helen chegaram em casa. A sra. Devereux e Larry estavam parados ao lado do carro. Declan e Paul achavam-se sentados em cadeiras junto à porta da frente. Helen notou que o rosto de Declan estava quase verde. Era a primeira vez que o via com um aspecto tão doentio e abatido e, no entanto, ele sorria e gargalhava. Ao vê-lo assim, ocorreu-lhe que ele estava se esforçando para se manter vivo.

    "Agora mostre para elas, senhora Devereux", incitou Larry.

    "Encontramos as Kehoe no caminho", disse Lily.

    "Estavam muito admiradas com a senhora", disse Helen à avó.

    "Mostre a elas", insistiu Larry.

    A sra. Devereux entrou no carro de Larry, fechou a porta do motorista e pareceu fazer um grande esforço de concentração. Deu a partida e deixou o motor roncar por um minuto. Agia como se ninguém a estivesse observando ao engatar a marcha, soltar o freio de mão e avançar lenta e suavemente em direção ao portão. Quando ela se preparava para entrar na estrada, o carro começou a sacolejar e o motor morreu. Deu novamente a partida e acelerou várias vezes, fazendo com que uma fumaça espessa e negra saísse pelo escapamento. Então pôs novamente o carro em movimento, fez a curva e ingressou na estrada de terra. Todos saíram pelo portão para vê-la avançar por alguns metros ao longo da encosta, até que ela freou bruscamente, puxou o freio de mão e ficou aguardando. Larry caminhou até o carro, ela passou para o banco do passageiro e ele voltou para o pátio de marcha a ré. Quando Larry estacionou em frente à casa, a sra. Devereux desceu do carro e espanou a poeira da roupa. Larry, Paul, Declan e Helen aplaudiram. Lily permaneceu imóvel, com uma expressão impassível no rosto.

"Agora ela está toda feliz", sussurrou Lily para Helen, "mas sei muito bem o que a espera no inverno, já posso vê-la falando aos gritos comigo da cabine telefônica de Blackwater, ou andando por aí feito uma Maria Louca."

No fim da tarde o humor de Declan turvou-se. Enquanto tomavam chá na cozinha, ele permanecia alheio na poltrona ao lado do fogão. Todos estavam conscientes, percebeu Helen, de que em nenhum outro momento daquela semana ele estivera tão mal. Não falava nada, limitava-se a lançar para a frente um olhar perdido. Os demais tampouco abriam a boca e, quando enfim Larry disse alguma coisa, ficou claro que seu objetivo era apenas quebrar o silêncio com piadas sobre as aulas de direção da sra. Devereux e o desaparecimento dos gatos. Ninguém riu ou respondeu. Desalentado, Larry não insistiu, e a expressão estranhamente taciturna que ele exibiu em seguida deixou Helen ainda mais perturbada.

Quando terminaram de tomar o chá, a sra. Devereux pôs-se nervosamente a preparar um segundo bule. Cada um deles havia, a certa altura, se levantado para ir ao banheiro e depois voltado. Então Paul tentou aliviar a tensão perguntando a Declan se ele não queria ir para a cama.

"Não, não quero ir para a cama, Paul. Não estou nem um pouco a fim de ir para a cama. Me deixe em paz. Por acaso estou incomodando alguém?"

Helen notou como Paul enrubesceu de repente; era a pri-

meira vez que o via desnorteado. Ele não disse nada. A sra. Devereux lidava ruidosamente com as xícaras e os pires na pia.
"Deixe isso, vovó. Depois eu lavo", disse Helen.
A avó foi até a janela e olhou para fora. "Acho melhor jantarmos mais tarde", disse ela. "Estou sem ânimo para cozinhar agora."
"Pode deixar que eu faço o jantar", disse Helen.
Declan continuava em silêncio e não prestava atenção em nenhum deles. Agora estava pálido; a marca da ferida junto ao nariz havia atingido a maçã do rosto e assumira uma coloração escura e repulsiva. Helen reparou pela primeira vez como seus cabelos tinham ficado finos. Ele cruzou as pernas e depois enroscou o tornozelo de uma sob a panturrilha da outra, realçando sua magreza. Sob a luz baça da cozinha, Helen achou-o singularmente belo, apesar do rosto e do corpo macilentos, como uma figura num quadro, com olheiras e tufos escuros despontando nos lugares onde ele não havia se barbeado. Contemplou seus dedos compridos e esqueléticos.
Declan surpreendeu-a olhando para ele e ela desviou o olhar. A essa altura, com exceção de sua avó, todos os outros já haviam saído da cozinha. A sra. Devereux dirigia-se repetidas vezes à janela, como se esperasse a chegada repentina de alguém; então voltava para a pia, onde começara a descascar algumas batatas. Helen se aproximou para ajudá-la, reparando, ao atravessar o cômodo, que a pele de Declan tornara a assumir aquela coloração doentia, quase verde, que tivera algumas horas antes, quando ele estava em frente à casa.
Enquanto Helen e a avó preparavam alguns legumes, Lily entrava na cozinha e saía de lá, e Declan permanecia sentado em silêncio, olhando fixamente para a frente. O que se passava com ele, fosse o que fosse, contaminava o ambiente, tornando-as conscientes de todos os ruídos que produziam — o atrito da faca con-

tra a casca dos legumes, o tinir das panelas, o abrir e fechar das torneiras — e esses ruídos soavam como uma perturbação, uma irritação, uma afronta direta à feroz e angustiada concentração de Declan.

Helen não via a hora de sair da cozinha. Quando o fez, teve vontade de fechar a porta atrás de si, isolando sua avó e Declan lá dentro, mas sentiu que isso seria como fechar a tampa de uma panela de pressão. Deixou a porta entreaberta.

Larry e Paul estavam na sala de jantar.

"O Larry vai voltar para Dublin hoje à noite", disse Paul. "Ele precisa trabalhar. Vou ficar, mas acho que amanhã devíamos levar o Declan embora."

"Estou pensando em sair depois do jantar", disse Larry.

A carne chiava no forno, os vegetais ferviam, o cheiro da comida inundava a cozinha e Declan continuava impassível e imóvel na cadeira ao lado do fogão a carvão, os olhos fitos num ponto à sua frente, como se prestes a explodir de dor ou de raiva. Paul e Larry aguardavam do lado de fora enquanto Helen e sua mãe arrumavam a mesa da cozinha, tomando o cuidado de incluir um lugar para Declan, embora soubessem que ele não iria se sentar com eles. Moviam-se com cautela, em silêncio, cientes de que qualquer som parecia agredir os nervos dele. A sra. Devereux despejou um pouco de leite num pires e saiu para deixá-lo para os gatos junto ao barracão.

Por fim, sentaram-se para jantar. Deixaram uma cadeira para Declan, mas ele não veio para a mesa e eles tampouco o convidaram a fazê-lo. Ocupavam-se em passar as travessas de comida uns para os outros, o tempo todo atentos à presença ensimesmada de Declan.

"Você não vai comer nada, Declan?", indagou Lily.

"Não, me deixem em paz", respondeu ele sem levantar os olhos.

"Deixe-o em paz, Lily", disse a sra. Devereux. "Ele é o meu bichinho de estimação."

Helen notou que Paul e Larry haviam sido tomados de um grande desassossego. O acabrunhamento de Declan os deixara impotentes. Se a família dele não estivesse ali, pensou ela, seus amigos teriam sido capazes de fazer alguma coisa, mas os sinais e associações que pairavam no ar eram emaranhados e complexos demais e ninguém sabia o que dizer. Uma tristeza estranha e constrangida baixou sobre o grupo.

Depois do jantar, Larry se aprontou para partir, porém Declan não fez menção de levantar para se despedir do amigo. Larry deixou sua mala no hall, entrou na cozinha e despenteou-lhe os cabelos com um afago. Declan segurou a mão de Larry por um momento e apertou-a, mas não se virou para olhar para ele e não disse nada.

Larry se deteve na sala de jantar e pôs-se a discutir os projetos de reforma com a sra. Devereux. "Estou levando todas as medidas comigo e já entendi o que a senhora quer. Vou preparar os desenhos e depois procuramos um empreiteiro das redondezas, alguém que seja realmente bom e de confiança. Pode deixar comigo que eu me entendo com ele. E não vou cobrar nada da senhora pelo projeto. Roubar dos ricos para dar para os pobres é o meu lema. Quer dizer, espero que a senhora não me leve a mal por dizer isso."

Em meio à penumbra, Helen observou que sua avó escutava desconfiadamente o amigo de Declan.

"Não, imagine, muito obrigada", disse a sra. Devereux. "Não sei o que eu faria sem você."

"E não se esqueça de que a obra precisa estar pronta antes do inverno", acrescentou Larry.

"Claro, claro", disse a sra. Devereux.

"Vou mandar os desenhos pelo correio durante a semana

para que a senhora veja se está mesmo de acordo com o projeto. Depois eu venho para cá um dia desses para acertar tudo com o empreiteiro."

"Oh, isso seria muito gentil."

"Só que a senhora precisa ter certeza de que quer mesmo fazer isso", prosseguiu Larry.

"Vamos, Larry", interrompeu Paul. "Daqui a pouco dá meia-noite e você ainda está aqui tagarelando."

Quando Larry entrou no carro, os dois gatos apareceram por um breve instante sobre o teto do barracão. Deram miados agudos e observaram a visita partir. Então a sra. Devereux entrou correndo em casa e levou mais um pires de leite para eles. Acompanhada de Helen e Paul, percorreu de um lado a outro o espaço defronte à casa e, depois, sozinha, caminhou de lá para cá na estradinha de terra, chamando-os. Mas quando ficou claro que eles haviam se escondido de novo, voltou para casa.

Estava quase escuro e o raio de Tuskar já varria a fachada da casa quando Declan começou a sentir cólicas estomacais. Helen notava os espasmos chegando, a princípio não muito fortes, obrigando o irmão a segurar o fôlego. Depois passou a testemunhar o pânico que tomava conta dele cada vez que um espasmo se avizinhava.

Todos tentaram conversar com ele. Lily se ajoelhou à sua frente e segurou suas mãos, mas ele se recusou a falar com ela, nem sequer olhou para ela. Paul se mantinha em silêncio, sentado à mesa da cozinha, observando-o. A sra. Devereux lavou a louça, varreu o chão e tornou a sair em busca dos gatos. Helen permanecia junto à janela.

"Será que vocês podiam apagar a luz?", pediu Declan.

Havia uma luminosidade tênue no céu, de modo que, após

terem acostumado a vista à penumbra, eles conseguiam divisar os contornos uns dos outros. Declan começou a gemer a intervalos regulares. Pediu que uma bacia que estava embaixo da pia fosse colocada perto dele e, dali a pouco, a cada espasmo que sentia, debruçava-se para vomitar nela. Após o primeiro vômito, ergueu a cabeça e deu um grito. Quando Helen se aproximou, ele a repeliu. Arquejava aflitivamente, os braços cingindo a barriga, aguardando a onda de ânsia seguinte, gemendo quando ela vinha e tornando a erguer a cabeça depois que ela passava.

Helen fez um sinal para que Paul saísse com ela da cozinha. Lily e a sra. Devereux já se achavam na sala de jantar. Deixaram a porta entreaberta, cientes de que Declan acompanhara sua movimentação.

"Se vocês ficarem aqui", disse Paul, "vou conversar com ele. Já está tarde demais para telefonar para a Louise. Podíamos ligar para o médico de Kilmuckridge, mas o fato é que ele não saberia o que fazer. Acho que sei o que está acontecendo com o Declan, deve ser mais uma dessas infecções oportunistas, é algo que pode ser tratado. Portanto, se isso se prolongar e não der mostras de que está passando, ele vai ter que ir para Dublin, seja de carro ou de ambulância."

Helen teve a impressão de que essa exibição de autoridade dava prazer a Paul. Sua mãe e sua avó escutavam-no com uma expressão respeitosa, agradecidas por ele saber como proceder. O amigo de Declan voltou calmamente para a cozinha e fechou a porta atrás de si. As mulheres aguardaram na sala de jantar.

"Não sei o que vocês duas pretendem fazer", disse a sra. Devereux, "mas eu vou rezar."

"Você sabe se essa é a primeira vez que ele fica tão mal assim?", indagou Lily.

"Acho que não é a primeira vez, não", respondeu Helen.

"Vamos rezar e pedir a Deus que aplaque o sofrimento do

Declan", disse a sra. Devereux, ajoelhando-se e curvando a cabeça. Porém Helen e sua mãe permaneceram sentadas.

Esperavam que algo acontecesse na cozinha. A certos intervalos ouviam o som das ânsias e vômitos e também os lamentos e gemidos de dor que os acompanhavam. Helen não fazia a menor idéia do que Paul estaria dizendo a Declan. Desde que se entendia por gente, nunca vira o irmão com esse ânimo agressivo, mal-humorado, difícil. Enquanto aguardava, arrependeu-se de ter pensado poucos momentos antes que Paul soara pomposo e cheio de si. Deu-se conta de que se ele não estivesse ali, elas ficariam sem ação, não saberiam como lidar com Declan.

Meia hora depois Paul emergiu da cozinha, trazendo Declan apoiado em seu ombro. "Ele precisa ir ao banheiro", disse, "e depois quer se deitar."

Paul ajudou Declan a subir a escada. Lily e Helen foram até o quarto dele, alisaram a cama e ajeitaram os travesseiros. Apagaram a luz do quarto, mas deixaram acesa a da sala de jantar, onde se sentaram e aguardaram que Declan terminasse de usar o banheiro. Quando Paul chamou-as lá de cima, pedindo um pijama limpo, elas entraram novamente no quarto e vasculharam a mala de Declan. Helen levou o pijama e o entregou a Paul pela fresta que este abrira na porta do banheiro. Pelo barulho de água correndo, ela percebeu que o chuveiro estava ligado.

"Não vamos demorar", sussurrou Paul ao fechar a porta.

Declan desceu as escadas ainda apoiado em Paul, segurando o fôlego a cada passo que dava, como se o movimento lhe causasse dor.

"Vai ficar tudo bem, Declan, agora você vai melhorar", disse sua avó quando Paul entrou com ele no quarto.

"Ele está muito quente", disse Paul. "Não precisa de cobertor, um lençol basta. E tem que beber bastante água. Se tiver gelo, podem colocar algumas pedras. E precisamos também da bacia e de uma toalha."

No momento em que Declan se deitou na cama, o feixe de luz de Tuskar cruzou a parede do quarto.
"Quer que a gente feche as cortinas, Declan?", indagou Helen.
"Não", sussurrou ele, "mas não vá embora. Pode ficar um pouco comigo?"
"Claro", respondeu ela. "Só vou buscar um copo d'água para você. Está tudo bem?"
"Não", disse ele fitando-a com uma expressão imperturbável. "Gostaria que isso acabasse de uma vez."
"Você vai ficar bem", disse ela e na mesma hora se arrependeu de ter falado isso. Segurou a mão dele com força, ainda se perguntando como fora capaz de dizer tamanha estupidez. Declan tinha os olhos fixos nela e Helen tentou sorrir, mas não sabia o que fazer. Continuou ao lado dele, segurando-lhe a mão, até que sua mãe entrou no quarto.

Entre meia-noite e uma da manhã as cólicas estomacais de Declan recomeçaram. Junto à cama faziam-lhe companhia Helen e sua mãe. Lily tinha uma toalha na mão, com a qual enxugava a testa do filho, que suava profusamente. Fazia algum tempo que ele estava quieto, embora se mantivesse de olhos abertos no ambiente debilmente iluminado por um abajur que luzia coberto por um pano num dos cantos do quarto. De repente, começou a sentir ânsias de vômito. Sentou-se e colocou as mãos no estômago, pressionando-o com força, como se pudesse evitar as cólicas, que mesmo assim vinham e o faziam gemer e segurar o fôlego em espasmos intermitentes.
Helen chamou Paul, que estava na cozinha, e levantou-se para ele ocupar seu lugar ao lado da cama. Declan havia fechado os olhos. Paul pediu que Helen fosse buscar uma bolsa de gelo ou

um pacote de ervilhas congeladas para esfriar o corpo dele. Na cozinha, ela deu com a avó sentada à mesa, sozinha, estudando as veias das costas de suas mãos.

"Pelo visto a noite vai ser longa", disse a sra. Devereux.

"Ele está muito mal mesmo", concordou Helen.

"Estou rezando por ele. Acha que ele se importaria de saber disso?"

"Vou falar para ele."

Helen, Lily e Paul continuaram no quarto com Declan, aguardando com ele a chegada de cada nova onda de dor, tentando confortá-lo enquanto ele segurava a barriga e dava gritos profundos. Após uma ou duas horas, porém, as cólicas cessaram e Declan deitou-se na cama com os olhos fechados. Suava copiosamente, mas ao mesmo tempo tiritava, e eles não sabiam dizer se ele estava muito quente ou muito frio.

Quando Declan se aquietou, Helen convenceu sua avó a ir para a cama e, passado algum tempo, resolveu deitar-se também. Paul e sua mãe disseram que iriam aguardar até que Declan pegasse no sono. Na cozinha, Paul disse em voz baixa para Helen que não acreditava que as cólicas tivessem ido embora de vez, achava que aquilo era apenas uma interrupção momentânea. Tinha quase certeza de que elas retornariam ainda durante a noite ou no dia seguinte. Contou que algumas horas antes havia falado para Declan que ele precisava voltar para Dublin. Declan dissera que não queria ir.

Tão logo adormeceu, Helen ouviu o irmão gritar. Levantou-se e vestiu-se. Eram quase três da manhã. Sua mãe e Paul estavam sentados junto à cama na penumbra do quarto. Dessa vez a dor não parecia vir em ondas como antes. Declan permanecia o tempo todo com as mãos na barriga. Quando abria os olhos, sua expressão deixava claro que ele estava assustado. Tentou falar, murmurou alguma coisa, mas eles não compreenderam o sentido de suas palavras. Perguntaram-lhe se queria água, mas ele balançou negativamente a cabeça. Helen percebeu que não havia nada que pudessem fazer, exceto ficar com ele; era evidente que o problema em seu estômago, fosse o que fosse, estava piorando. Na meia hora seguinte, levaram-no algumas vezes ao banheiro. Paul ia com ele, enquanto Lily e Helen aproveitavam para trocar os lençóis e abrir a janela do quarto. Quando a sra. Devereux apareceu de penhoar, encorajaram-na a voltar para a cama.

Declan jazia na cama, coberto apenas com um lençol. Bebeu um pouco de água e imediatamente vomitou na bacia, seu corpo tremendo por causa da náusea. Tentou virar de lado, mas não conseguiu permanecer assim por muito tempo e tornou a ficar de costas. Por vezes a dor se intensificava e ele gritava consigo mesmo, alheio às palavras reconfortantes que eles lhe dirigiam.

Paul fez um sinal para que Helen o acompanhasse até a cozinha. "Ele não vai conseguir dormir", disse, "e não vai melhorar enquanto continuar aqui. Não adianta chegar ao hospital antes das oito ou oito e meia. Por isso acho que devíamos nos preparar para sair entre seis e seis e meia. Tenho que ir com o meu carro e seria bom se você pudesse ir com o dele. Não sei o que a sua mãe pretende fazer, mas, se ela quiser, pode levar o Declan no carro dela ou ir com um de nós dois. Talvez fosse melhor eu sair antes para avisar o hospital e deixar tudo preparado ou, se vocês preferirem, posso levar o Declan comigo."

"Ele concordou em ir?"
"Ele sabe que precisa ir."
"Ele já passou tão mal assim antes?"
"Já."
Quando Helen voltou para o quarto, Declan estava com cóli-

cas de novo, dessa vez ainda mais violentas. Aguardando o próximo ataque, ele murmurava e balbuciava palavras cujo sentido ela não conseguia captar. Então, quando Lily enxugou-lhe o rosto e a testa, segurou-lhe a mão e falou-lhe suavemente, ele começou a dizer alguma coisa em voz baixa, e, em meio à acometida seguinte, pela primeira vez Helen compreendeu o que ele estava dizendo.

Ele dizia: "Mamãe, mamãe, me ajude, mamãe".

Helen quis sair do quarto, sentia que sua presença ali era indesejável. O tom de voz de Declan soou abjeto, infantil, desesperado, quando ele tornou a suplicar: "Mamãe, mamãe, me ajude". Lily sussurrou algumas palavras no ouvido do filho, que Helen não conseguiu escutar.

Ela saiu na ponta dos pés, foi até a cozinha e, quando contou a Paul o que estava acontecendo no quarto, seus olhos se encheram de lágrimas.

"Faz muito tempo que ele tem vontade de dizer isso", comentou Paul, "ou algo parecido com isso. Será um grande alívio para ele."

Pouco a pouco, de maneira hesitante, a aurora surgiu no Oriente, clareando a faixa de céu que cobria o mar. Da janela, Helen divisou entre as nuvens pretas algumas frestas de luz tênue. Eram quatro e meia; não sabia que a essa altura do ano amanhecia tão cedo. Ficou olhando pela janela da cozinha à espera de que a luz se espraiasse, mas o que ela havia testemunhado fora apenas um vislumbre, um indício do alvorecer, e, durante algum tempo, nenhuma outra transformação se produziu no céu. Sentia-se solitária agora, isolada de todos, e estava tão cansada que não conseguia evocar, nem mesmo em sua imaginação, o afeto que nutria por Hugh, Cathal e Manus. Naquele momento, de pé junto à janela, não sentia nada, salvo uma forte repulsa contra o mundo.

Quando o dia clareou, ela vestiu um suéter e caminhou em direção ao mar. Fazia frio, e uma brisa cortante, fina, soprava do Leste. Parou na borda do penhasco e pôs-se a mirar o mar, as ondas que despontavam ao longe, avançando com deliberação para se formar e quebrar em rolos remansosos sobre a praia e então regredir. A água tinha um tom azul metálico profundo. Viam-se nuvens negras de chuva no horizonte, mas o sol estava em vias de rompê-las e começar a brilhar. Não havia ninguém à vista, ainda levaria algum tempo até que as pessoas das pequenas propriedades agrícolas da região acordassem e se levantassem para começar o dia. Imaginou-as encerradas na privacidade do sono, ou virando-se lentamente na cama, sendo por um segundo despertadas pela luz da alvorada e tornando a adormecer.

Por algum tempo, portanto, ninguém apareceria nessa paisagem. O mar continuaria a rugir suavemente em seu movimento de vaivém, sem testemunhas; não carecia de seu olhar, e era justamente em horas como essa, pensou ela, ou nas longas horas mortas da noite, que ele se parecia mais consigo mesmo, monumental e inacessível. Parecia-lhe claro agora, como se a semana toda houvesse levado a essa conclusão, que as pessoas eram supérfluas, que não fazia a menor diferença se elas existiam ou não. O mundo seguiria seu curso. O vírus que estava destruindo seu irmão e que o fizera gritar desesperadamente durante a madrugada, as memórias e ecos que lhe assomavam à mente na casa da avó, o amor por sua família que ela não conseguia evocar, essas coisas não eram nada e, nesse momento, parada à beira do penhasco, Helen pensou que pareciam mesmo não ser nada.

Coisas imaginadas, ressonâncias, dores, pequenos desejos e preconceitos. Essas fantasmagorias não significavam nada contra a firmeza resoluta do mar. Significavam ainda menos do que a marga e a lama e o barro seco do penhasco consumidos pelo tempo e lavados pelo mar. A questão não era nem mesmo que estivessem fadadas a se diluir no ar: elas mal existiam, não tinham a menor importância, não exerciam o menor impacto sobre essa alvorada fria, sobre essa deserta e remota paisagem marinha onde a água brilhava sob a primeira luz da manhã e a assombrava com sua beleza taciturna. Talvez fosse melhor, pensou Helen, se jamais houvesse pessoas, se o girar do mundo, o resplendor do mar e a brisa da manhã existissem sem testemunhos, sem ter ninguém por perto sentindo, recordando, morrendo ou tentando amar. Helen continuou à beira do penhasco até que o sol surgiu por trás das negras nuvens de chuva.

Encontrou sua avó na cozinha, ainda de penhoar. "Tem chá no bule", disse ela, "mas talvez você prefira fazer outro."

Helen sentou-se à mesa. A casa estava fria e o odor de umidade a fez voltar no tempo. Cobriu o rosto com as mãos. Paul entrou na cozinha e disse que ela precisava dormir um pouco; partiriam para Dublin dali a uma hora e, se ela pretendia guiar, era melhor tirar um cochilo.

"O Declan dormiu?", indagou ela.

"Não, mas está mais calmo e as dores passaram. Mas não sei quanto tempo isso vai durar."

Ao passar pelo quarto de Declan, ela notou que a porta estava fechada e que de lá de dentro não vinha som nenhum. Deixando sua porta aberta, deitou-se e cobriu-se com um edredom. Encolheu-se na cama, o rosto afundado no travesseiro. Submergiu num sono leve, despertou com um sobressalto e tornou a dormitar. Permaneceu deitada sob a luz cinzenta, desejando nunca mais ter de sair dali. Tentou pensar nas dores de Declan e na necessidade de levá-lo para Dublin e, quando enfim adormeceu, sonhou que estava na estrada e que havia pegado no sono na direção. Fazia força para acordar, ciente de que sofreria um acidente se não abrisse os olhos. Segurava o volante, mas não via nada à sua frente, e percebeu que se não acordasse naquele segundo iria bater o carro. Preparou-se para o desastre, mas então viu Paul debruçado sobre ela, dizendo que Declan estava com cólicas de novo e que não fazia sentido esperar mais. Ele iria sozinho na frente, ela e sua mãe iriam atrás levando Declan em seu Mazda branco e poderiam se revezar para dirigir.

Helen estava molhada de suor, gostaria de tomar um banho e trocar-se, mas lembrou-se de que não tinha mais roupas limpas, não lhe restava nem mesmo uma muda de roupas de baixo. Fez a mala de olhos semicerrados, pensando que talvez devesse ir até a cozinha e perguntar à avó se ela não queria ir para Dublin com eles — podia ir no carro de Paul e se hospedar na casa dela —, mas sabia que não faria isso, sabia que eles a deixariam sozinha em Cush, às voltas com o sumiço dos gatos e aquele modo de ser como sempre ácido e sem rodeios, mas também com uma solidão que havia sido apenas intensificada e aprofundada por seus hóspedes.

Declan ainda estava na cama. Helen entrou em seu quarto e o ouviu sussurrar algo num tom débil, que deixava evidente que ele continuava sentindo dor. Paul estava ao seu lado e disse: "Ele vai tentar se levantar daqui a pouco".

"Você acha que agüenta a viagem, Declan?", indagou Helen.

O irmão assentiu com a cabeça. "Já vou levantar", respondeu.

No momento em que entrou na cozinha, Helen viu que sua avó trajava um vestido de cor viva com bolinhas azuis e um cardigã de angorá azul-marinho. Havia passado um batom de cor clara nos lábios e aplicado uma leve camada de maquiagem no rosto. Parecia até que havia se arrumado para ir para Dublin com eles, mas o fato, como Helen sabia, era que ela não queria dar a impressão de que estava sendo deixada para trás.

Quando foram ajudar Declan a entrar no carro, Lily insistiu em ir com ele no banco de trás. Com a ajuda de dois travesseiros que a sra. Devereux havia oferecido, Paul e Helen tentaram deixá-lo numa posição confortável, mas ele não conseguia se acomodar e permanecia curvado sobre os joelhos, de olhos fechados. Sugeriram que Lily fosse no banco da frente, mas ela se recusou a sair de onde estava, dizendo que queria ficar perto do filho.

A sra. Devereux saiu de casa e postou-se junto aos carros.

"Dirijam com cuidado e, se tiverem sono, parem para descansar um pouco", disse ela.

"Trate de deixar o telefone ligado", recomendou Lily.

"Ah, meu Deus, o telefone!"

"Trate de deixá-lo ligado", repetiu Lily.

Declan baixou o vidro da janela de trás do carro.

"Obrigado por tudo, vovó", disse ele num tom de voz débil.

"Se cuide, Declan, se cuide, meu filho."

Os olhos de sua avó estavam marejados de lágrimas.

Eram seis e meia quando eles partiram. Paul ia na frente. Assim que deixaram Blackwater para trás, Lily colocou os travesseiros no colo e Declan repousou a cabeça neles. Suas dores não haviam cessado. Pelo espelho retrovisor, Helen podia ver Lily acariciando seu rosto.

"Estou com muita dor", queixou-se ele com voz chorosa.

"Daqui a pouco você ficará bem", disse Lily. "O Paul disse que eles vão deixar uma cama preparada para você e saberão exatamente o que fazer. E nós estaremos o tempo todo a seu lado."

Ao passarem por Gorey e Arklow e seguirem em sentido norte, Helen sentia-se estranhamente alerta. Percebeu que se parasse ou pensasse muito em dormir, teria que descansar e, quando as dores de Declan pioraram e ele tentou vomitar no assoalho do carro, compreendeu que não podia parar, precisava continuar dirigindo até chegar ao hospital.

"Você vai melhorar, Declan", disse sua mãe. "Você vai melhorar."

Quando chegaram ao trecho de estrada sinuosa entre Rathnew e Ashford, as dores de Declan ficaram insuportáveis.

"Onde é que dói, filho?", indagou Lily.

"Aqui, aqui", respondeu ele.

"É no estômago?", perguntou Helen.

"É, o problema continua no estômago, mas agora não vai demorar. Estamos quase chegando", disse Lily.

Declan tentou vomitar novamente, mas não conseguiu expelir nada. Enquanto dirigia, esforçando-se para permanecer o tempo todo atenta à faixa de estrada que tinha à sua frente e nada mais, Helen percebeu que ele havia defecado. Com muito cuidado, torcendo para que seu movimento não fosse notado, ela baixou o vidro da janela do motorista.

Então foi pega de surpresa pelo que ouviu no assento de trás do carro. Era a voz de sua mãe entoando uma canção, algo que não escutava desde criança. A princípio fina e vacilante nas notas mais agudas, a voz soava como se Lily tentasse nervosamente averiguar se ainda sabia cantar. Depois se tornou mais alta e vigorosa. Era uma canção que ela costumava cantar à noite quando Helen e Declan eram muito pequenos e ainda dormiam no mesmo quarto:

Ao redor do castelo de Dromore plangem os ventos de outubro,
Mas tudo é paz no majestoso salão, a pháiste bheag a stór,
E ainda que se finem os ventos de outono, tu és da primavera um botão.

A seguir, em tom rouco e grave, entoou o refrão, ao final do qual se interrompeu e pediu: "Me ajude, Helen". Recomeçou a partir do verso seguinte. Helen sabia a letra de cor, aprendera-a no coral da escola; juntou-se à mãe e as duas terminaram a canção.

Avançando em meio ao fluxo de automóveis, caminhões e ônibus que seguiam de Bray rumo à cidade nessa manhã de segunda-feira, elas cantaram todas as canções de que conseguiram se lembrar — *Acalanto*, de Brahms, *Oft in the stilly night*, *The croppy boy* — enquanto Declan jazia imóvel. Ao se aproximarem de Stillorgan, Helen começou a entrar em pânico sempre que via um semáforo diante de si; temia que, se permanecessem parados por muito tempo, acabaria pegando no sono ou ficaria sem condições de continuar dirigindo.

"Pense em outra, Helen", pediu a mãe.

"Gostaria de saber a letra de mais canções", disse ela. "Se você se lembrar de mais alguma, eu te acompanho."

Uma vez dentro do hospital, Helen percebeu que não se recordava de como fazer para chegar ao prédio onde Declan estivera internado quando o fora visitar. O Saint James era um complexo hospitalar gigantesco. Ao chegar a uma rotatória, pegou uma rua que conduzia a um conjunto de edifícios, mas então viu que eles eram todos modernos, ao contrário da ala onde Declan ficara da outra vez. Teve vontade de pedir que o irmão se sentasse para ajudá-la, mas, pelo silêncio no assento traseiro, percebeu que ele havia adormecido. Encontrou um estacionamento moderno e aguardou até que a cancela se levantasse. Entrou e achou uma vaga. "Vou tentar descobrir para onde devemos ir", cochichou para a mãe. A cabeça de Declan repousava placidamente sobre o travesseiro. Sua mãe não podia se mexer. Ela fechou a porta do carro com cuidado e dirigiu-se à recepção central do hospital.

Assim que se pôs a falar com a recepcionista, Helen percebeu que não fazia a menor idéia do que devia dizer. A recepcionista explicou que o hospital não possuía nenhuma ala específica para o tratamento de Aids. Havia uma clínica, mas não abria às segundas-feiras. A dra. Louise Farrell tinha pacientes internados em vários blocos do complexo hospitalar. Se o irmão dela estava passando muito mal, disse a recepcionista, devia ser levado para o pronto-socorro. Helen tentou descrever o prédio onde havia estado antes, mas a essa altura a recepcionista já a tratava com desconfiança e não se mostrava nem um pouco solícita. Ao cansaço de Helen somou-se uma súbita onda de mau humor, fazendo com que ela desse bruscamente as costas para a moça.

Saiu da recepção e resolveu virar à direita. Deparou com uma profusão de placas indicativas, mas não reconheceu nenhuma delas. Sabia que Paul a aguardava no hall do prédio em que Declan ficaria internado e que se irritaria com sua inabilidade em descobrir o caminho certo. Desejou que sua mãe tivesse o bom senso de permanecer no carro.

Em outro prédio, Helen deu com um porteiro sentado a uma escrivaninha. Ele estava lendo um jornal e, embora houvesse reparado em sua aproximação, mergulhou na leitura quando ela chegou mais perto. Helen deu meia-volta e saiu do prédio. Fez força para recordar: por onde havia entrado no hospital no dia em que chegara acompanhada de Paul? Achava que estava na direção correta, mas não tinha certeza. Ocorreu-lhe que devia ter solicitado à recepcionista para entrar em contato com Louise ou alguém da equipe dela por meio do sistema interno de telefonia. Pensou que assim que encontrasse outro porteiro, pediria para falar com a médica de Declan. Ao entrar em mais um prédio e verificar que ali ficava a cozinha do hospital, sentiu-se tão frustrada que por pouco não caiu no choro.

Quando por enfim encontrou Paul no saguão do prédio onde Declan estivera internado antes, ela mal conseguia falar. Ele a levou até um hall onde tinha uma cadeira de rodas pronta para Declan. "Aconteceu mais alguma coisa?", indagou ele.

"Não, o único problema é que estacionei o carro a léguas daqui."

"Tudo bem, a gente pede para um porteiro ir buscá-lo com a cadeira de rodas", disse Paul. "Não pode ser tão longe assim. Por acaso você parou no estacionamento pago?"

Helen fez que sim com a cabeça.

"Não tem problema. Vamos dar um jeito nisso."

Declan acordou no momento em que eles se acercaram do carro. Não disse nada, parecia não saber onde estava. Saiu do banco de trás do carro sem a menor dificuldade e sentou-se na cadeira de rodas. O porteiro o cobriu com uma manta e o conduziu pelas ruas internas do complexo hospitalar. Carregando a mala de Declan, Paul caminhava ao lado deles. Lily e Helen seguiam alguns passos atrás.

Quando chegaram ao prédio, Paul entregou a mala ao porteiro.

"Por ora não temos mais nada o que fazer aqui", disse ele. "O Declan será submetido a alguns exames e é capaz até de ser sedado. Não faz sentido ficarmos esperando."

Então Helen se deu conta de que, como estavam com um carro só, teria de se haver com a mãe. "Preciso fazer um telefonema", disse ela.

Paul levou-a até a cabine telefônica enquanto Lily ia ao banheiro. Helen discou o número de Donegal e Hugh atendeu. Explicou-lhe onde estavam e o que havia acontecido.

"Você está com uma voz horrível", disse ele.

"Tivemos uma noite ruim."

"Quer que eu vá para aí?"

Ela não respondeu.

"Helen, você não pode continuar tentando lidar com isso sozinha. Precisa me deixar ajudá-la."

"E os meninos?"

"Eles estão bem, estão felizes. Me deixe voltar."

"Não, não quero que eles fiquem sozinhos."

"Helen, por que não me deixa ajudá-la? Em quatro horas e meia estarei aí."

"Hugh, tive pensamentos terríveis durante a noite."

"Escute, Helen, vamos fazer o seguinte: eu vou agora para Dublin e passo a noite aí. Amanhã você vem comigo para cá, fica um pouco com os meninos e volta com o carro. Que tal? Desse jeito você não ficará nem uma noite longe do seu irmão."

Mais uma vez, ela não respondeu.

"Helen", disse ele.

"Hugh, você pode vir já?"

"Vou sair agora mesmo. Devo estar aí por volta das duas ou três da tarde. Encontro você no hospital ou em casa?" Ele soava aliviado e ansioso.

"Em casa."

Helen reencontrou Paul no saguão do prédio e ambos ficaram esperando que Lily voltasse do banheiro.

"Acho que vou para casa dormir um pouco", disse ele. "Volto depois do almoço. Diga à sua mãe que a vejo mais tarde."

"Muito obrigada por tudo, Paul." Ele a abraçou antes de ir embora.

Lily apareceu no saguão e se aproximou de Helen. Caminhava a passos vagarosos, como se estivesse machucada.

"É melhor irmos para a minha casa descansar um pouco", disse Helen.

"Eu não trouxe nenhuma roupa limpa."

"Eu te empresto uma quando chegarmos em casa. Ou, se você preferir, podemos dar um pulo no shopping. O Hugh está vindo de Donegal."

"O Hugh? Ah, Helen, não acho que este seja um bom momento para me encontrar com ele."

"Agora você não tem escolha", disse Helen e saiu caminhando de braços dados com ela pelo complexo hospitalar.

Quando chegou ao carro, Helen sentia-se exaurida. Ao dar a marcha a ré, teve de se obrigar a virar a cabeça e olhar para trás. Indagou-se sobre o paradeiro de Declan, se ele estaria agora deitado na cama ou fazendo algum tipo de exame. Pensou que ela e a mãe deviam ter lhe deixado um bilhete antes de ir embora, dizendo que voltariam mais tarde para vê-lo. Engatou a marcha, avançou lentamente rumo à cancela e disse: "Precisamos de cinqüenta centavos. Você tem alguma moeda, mamãe?".

Lily vasculhou a bolsa e encontrou uma carteira cheia de moedas. Entregou uma de cinqüenta centavos para Helen, que baixou o vidro e a inseriu no lugar apropriado. A cancela se ergueu.

"Devíamos ter parado no outro estacionamento", disse Helen. "Lá é grátis."

Fazia uma manhã agradável; enevoada, mas com promessa de sol. Helen pensou que teria de ligar para a escola e pedir que sua secretária cancelasse as entrevistas marcadas para quarta-feira. Tudo o que queria fazer agora era dormir um pouco, nem que fosse apenas por uma ou duas horas antes da chegada de Hugh.

"É gozado como o tempo voa", disse sua mãe. "Aqui estamos nós, atravessando esta cidade para ir para a sua casa. E me recordo de quando você era uma garotinha e eu e o seu pai a trazíamos para Dublin, lembro nitidamente de você e do Declan no trem, vestidos com suas melhores roupas."

Helen seguiu pela Thomas Street e pela Patrick Street, depois virou na Clanbrassil Street.

"A gente pensava que o trem ia cair no mar de tão perto que ele passava da borda", disse Helen.

"Eram maravilhosos aqueles passeios", disse a mãe. "Você e o Declan eram tão diferentes, mas nessas viagens se comportavam de maneira idêntica. Não conseguiam dormir na véspera e se levantavam muito antes de nós. E na viagem de volta estavam ambos exaustos."

"Para mim a coisa mais estranha", disse Helen, "era o modo como o papai costumava atravessar as ruas de Dublin. Em Enniscorthy vocês nos diziam para olhar para a esquerda, para a direita e para a esquerda de novo. E se víssemos um carro se aproximando ou se ouvíssemos um barulho de motor ao longe, a ordem era para que esperássemos para atravessar. Mas em Dublin o papai não fazia nada disso. Ele simplesmente calculava a distância e saía andando e desviava dos carros quando eles vinham. O Declan e eu ficávamos atônitos com isso."

"Eu lembro que havia uma coisa que você adorava e outra que o Declan adorava. Está lembrada?"

Helen conduzia o carro na direção de Templeogue. "Não", disse ela, "só consigo pensar na Moore Street, ou no zoológico."

"Não, não era isso. Vocês dois gostavam muito de ir à Moore Street e ao zoológico. Era outra coisa. O Declan era louco pelo restaurante self-service que havia na Woolworth's da Henry Street. Os olhos dele brilhavam quando ele entrava lá. Nas poucas vezes que o levamos a restaurantes normais, ele detestou; não tinha paciência, não entendia por que levava tanto tempo para a comida chegar à mesa. Mas na Woolworth's ele podia pegar uma bandeja e imediatamente se servir do que quisesse. Você era diferente, você gostava de ir a restaurantes, não ficava impaciente e apreciava poder fazer o pedido, aguardar, olhar para as outras mesas. O almoço na Woolworth's era o presente do Declan e, antes de irmos para lá, ou depois de sairmos de lá, você ganhava o seu."

Helen parou num semáforo. Estavam perto de Templeogue.

"O seu eram as escadas rolantes", prosseguiu a mãe. "Você

adorava andar nas escadas rolantes da Clery's e da Arnott's. Já o Declan morria de medo delas, não conseguíamos convencê-lo a subir nas escadas rolantes de jeito nenhum. Mas você era capaz de passar o dia inteiro subindo e descendo por elas. Lembra-se disso?"

"Lembro, sim, claro. Mas acho que eu também gostava do self-service", disse Helen.

"É verdade, mas não tanto quanto o Declan", volveu a mãe. "Tenho fotos de vocês dois no zoológico e no aeroporto. Preciso dar algumas delas para você mostrá-las aos seus filhos. Vocês parecem tão felizes nessas fotos. Mas é melhor fazer isso outra hora. Acho que ver o Declan nelas agora nos deixaria muito tristes."

A mãe de Helen interrompeu-se por um instante e suspirou. "Gostaria que um pouco dessa felicidade pudesse acompanhar a alma dele quando ele se for. Seria uma maneira de compensar todo o sofrimento por que está passando."

Estavam quase em casa. Helen sentiu que não precisava somente de algumas horas de sono, necessitava em igual medida de silêncio. Não agüentava mais ouvir aquelas recordações em estado bruto, aquela ternura adocicada com que a mãe lhe falava no carro. Afligia-se com a idéia de levá-la para dentro de casa.

"Espero que tenhamos servido de algum consolo ao Declan", disse a mãe quando Helen estacionou em frente à casa. "Você acha que conseguimos fazer isso?"

"Talvez agora ele se sinta mais tranqüilo", volveu Helen. "Espero que tenhamos ajudado, mas não tenho certeza."

Lily olhou para ela com uma expressão inquisitiva, evidentemente em busca de palavras mais reconfortantes. Helen tentou pensar em algo que pudesse dizer à mãe para acalmá-la. Por fim disse: "Chegamos, esta é a minha casa. É melhor entrarmos".

Sua mãe não saiu do lugar. Tornou a olhar para ela, como que implorando uma resposta.

"Acho que fizemos o melhor que pudemos", disse Helen descendo do carro. Aguardou sua mãe no portão, deu-lhe o braço e conduziu-a lentamente pelo caminho que levava à porta da frente.

"Sim, é verdade", disse a mãe num tom de voz extenuado. "O que mais poderíamos ter feito?"

Helen achou a casa fria e estranha e, ao avançar pelo hall, teve a impressão de haver entrado num lugar que lhe era pouco familiar. Daria tudo para não precisar fazer um chá para sua mãe. Forçou-se a pensar que esta era sua casa, o lugar onde vivia com seu marido e seus filhos, e que ninguém poderia tirar isso dela agora. Mas não conseguia se livrar da sombra escura da mãe. Na cozinha, quando se virou para encará-la, ficou chocada ao ver a expressão de derrota e desamparo que ela tinha no rosto. Poucos instantes antes, ao atravessar o hall em direção à cozinha, Helen imaginara que atrás de si estava uma pessoa enérgica e agressiva, decidida a impedir que ela continuasse a viver sua vida. Em vez disso, o que viu no rosto da mãe foi apenas perturbação e perplexidade.

"Puxa, Helen, sua casa é linda. Parece tão iluminada", disse Lily num tom de voz baixo e triste enquanto se sentava à mesa para aguardar que Helen preparasse o chá.

Ao se dar conta de que não havia leite, Helen ofereceu-se para ir ao mercado, mas Lily disse que tomaria chá puro.

"O Declan tinha me falado sobre esta casa, por isso eu já fazia alguma idéia de como devia ser", disse a mãe. "Mas ela é muito agradável mesmo."

"Vou subir para arrumar uma cama para você", disse Helen.

"Não vá ainda", tornou a mãe. "Fique um pouco aqui comigo. Não precisa falar nada. Sabe, às vezes, quando estou com a minha mãe, eu sinto que gostaria de não precisar abrir a boca."

"A vovó é uma grande proseadora."

"A sua avó me deixa exausta. E agora que eu e você voltamos a nos falar, não quero que você sinta o mesmo em relação a mim."

"Então eu lhe dou mais alguns minutos."

"Às vezes venho para Dublin aos sábados. E adoraria poder vir tomar chá aqui na sua casa. É claro que eu não ficaria para dormir. Detesto passar a noite na casa da minha mãe. E esta é a sua casa e sei que você não iria gostar que eu ficasse fuxicando na sua vida."

Lily bebericou o chá, suspirou e contemplou o jardim. Olhava fixamente para algum ponto ao longe quando retomou a palavra: "Assim eu poderia ver os seus filhos. Depois voltaria para Wexford. Com o novo anel rodoviário, seria bem rápido. E, para ser sincera, Helen, é isso que atualmente me mantém viva, é com isso que eu sonho agora. Gostaria muito que eu e você pudéssemos nos sentar aqui para jogar um pouco de conversa fora e ver os meninos brincando e o Hugh indo e vindo. Depois eu me levantaria e iria embora, seria tudo muito simples e informal. É com isso que eu sonho agora".

"Parece uma ótima idéia", disse Helen. "E prometo ter um litro de leite em casa quando você vier."

"Então é melhor irmos para a cama", disse a mãe. "Já falei tudo o que tinha para falar."

Lily se levantou da mesa e levou a xícara e o pires até a pia.

"Precisamos estar descansadas para quando o Hugh chegar", disse ela. "Mais tarde vamos ao hospital para ver o Declan. Mas antes vamos dormir um pouco. É, vamos dormir um pouco."

ESTA OBRA FOI COMPOSTA EM ELECTRA PELA SPRESS E IMPRESSA
PELA GRÁFICA BARTIRA EM OFSETE SOBRE PAPEL PÓLEN SOFT
DA COMPANHIA SUZANO PARA A EDITORA SCHWARCZ EM JUNHO DE 2004